探寻经典国学里的智慧源泉

说唐全传

［清］如莲居士／著　鲁晓菡／编译

团结出版社
UNITY PRESS

图书在版编目（CIP）数据

说唐全传 / (清) 如莲居士著；鲁晓菡编译. -- 北京 : 团结出版社, 2017.3（2022.4重印）
　ISBN 978-7-5126-5073-2

　Ⅰ.①说… Ⅱ.①如… ②鲁… Ⅲ.①章回小说—中国—清代 Ⅳ.①I242.4

　中国版本图书馆CIP数据核字(2017)第070587号

出　版：团结出版社
　　　　（北京市东城区东皇城根南街84号　邮编：100006）
电　话：（010）65228880　65244790（出版社）
　　　　（010）65238766　85113874　65133603（发行部）
　　　　（010）65133603（邮购）
网　址：http://www.tjpress.com
E-mail：zb65244790@163.com（出版社）
　　　　fx65133603@163.com（发行部邮购）
经　销：全国新华书店
印　刷：天津兴湘印务有限公司

开　本：670毫米×960毫米　16开
印　张：16
字　数：200千字
版　次：2017年3月　第1版
印　次：2022年4月　第2次印刷

书　号：978-7-5126-5073-2
定　价：58.00元

前　言

　　《说唐全传》又名《说唐演义全传》，简称《说唐》，一般认为其成书于清朝雍正年间，后与《说唐后传》《说唐三传》合刻，改名《说唐前传》。明代开始，大兴描述隋唐兴废争战小说之风，先后出现众多与之相关的书籍，因《说唐全传》独特的创作思路以及它广泛地吸取了民间艺术（戏剧、小说、评书、民间传说）且不拘泥于史实，极具民间文学色彩，因而成为该类书籍中与《隋唐演义》齐名的佳作。

　　本书共六十八回，自秦彝托孤、隋文帝平陈进而统一南北开始，当时隋炀帝弑君篡位，荒淫无道，任用奸佞之臣，残杀忠良，使得大下烽烟迭起，爆发了"十八路反王，六十四路烟尘"的反隋起义。天下格局随之四分五裂，隋朝外戚李渊凭借自身的声望顺势建立了大唐，其二儿子李世民因英明仁义，广纳群雄，最终统一了各方割据势力。随后，李世民经"玄武门之变"登基为帝，开启了华夏盛世"贞观之治"，至此本书结束。

　　书中塑造的瓦岗寨起义众英雄形象深入人心，这些人不仅有来自下层的贫苦农民、捕差与马夫，还有占据要地的勋戚贵胄与功臣名将，以及行走江湖的豪侠之士与绿林好汉，如宽厚善良的仁义侠士秦琼，少年英雄罗成，勇敢果断的尉迟恭，幽默诙谐、直率粗野的程咬金，以及豪

1

爽暴躁、宁死不屈的单雄信等。其中，李世民作为小说中歌颂的"真命天子"，其身上寄寓了"仁政"的理想，而且作者在描述与其相关事迹时，将群雄成败的根本条件也归结于是否归顺他，这让作品表现出极其浓厚的封建正统观念与宿命论色彩。内容上，全书充满了浪漫主义色彩，故事情节引人入胜，如李元霸锤打十八路反王、罗成奋勇擒五王、秦琼卖马、程咬金劫王杠等，皆为人们所津津乐道。写作手法上，书中更是采用了相当夸张的方式，如介绍第一好汉李元霸时，说他使用的双锤就重达八百斤，并将书中的重要人物皆描述成天上的星宿下凡等。《说唐全传》作为中国古典英雄传奇小说的代表，具有广泛的影响力，一直以来深受广大读者的喜爱，希望书中的仁爱、正义思想能给你带来正面的启迪意义，书中若有错讹之处，敬请批评指正。

目　录

第一回　秦彝托孤宁夫人　李渊决杀张丽华

从古三皇相传五帝、虞、夏、商、周、秦、汉、两晋，晋自五马渡江，天下已一分二，号称南北两朝。刘裕篡晋称宋，萧道成篡宋号齐，萧衍篡齐称梁，陈霸先篡梁号陈。那北朝拓跋称魏，后又分东西两魏。东魏被高洋所篡，称号北齐；西魏宇文泰篡位，称周。其时周主国富兵强，起师吞并北齐，封护卫大将军杨忠为帅，其弟杨林为行军都总管，发大兵六十万，侵征北齐。

这杨林生得面如傅粉，两道黄眉。力能举鼎，善格飞禽，两臂有千斤之力，身长九尺，腰大十围，善使两根囚龙棒，每根重一百五十斤，有万夫不当之勇。按上界计都星下凡，大隋称第八条好汉。逢州夺州，逢府夺府，所到之处，势如破竹。兵到济州，离城扎寨。

且说济州镇守武卫大将军秦彝，在齐授亲军护卫。夫人宁氏，妹名胜珠，远嫁勋爵燕公罗艺为妻。宁夫人只生一子，名唤太平郎。

秦彝见夫人道："我父子世事北齐，岂可偷生苟延性命？若势败，我当以死报国，见先人于地下。妹子远适罗门，音信杳然，只有太平郎这点骨血，我今托孤与汝，切勿轻生。可将金装铜留下，以为日后存念。秦氏一脉，赖你保全，我死亦瞑目矣！"

正在悲泣之际，忽听外面金鼓振天，军声鼎沸，秦彝连忙出厅上马，手提浑铁枪，正欲交战，只见周兵如潮一般涌来；部下虽有数百精锐，如何挡得杨林这员骁将？被他左冲右突，如入无人之境。秦彝部军十不存一，杀得血透重袍，箭攒遍体。他遂大叫道："非臣不能御敌，实被奸臣卖主求荣，臣力竭矣！"手提短刀，连杀数人。被杨林抢入，望咽喉下耍的一枪，结果了性命，亡年四十三岁。

此时城中鼎沸，宁夫人收拾细软，东跑西走，无处安身。又是黄昏天黑，十分着急，忽转到一条僻静小巷，家家门户紧闭，听得一家有小儿啼哭甚响，知道有人在内，连忙叩门。却走出个妇人和个三岁孩子来，把夫人看了一看，见夫人不是下人，连忙接进，关了门，问道："这样兵荒马乱，娘子却从何处来的？"夫人把家庭被难、仆从俱无、没处栖身，哭诉一遍。那妇人道："原来是一位夫人，失敬了！我家丈夫程有德，不幸早丧，妾身莫氏，守寡在家，此儿一郎，别无他人，至亲两口度日。夫人何不在此权住，候乱定再去？"夫人千恩万谢，就在程家住下。

不几日，杨忠收拾册籍，安民退兵。夫人将所带金珠出来腾换，就在本巷觅了一个所房，与莫氏一同居住。却喜两姓孩子，却是一对顽皮，甚是相合。按程一郎是上界土德星临凡。大唐福将二人。镇日打街骂巷，闯祸生非。直至太平郎长成十五岁，生得方面大耳，身长八尺，腰大十围，河目海口，燕颔虎头，最喜读书。宁夫人将他送入馆内攻书，先生为他取名秦琼，字叔宝。程一郎取名咬金，讳知节。后因济州年荒，咬金母子别了夫人，自往历城去了。这是后话。

且说杨忠，自获胜班师，周主十分大喜，封为隋公，自此江北已成一统。这杨忠所生一子，名杨坚，生得目如朗星，手有奇文，俨成"王"字。杨忠夫妇知他是个异人，后来有个老尼对他母亲道："此儿贵不可言，但须离父母方得长大，贫尼愿为抚视。"其母便托老尼抚育，直至杨忠封了隋公，老尼将来还与杨家。不几年，杨忠病亡，遂袭了隋公之职。其周主见杨坚相貌瑰奇，十分忌他，累次着人相他。相者知他后有大福，俱各为彼周全。杨坚知道后主疑他，遂将一女，夤缘做了太子宠妃。直至周主晏驾，幼主庸懦，他倚着杨林之力，将太子废了，竟篡夺了周主江山，改称国号大隋。

杨坚即了帝位，称为隋文帝，立长子杨勇为太子，次子杨广为晋王，封杨林为靠山王，独孤氏为正宫，勤修国政，早朝晏罢。文有李德邻、高颎、苏威等，武有杨素、李国贤、贺若弼、韩擒虎等，一班君臣，并胆同心，渐有辟土开疆，统一天下的意思，意欲并吞南陈不表。

且说陈后主是个聪明颖异之人，因宠了两个美人张丽华、孔贵嫔，每日锦帐风流，管弦沸耳。又有两个宠臣孔范、江总，他二人百般迎顺，每日里扛帮主上，不过是杯中快乐，被里欢娱，何曾把山河为念，只图眼前快乐。

隋主差晋王领兵为都元帅，杨素为副元帅，高颎、李渊为长史司马。晋王发兵二十万，一路进发，东连沧海，西接川巴，舟楫连接千里，一路金鼓喧天，干戈耀日，所到之处，望风而降。

隋兵攻入都城，俘获了陈后主等人。这时晋王领兵在后，闻得后主作俘，建康已破，先着李渊、高颎进城安抚百姓，禁止焚掠。不数日，晋王遣高颎之子记室高德宏，来取美人张丽华，营前听用。高颎道："晋王为元帅，伐暴救民，岂可先以女色为事？"不肯发遣。高德宏道："晋王兵权在手，取一女子若抗不与，恐触其怒。"李渊道："张贵妃狐媚迷君，窃权乱政，陈国灭亡，本于二人，岂可留此祸祟，再秽隋王？不如杀却，以正晋王邪念。"高颎点头道："是。"高德宏苦苦争阻，李渊决意不听，叫军士带出张丽华、孔贵嫔，双双斩于清溪之畔。

李渊斩却二妃，陈国军民无不欢悦，弄得个高德宏有兴而来，没兴而去。

当下晋王闻李渊将张、孔二妃斩了，一团高兴付之流水，心中恨这李渊，存忍在心，留意害他，不表。

隋主封晋王为太尉，高颎为齐公，李渊为唐公。随征将士，俱各重赏。

但是晋王威权日盛，名望日增，奇谋私计之士多入幕府，使他生了图谋篡位之心。重用一个宇文述，叫作小陈平，晋王曾荐他为州刺史，因欲议谋密事，故留在府。又有左庶子张衡，同谋不轨。这宇文述有一子，名叫化及，按上界璧水临凡，后篡位灭隋，于扬州称大许王，此是后话不表。

再说张衡，却教晋王在皇后处阳为孝敬，阴布腹心，说东宫（太子）过失，称晋王贤孝。却又重贿内宫，使他们张扬晋王勤修国政，功高望重。内庭无一个不赞晋王威能才德，都说东宫懦弱无能，满宫中说个不了。

第二回　谋东宫晋王纳贿　定燕山罗艺兴兵

晋王不惜赀财，从朝中宰执起，下至僚属，俱各有厚赠馈送；宫中宦官姬侍，皆重赏赐。在朝各官，只有唐公虽为旧属，却不受晋王礼物。

杨素在隋主面前把晋王好东宫歹，一齐搬将出来。隋主十分听信。起初，杨素还忌皇后，后来皇后反要他相帮。内外谗言，使个东宫太子如坐针毡，十分难过。晋王又每日与张衡谋划，将玩好之物，百般献进后宫，孝顺皇后，欲使母子离心，按下不表。

且说靠山王杨林，统兵五万，直抵冀州。那罗艺，字廉庵。父名允刚，乃北齐驾下勋爵，因功高望重，封在燕山，世袭燕公。因罗允刚中年早丧，那罗艺少年就袭了燕公之职。他为人刚勇异常，一生耿介，淡薄清廉；能使一杆滚银枪，沙漠驰名。夫人秦氏，乃亲军护卫秦旭之孙女，结发二十载，并无所出。其时罗艺闻杨林兵破马鸣关，秦旭父子尽忠死节，夫人闻得这个消息，一哭几绝。后闻杨坚篡位，灭了周主。罗艺得了此报，心中大喜，正好复仇，遂起强兵十万，战将千员，俱系训练精锐，即日起身，进犯河北冀州等处。所到之处，势如破竹。忽报隋主着杨林领兵五万前来，罗艺一闻此报，派兵镇守冀州，自却领兵迎敌。

且说杨林正行，忽报罗艺兵马挡住去路。罗艺见杨林白面黄眉，髭须三绺，勒马横枪，立于旗门之下，遂叫道："杨林，俺闻你名称大将，曾保隋帝南征北讨，以成天下，尚且贪心不足，灭北齐。恨不踏平营寨，灭你邦家，吾之愿也！"杨林道："罗将军，汝之所论，理固当然；但知其一，不知其二。古云：'天下非一人之天下，唯有德者居之。'今天时在隋，故一战而定北，再战而平陈，四海咸平，边疆敬服。将军虽有旧仇宿怨，亦只好待时而动。陈、齐一灭，天下归隋，料不能再兴齐室。看将军拥甲兵十万，虎视一方，何不归我大隋？老夫到长安，自当保奏将军永镇燕山，自有蟒袍挂体，玉带垂腰，不知将军意下若何？"罗艺闻言，心中想了一想，叫道："杨林，且休饶舌，惑俺三军。自古兵来将挡，水来土掩，俺何惧之有？你今巧言抵饰，要俺顺隋。也罢，必须依俺三件，俺就降隋；如若不依，俺誓死不降。"杨林道："将军，哪三件？乞道其详。"

当下罗艺据鞍说道："第一件，我虽降隋，但俺部下有十万精兵须听俺自调度，永镇燕山。这可使得么？"杨林道："这件且便依你。""第二件，俺罗艺名虽降隋，却不上朝见驾，听调不听宣。这可使得么？"杨林道："且依你。""第三件，凡有诛戮，不行文书，生杀自专。这使得么？"杨林笑道："将军，此三件乃易事，都在老夫身上。"遂吩咐三军退下十里之路。罗艺见杨林退兵，自把鞭梢一展，大小三军也退十里。罗艺邀杨林去燕山府，杨林道："将军如不放心，老夫同将军到府，动表奏闻圣上，候旨下，却再长行。"罗艺大喜，同杨林并辔而行。不一日，已至燕山府。大开四门，迎接杨林入城，竟至帅府。罗艺大排筵宴，犒赏三军。杨林忙修表章，差官星夜至长安上表章。这边罗艺三日一小宴，五日一大宴，每日请杨林观兵，以候圣旨。非止一日，忽报隋主差夏国公赍表，已离城二十里了。罗艺闻报，吩咐三军摆齐队伍，出城迎接。不一时，夏国公窦建德入城。罗艺忙摆香案，窦建德开读诏书。

奉天承运皇帝诏曰：今据靠山王所奏，燕公罗艺，廉明刚勇，腹隐忠良，实乃干城之将，堪为冀北屏藩。兹尔，罗艺加封为靖边侯，统本部强兵百万，虎踞冀北，使沙漠丧胆，屈突寒心；听调不听宣，生杀自专，永为镇主，世袭斯职，无负朕意。钦哉！谢恩！

大隋开皇二年月日敕

　　罗艺接过圣旨，命香案供着。即杀牛宰马，大排筵宴，厚待天使。送杨林赤金五千两，白银五万两，彩缎千端，明珠一匣。又送窦建德黄白金银各一千两，彩缎百端。以下三军，俱各重赐。次日，罗艺摆酒长亭，与杨林饯别，亲送十里而别。

　　那杨素得了晋王厚礼，素知文帝惧内，最听妇人之言，每每乘内宴之时，在皇后面前称扬晋王贤孝，挑拨独孤皇后。妇人心地偏窄，见识浅露，常在文帝面前冷言冷语，外面又加杨素赞成废立之事，弄得他父子们百般猜忌；况文帝素性多疑，常常遣精勇卫尉，打听太子消息，宫门不时差禁军把守。

　　到开皇三年十月，有东宫幸臣姬威出首太子，道："东宫叫师姥卜吉凶，道圣上忌在十八年，此期速矣！又于厩中养马千匹。"只这两件，把个太子生扭做悖逆的罪子。文帝得这个首章，大怒，亲御武殿，身着戎服，排立勇士，敕召太子。太子跪在殿下。宣读诏书，废东宫太子为庶人，立晋王为东宫，宇文述为护卫。东宫旧臣唐令臣、邹文胜等，皆被杨素诳奏，斩首市朝。朝中侧目，无敢言者。

7

第三回　造流言李渊避祸　当马快叔宝听差

有晋王心腹方士安伽陀奏道："李氏当为天子。"劝文帝尽杀天下李姓之人。亏得丞相高颎奏道："主上若再务杀戮，反至人心动摇，大为不可。如圣上有疑，可将一应姓李的不用，在朝不管兵事便了。"此时蒲山公李密，文帝心甚疑他，却喜杨素与密相交最厚，杨素要保全李密，遂赞美高颎之言，密令李密暂且退避。按李密系上界娄金狗临凡，后兵反金墉，称西魏王不表。其时在朝姓李者多有乞归田里，乞解兵权，李渊也趁这势，乞回太原。圣上准行，令他为太原留守，节制西京，克日起程。

且说秦叔宝久居山东城县，学得一身好武艺，在街坊专打抱不平，好出死力，不顾口舌。宁夫人常常哭着对他道："秦氏三代，只你一人，不可负气轻生以绝秦后。"自此与人斗口，一闻母唤，飞身跑回家去了。因此人便叫他"赛专诸"。幸家中还稍有积蓄，叔宝又情性豪爽，济困扶危，结交附近好汉，因又称为"小孟尝"。他的祖上传流下来一件绝世武艺，是两条一百三十斤镀金熟铜锏。他有万夫不当之勇。娶妻张氏，贤德无比。最相好的是济州捕快都头，姓樊名虎，号建威，也有三五百斤气力，为人慷慨好义，与叔宝通家往来，如一个人相似。

是时秦叔宝与樊虎、连明奉公缉盗。叔宝人又威风，马又强壮，远近盗寇谁不羡慕，都愿结交叔宝，因此济州七府、山东一省，无不驰名捕快秦琼是个豪杰。

忽一日，刘刺史发下一案，未得财的盗犯，律该充军，要发往平阳驿、潞州府收管。恐山西地面有失，当堂就点了叔宝、樊虎二人。樊虎该解往平阳驿进发，秦琼往潞州府投递，当堂点明起解。叔宝将十二名人犯交与连明，自回家中装束行李，拜别母亲妻子，同樊虎往长安司处挂了号，然后押着人犯，望山西进发。

却说唐公李渊，辞朝别驾，于路饥食渴饮，夜住晓行，陆续望太原进发，不止一日，来到临潼道上。日当正午，过了村镇方到临潼山楂树冈地方。李道宗和建成并马前行，唐公保着家眷在后，那晋王等扮着响马在此伺候，却好等个正着。那李道宗和建成指点山冈峻岭，林木深幽，正在赞叹，只听得树林中一声呐喊，抢出无数强人来，都用白布缠头，黑煤涂面，长枪阔斧，拦住去路，厉声高叫道："咦！留下买路钱来！"建成吃了一惊，带回马路往原路去了。李道宗大着胆喝道："你这班该死男女，吃了大虫心狮子胆来的么？谁不知洒家是陇西李府，你敢来阻截道路！"说罢，拔出腰刀便砍。这些家丁都拔短刀相助。那建成骤马跑回，对唐公道："不好了！前面都是强人，围住叔父要钱买路。"唐公道："怎么辇毂之下，就有贼盗？"叫家将取过方天画杆银剪戟，叫建成看着家小，却待上前，不料后面又有贼人一齐杀来。唐公不敢上前，与建成保着家眷，欲待冲出郡道，贼人围上数重，焉能得出？骑马纵然得去，车辆焉能冲突得出？唐公大吼一声，摆开银戟，同家将左冲右突，众贼虽有着伤，死不肯退。

却说晋王同宇文父子闪在林中，见唐公威武，兵丁不敢近身，晋王自用青纱蒙面，手提大刀，冲杀过来。宇文父子随后夹攻，把李渊团团围住，十分危急，此话不表。

秦叔宝正路经此处，只见山下平冈上烟尘四起，喊杀连天。叔宝勒住马定睛一望，却是无数强人，围住了一起隋兵，在那边厮杀。叔宝一见，心上半疑，按一按范阳毡笠，扣紧了挺带，提着金装铜，把马一夹，借那山势冲将下来，厉声高叫："咄！响马不要逞强，'赛专诸'来也！"只这一声，似牙缝内迸起春雷，舌尖上跳起霹雳。众强人吃了一惊，回头一看，见只是一个人，哪里放在心上？及至叔宝马至垓心，方有三五个上来抵敌，被叔宝手提铜落，一连几下，把强徒打死十数个。

战不多时，叔宝顺手一铜，照晋王顶上打来。晋王眼快，忙忙侧身一闪，那铜梢打中晋王肩上。晋王负痛，大叫一声，败下阵去。宇文化及刚欲上前，见晋王着伤，不敢上来，勒回马，保着晋王败下阵来。众人见晋王受伤，各各无心恋战，被叔宝一路铜打将下来。

众人四散乱窜。叔宝早追一人至山湾，拿住问道："你等何处毛贼，敢在皇都地面行劫？"那人慌了道："爷爷饶命！只因东宫太子与唐公不睦，故扮作强人欲行杀害，适才爷爷打伤的就是。求爷爷饶命！"叔宝听罢，吓出一身冷汗，想道：太子与唐公不睦，我在是非丛里管他怎的，若还认出，性命难保。便喝道："这厮胡言，谁知真假，饶你狗命去罢！"那人抱头鼠窜而去。叔宝自思：若再迟延，必然有祸。将范阳毡笠向前一按，遮下脸，放开坐骑，豁辣辣一马，竟望长安大道而去。

那唐公既离虎口，见那壮士一马跑去，忙对道宗道："你快护住家小，待我亲自赶去谢他。"遂弯弓插箭，紧紧赶来，大叫道："壮士请住，受我李渊一礼。"叔宝只是跑。此时早已赶下十余里远，叔宝见唐公不舍，紧紧赶来，只得回头道："李爷休赶，小人姓秦名琼便是。"把手摇上两摇，将马一夹，如飞的去了。

第四回　临潼山秦琼救驾　承福寺真主临凡

唐公至车辇前，说："夫人受惊了！贼已退去，好赶路矣！"于是一齐起行。夫人因受惊恐，忽然腹痛，待要安顿，又没个驿处，旁边有个大寺，名曰承福寺。只得差人到寺中，说要暂借安歇。本寺住持法名五空，连忙聚集僧众，迎接进殿。唐公领家眷在附近后房暂宿，明日早行。又着家将巡哨，以防不虞。自却全装甲胄，带剑观书。刚定三更时候，忽闻异香阵阵扑鼻，十分惊讶，步出房外时，只见半空中箫韶迭奏，剑佩铿锵，紫雾盘旋，祥云缭绕。却是中天紫薇临凡，满天香雾氤氲，一寺瑞烟笼罩。惊异间，忽有侍儿来报："夫人分娩世子了！"李渊大喜。挨到天明，参拜如来，住持率众僧叩贺。唐公道："寄居分娩，污秽如来住持清静，罪归下官，何喜可贺？怎奈夫人分娩，未可路途辛苦，欲待再借上刹，宽住几时，如何？"五空道："贵人降世，古刹生光，何敢不留？"唐公称谢。吩咐家丁不许生事，暂住半月，候夫人身健，起行回太原后，发钱粮，重修庙宇，再整金容。

且叙秦叔宝，单身独骑，一马跑有八九里路程，方才住鞭。见樊虎在店，把打抱不平的话说了一遍。到次日，早饭已过，匆匆地分了行李，各带犯人分路了。这叔宝不止一日，到了潞州，寻了王小二家做下处，赶早把人犯带到衙门前，投过了文，少时发出来，着禁子把人犯收监；回批要候蔡太爷太原贺唐公李爷回来才发。叔宝只得回到下处，耐心等候。

不想叔宝十分量大，一日三餐要吃斗米。王小二些小本钱，二十余天都被他爵完了。只得与妻柳氏计议道："这秦差公是个退财白虎，自从他进门，并无别客来下顾，几两本钱都葬送在他肚里了。这几日，连招牌灯笼都不挂出去，再是数天，大门都不必下了。怎么处？我要开口，又恐他着恼，故此与你商量。"柳氏道："你这人不识面目，那秦爷是山东豪杰，难道少了饭钱不成？等官府回来，领了批文，少不得算还你。"又过数日，实是挨不过了，只得候他得便时，陪过笑面道："秦爷，小人有句话对爷说，犹恐见怪，不敢启口。"叔宝道："俺与你宾主之间，有话便说，怎的却恐见怪？"王小二道："只因小店连日没有生意，本钱短少，菜蔬都是不敷，我的意思要问秦爷预支几两银子，不知使得么？"叔宝道："这是正理，怎么要你这等虚心下气？是我忽略了，不曾与你银子，你去哪里有这长本钱供得起我？你停一会，秤与你罢！"那王小二千欢万喜，走出去了。叔宝却在挂箱里去摸一摸，吃了一惊。你道他是个好汉，为何吃惊起来？却有个缘故：因在关内与樊虎分行李时，急促了些，有一宗银子是州里发出做盘缠的，库吏因樊虎与叔宝交厚，故一总兑与樊虎。这宗盘费都在樊虎身边，及至匆匆分别，他二人哪里把这几两银子放在心中，行李文书件件分开，单有银子不曾分得。心内踌躇，想起母亲要做寿衣买潞绸的十两银子，且喜还在挂箱内，且用了再处。就取出来，对王小二道："这几两银子交与你，写了收账。"王小二收了。叔宝口中不言，心里焦闷。

叔宝忽然想道："我又没甚么当头，只有两条金装锏，拿来变卖，还了饭钱，也得早回乡井。"于是回店对小二道："我有一对金装锏在此，拿去卖了罢！"小二痴心想道："他有金装锏，今日才说，若是卖与别人，便宜他了。"因说道："秦爷，这锏不要卖罢，一时哪个来买？何不拿到三义坊典铺中，当他几两银子，将就度过去，等朋友来，有银子赎回去，岂不两便？"叔宝闻言大喜，只道王小二是个好人，忙去把铜将来拿了，别了店主，望三义坊来。

当下叔宝只道这铜是人人晓得是个祖上遗下的，犹如传家之宝一般。急忙拿着到三义坊，问到当铺内，将铜放在柜上。当铺内的人看了道："兵器不当，只好作废铜秤。"叔宝等着要银子，见管当的装腔，没奈何，说道："就当铜秤罢！"当铺人拿大秤来秤，两根铜，重一百二十八斤，又要除些折耗，四分一斤算，该五两银子，做几日吃在肚里，又端的不能回乡。只得说："价少，不当。"拿了回店。王小二如逼命的一般，进来道："你老人家怎的依旧拿了回来？"叔宝道："铺中道兵器不当。"小二道："如此，做秦爷不着，再寻些甚值钱的当罢。"叔宝道："小二哥，你好呆，我公门中除了这随身兵器，难道有什么金珠宝物带在身边不成？"

第五回　潞州城秦琼卖马　二贤庄雄信驰名

当下王小二逼秦琼，又说："你那匹尊骑，再两日饿死了，却不关我事。"叔宝道："我这匹黄骠马，可有人要么？"小二道："秦爷在我家住这好几时，再不听见你老人家说这句好话。我们潞州城里都是用得脚力着的，马若出门，就有银子了。"叔宝道："这里马市在哪一方？"小二道："就在西门里大街上，五更时开，天明时散了。"叔宝道："明早去罢。"

叔宝走至槽头，看那马时，但见蹄穿鼻塌，肚细毛长，见了叔宝，摇头流泪，如向主人说不出话的一般。叔宝止不住眼中流泪，叫声："马啊马……"要说，一个噎塞，也说不出了，只得长叹一声，把马洗刷一番，断些草与他吃。这一夜，叔宝如坐针毡。盼到五更时分，起身出门，那马竟是通灵的一般：晓得才交五鼓，若是回家，得备鞍辔、捎了行李，方才出门；除非是饮水、放青，没有起五更之理。他把前蹄站定在门槛上，两只后腿倒坐将下去。叔宝因马体瘦得紧，不忍用力，只得调息他慢慢地扯。王小二却是狠心的人，见马不走，提起那根门闩，照这瘦马后腿上尽力两下，打得那马负痛扑地，跳将起来。小二把门一关，口内喃喃地道："卖不得，再不要回来！"叔宝不理他，牵了马到西市里来。

那马市已开，但见王孙公子往来不绝，见着叔宝牵了一匹瘦马，有几个浮浪子弟道："列位让开些，穷汉子牵着一匹瘦马来了！"叔宝听见，心中五味杂陈。

　　牵着马在市上，没有人睬。因空心出门，走着路都是打睡眼，顺着脚走过了马市，城门早已大开。乡下人挑柴进城来卖，那柴上还有些青叶，马是饿极了的，见了青叶，一口扑去，将卖柴的老儿冲了一跤，喊叫起来。叔宝如梦中惊觉，急去搀扶老儿起来。那老儿望着马问叔宝道："此马敢是卖的么？那市上来往俱是王孙贵宦，哪里看得上眼！这马骠虽跌了，缰绳实是硬挣，老汉今却认得此骑是个好马。"叔宝懊闷之际，听得此言，心中欢喜起来，道："老丈，你认得马之劲脊，却在哪里去卖好？"老儿道："'卖金须向识金家'。要卖此马有一去处，一见包管成交。"叔宝大喜道："老丈，你同我去，卖得时送你一两茶金。"那老儿听得，欢喜道："这西门十五里外，有个二贤庄，庄上主人姓单，双名雄信，排行第二，人都称他为二员外，常买好马送朋友。"叔宝闻言，如醉方醒，似梦初觉，暗暗自悔失了检点。在家时闻得朋友说，潞州二贤庄单雄信，是个招纳好汉的英雄。我怎么到此许久，不去拜他？如今衣衫褴褛，若去拜他，也觉无颜；欲待不往二贤庄去，犹恐错过了机会，却没有识货的了。也罢，我只认卖马的便了。就叫老丈快去。那老儿把柴寄在一个豆腐店内，引叔宝出城。约有十余里，果见一所大庄院。

　　这座二贤庄，主人姓单名通，号雄信。这人生得面如蓝靛，发赛朱砂，性同烈火，声若巨雷。使一根金钉枣阳槊，有万夫不当之勇，专好结交豪杰，山东几府算为第一。收罗亡命，做的是没本营生，随你各处劫来货物，尽要坐分一半；凡是绿林中人，他只一支箭传去，无不听命。所以十分富厚，青齐一带，处处闻名。

　　雄信看完了马，与叔宝见礼道："这马可是足下卖的么？"叔宝道："这是小可的脚力，今在穷途，货于宝庄。"雄信道："这却不管你自骑的买来的，咱这里只问你价钱罢！"叔宝道："人贫物贱，不敢言价，只赐五十两作回乡盘费足矣！"雄信道："马价讨五十两也不多，只是膘跌重了。若上细料，喂养得起来；若不加细料，这马就是废物了。见你说得可怜，咱与你三十两罢！"雄信还了三十两，也不十分要买，转身过桥就走。

叔宝无奈，只得跟过桥来，口里说道："凭员外赐多少罢了。"雄信进庄，立在大厅滴水檐前。叔宝见主人立在檐前，他只得站在月台旁边。雄信着手下人将马牵到槽头去，上些细料来回话，见叔宝状貌魁梧，因问道："足下不像我这里人。"叔宝道："在下是济南府人。"雄信听得"济南府"三字，早动了一个念头，向叔宝道："请进来坐，有话动问仁兄。济南府，咱有个慕名朋友，兄可认得否？"叔宝问是何人。雄信道："此兄姓秦，咱不好称他的名讳，这时只讲他的号罢，叫作秦叔宝，山东六府俱称'赛专诸''小孟尝君'，却在济南府当差。"叔宝随口应道："就是在下——"即住了口。雄信失惊道："得罪！"连忙走下来。叔宝道："就是在下同衙门朋友。"雄信方立住了，道："既如此，失瞻了！请问老兄尊姓？"叔宝急转口道："贱姓王。"雄信道："小弟还有一事相烦，请兄略坐小饭，要写个信与秦兄，不知可否？"叔宝道："有尊托尽可带得，饭是决不敢领。"雄信进内，去封了三两程仪，潞绸二匹，并马价，出厅前殷勤作揖道："小弟本欲寄一封书，托兄奉与叔宝兄，因是不曾会面的朋友，恐称呼不便，只好烦兄道个单通仰慕之意罢了，小弟异日要到他府上拜识。这是马价三十两，外具程仪三两，潞绸二匹，乞兄收下。叔宝兄同袍分上，弗嫌菲薄。"叔宝再三不肯收，雄信执意送上，叔宝只得收了。雄信留饭，叔宝恐露自己声名，急辞出门。

叔宝回到下处，小二见没有马回来，知道卖了，便道："秦爷，这遭好了！"叔宝听了不言语，把饭钱一一算还与小二，取了文书，打并包裹与双锏，背上肩头，望山东而来。闲话不表。

　　走了一夜，叔宝自觉头内有些疼痛，只得硬着身子而走。挨了十多里，不料两只脚竟不是他的了，要往前走，却往后退了。见那边有所庙宇，却是东岳庙。叔宝奔入庙来，却要去拜板上坐坐，不料一个头晕，仰后一交，豁啷一声震天响，倒在地下。背上却背着双铜，一倒在地，竟把七八块磨砖都打碎了。惊得道人慌忙来扶，一似有千斤重，哪里扶得动？只得报与观主。这观主姓魏名征，曾做过吉安知府，因见奸臣当道，与知县徐茂公，也是范阳人氏，挂冠闲行，从师徐洪，客在此东岳庙住。魏征问了叔宝的情况后，吩咐道人取几束草，在西廊下打铺，把席铺好，扶叔宝去睡了，却与他取出被来盖好。魏征却日日按方定药与叔宝吃。

　　一连过了几日，这一日，却有许多人来到了，道人摆正了经堂，只等员外到来即便开经。你道这个法事是何人的？原来就是单雄信因哥哥死了，在此看经。少时，雄信到了，魏征出迎。叔宝却在廊下草铺上，见是雄信进来，忙把头向里睡了。雄信来至大殿，参拜了圣像，只见家丁们吵吵嚷嚷。雄信喝问何故，家丁道："可恶这道人放肆，昨日吩咐他打扫殿上，他却把一个病人睡在廊下，故此打他。"雄信听了，不觉大怒，便叫："魏征，你这邋遢道人，罗子吩咐你打扫殿上必须洁净，你缘何容留病人睡在廊下？你这囚人的，看作罗子什么人？"魏征满面堆下笑来，叫声："员外有所不知，这个人却是山东人，七日前得病在此，上天有好生之德，难道贫道赶他去不成？故此睡在廊下，望员外详察。"

第六回　建威冒雪访良朋　雄信挥金全义友

其时雄信听见说山东人，便问道："你可晓得他姓甚名谁？""员外，他是个官差，叫作秦叔宝。"雄信闻言，一似半空中掉下一个霹雳来，又惊又喜，飞跑到廊下。此时叔宝恨不得有个地洞，也爬下去了，把头在草里乱撞。雄信赶到跟前，往草内坐倒，扯住了叔宝的手，只叫一声："叔宝哥，你端的想杀了单通也！"叔宝自料回避不得，只得坐起身来，叫声："单员外，我秦琼有何德，蒙员外如此爱慕？"雄信把手捧住了叔宝的脸，看他这般形景，眼中掉下泪来："啊呀，哥啊！你原见我单通，不肯实说。谁知兄长却落难在此，皆单通之罪。"叔宝道："岂敢！小弟只因贫困在此，所以瞒了仁兄。今日得见仁兄，是小弟万分之幸了。"雄信就叫道人烧起浴汤，着家丁扶秦爷去洗澡，换了新衣，吩咐魏征做道场。又叫一乘轿子，抬了叔宝。雄信上马，竟回二贤庄来。

到得庄上，叔宝欲要叙礼，雄信一把扯住道："秦哥贵体不和，你我何必习此客套？"连忙收拾床铺，与叔宝睡了，即请医生调治，不消十数日，把叔宝的病都治好了，雄信方才摆酒接风。座中问起落难之故，叔宝把前事从头细说了一遍。雄信把亲兄被唐公射死之事告知，叔宝十分叹息。自此叔宝住在二贤庄养病。

樊建威（樊虎）完了公干，来到秦家，老太太便问："叔宝一去许久，为何还不回来？"建威道："老伯母，你且宽心，谅叔宝兄自有主意。

闻唐公回乡，府尹必定不闲。没有回文，所以不得回来；文书到手，一定回来了。"樊虎安慰了老太太一番，作别去了。

　　却又过了半月，不见叔宝回来。老太太十分疑惑，叫秦安去请樊虎。正值建威从县中回来，见了秦安，便问道："来此何干？"秦安说："樊大爷，我家老太太相请有话。"樊虎即便来到秦家。老太太出来，见了樊虎便道："小儿一去两月有余，缘何不见回来？我想他初次出门，不曾惯的人，恐怕他病在潞州。樊大爷，老身有封书信在此，意欲烦大爷去潞州走一遭，不知你意下若何？"樊虎道："既是老伯母吩咐，小侄敢不从命？明日就去便了。"当下樊虎接了书信，老太太取出十两银子做路费。樊虎道："不必伯母费心，叔宝兄还有银子在小侄处。"老太太定要他收，樊虎哪里肯。离了秦家，竟入衙门，告了一个月假，次日收拾行李，径往山西潞州府来。

　　将近潞州，忽然彤云密布，朔风紧急，早已纷纷落下一天雪来。樊虎在马上，见路旁有所东岳庙，忙下马来，进庙避雪，把马拴在廊下，自却走上殿来。魏征一见，慌忙道："到此有何公干？"樊虎道："只因一个朋友在此潞州，许久不回，特来寻他。不料遇了这样大雪，难以行走，到宝观借坐一坐再走。"魏征叫道人送茶，便道："敢问客官寻哪个朋友，姓甚名谁？"樊虎道："这个人，他也有些名望，叫作秦叔宝。"魏征闻言，拍手呵呵大笑道："老兄，你正是踏破铁鞋无觅处，得来全不费工夫。这个人远不远千里，近只在目前。"樊虎连忙问道："这人今在哪里，为何老师晓得？"魏征道："前月廿七日，有个人病在庙中，叫作秦叔宝，近来在二贤庄单雄信处。不知足下是他何人？"樊虎道："在下姓樊名虎，与叔宝兄是同袍好友。因他母亲不见他回去，记念之极，所以央我前来寻他回去。不想他有这些缘故，如今就烦老师同去走一遭。"魏征道："贫道也与单雄信相识，时常在他庄上。既然兄长要去，待等雪一住，同行便了。"樊虎道："若等雪住，今日去不成了，不要管他，我们冒雪去罢！"魏征见樊虎十分要去，只得备了一匹驴子，同樊虎离了东岳庙，踏着那乱琼碎玉，背着西北风，望二贤庄来。

二人到了庄门，魏征对庄客说道："今有山东秦爷的朋友来访。"庄客连忙入内。雄信正与叔宝酌棋，一闻此言，二人起身出来。叔宝见是樊虎，只叫一声："建威兄！"四人来至厅上，见礼坐下。雄信吩咐摆酒，与樊虎接风。至晚，魏征自回观去，樊虎却住在二贤庄上。

一连几日，天色已晴。叔宝写了回信，将批文一并交付樊虎："代为禀官，说我病在潞州，待病好回家，自来面禀。"樊虎说声："晓得，这事在我。"雄信备酒饯行，取出白银五十两，潞绸五匹，寄与秦母；另外十两银子，潞绸一匹，送与樊虎。樊虎不好推却，只得受了，别了雄信、叔宝，自回济南去。此话不表。

且说叔宝在二贤庄上住过了年，又过了灯节，辞别雄信要行。雄信摆酒饯行，叔宝饮了几杯，立起身来。雄信吩咐将叔宝的黄骠马牵将出来，却是鞍镫俱全，铺盖已捎在马鞍上，双铜挂在两下。叔宝见了道："何劳兄长厚赐鞍镫？"雄信道："岂敢！无甚物件相送兄长，少尽小弟一点心耳！"吩咐取程仪过来。家丁一盘托过，雄信送与叔宝道："白银五十两，潞绸十匹，权为路费。"叔宝再三推辞不受，却不过面情，只得收下了。雄信送出庄门，还欲远送，叔宝再三辞谢，雄信只得住了。遥见叔宝飞马而去，望不见了，方才进庄。

秦琼离了二贤庄，已是下午时分，行不上八九十里，天色将晚了。见有一村人家，地名皂角林，内有客店。叔宝下马，店主人来问道："老爷可在小店安歇么？"叔宝道："正是。可把我的马好好去槽上加料，取一间房，把我的铺盖拿进来，取些酒来，就在房内吃罢。"当下走堂的把行李送入房内。叔宝到里边坐下，摆上酒肴来，叔宝饮酒，此话不表。

那走堂的却来对主人吴广说道："这个人有些古怪，马上的鞍镫黄澄澄的好似金子，行李又十分沉重，又有两根铜，尤其厉害。前日前村失盗，这些捕人快手在左近缉访，此人莫非是个响马强盗？"吴广叫声："轻口！你可曾打开他的行李么？"走堂的说："这到不曾。"吴广道："不可泄漏，待我去张他，看他怎生的，再做道理。"

当下吴广来至房边，在门缝里一张，只见叔宝吃完了酒饭，收拾在一边，却打开铺盖来睡，觉得被内有些沉重，把手一提，噗的一声，脱出许多砖块来，灯光照得雪亮。叔宝吃了一惊，取来一看，却是银的；将来放在桌上，对着灯想道："雄信何故不与我明言，暗放在内？"吴广一见，连忙出来叫小二："不要声张，果是响马无疑了，待我去叫捕人来。"

当下吴广出得门来，正遇着二三十个捕人快手来他店中吃酒。吴广道："列位来得正好，有一个响马在我店中。"众人道："怎见得他是个响马？"吴广道明从前进门之事，众人就要下手。吴广道："你们不可造次，我看这人十分了得，又且两根铜甚重，若拿他不住，吃他走了，反为不美。你们可埋伏在外，把索子伏在地下，待我去引他出来，绊倒了他，有何不可？"众人点头，各各埋伏了。吴广却把斧头拿在手中，一斧打开了房门，叫声："做得好事！"抢将进来。叔宝正对着银子思想，忽见有人抢进来，只道是响马来打劫银子，立起身来，吴广早至面前，叔宝把手一隔，叫声："不要来！"吴广立脚不定，噗的一交，倒撞在风火墙上，把脑子都跌了出来。外边众人呐一声喊，秦琼取双铜在手，抢出房来。两边索子拽起，噗通一声，把叔宝绊倒。众人一齐动手，叔宝在地上乱滚，众人把兵器往下就打。叔宝把头抱住，众人便拿住了，用七八条绳子将叔宝绑了，吊在房内。见吴广已死在地下，他妻子连夜央人写了状子，次日天明，众捕人取了双铜及行李、银子，绑着秦叔宝，带了吴广的妻子，投潞州来。

单雄信听知此事后，就去挽一个虞候，在参军厅蔡府尹处上下用了银子，端整一张辩状。雄信认作秦琼胞弟秦瑶，竟在山西大行台袁天罡衙门告准，辨得秦琼系历城县差人，实因有病，至今方回，所有银两，乃朋友王伯当所赠，在皂角林，有店主吴广误认响马，纠合捕快，打进房内，误伤跌死吴广是实。大行台袁天罡看了辩状——他阴阳有准，明知左天蓬有难，他是兴唐的擎天玉柱，架海金梁，日后同为一殿之臣，况他灾星将满，何不借此出罪，使他姑侄相逢？但单雄信假冒秦瑶来告辩状，若不说破他，岂不被他笑我无能？便吩咐带秦瑶。雄信到大堂跪下，袁天罡叫近案前，喝道：“好大胆的单通！谁不晓得你是坐地分赃的强盗头儿，擅敢冒称秦瑶来告辨状，本该将你究罪，亏你肯费千金，义全知己，不亏友道，暂且饶你。”此时雄信唬得浑身冷汗，脸都涨红了，磕了二三十个响头，退将出来，心里还在不住地跳。那袁大爷接着移文着府，发配秦琼河北冀州燕山罗元帅标下为军。那蔡建德太爷接着文书，吩咐牢中取出秦琼，当堂发付，上了枷，点了两名解差。这二人却也是本府好汉，一个姓金名甲，字国俊；一个姓童名环，字佩之，与单雄信却是好朋友，故此雄信买他二人押解。当下领了文书，带了叔宝，出得府门。

第七回　打擂台英雄聚会　解幽州姑侄相逢

单讲叔宝三人，离了山西潞州府天堂县，在路晓行夜住。不日将近燕山，天色已晚，金甲道："叔宝兄，我们且寻个客店住了，明日少不得要去会张公瑾（单雄信的朋友）。"叔宝道："说得是。"三人寻了客店住下，便问店主人："这里有个顺义村么？"店主人道："东去五里便是。"叔宝道："你可晓得村中有个帅府旗牌官张公瑾么？"店主人道："怎么没有？近来元帅罗爷又选一个中领军叫作史大奈。帅府的规矩，选领职的演过了武艺，还恐没有本事，却在顺义村土地庙前造一座擂台，限一百日，没有人打倒他才有官做；倘有好汉来打倒了他，就把这领军官与那好汉做。如今这个史大奈在顺义村将有百日了，若明日没有人来打，这领军官是他的了。张公瑾、白显道日日在那里经管，你们若要寻他，明日只到庙前去寻便了。"叔宝闻言，不觉大喜，吃了酒饭，与金甲、童环自去睡了。

次日绝早起来，吃了早饭，算还饭钱，三人离了店门，一路向顺义村土地庙而来。史大奈脱了团花战袍，把头上扎巾按一按，身上却穿一件皂缎紧身护胸的小袄，脚下裹脚绞腿，蹬一双多耳麻鞋，上了擂台。这边张公瑾、白显道自在殿上吃酒。那史大奈在台上打了几回拳棒。此时看的人却也挨挤不开，叔宝三人也杂在人丛里观看。只见史大奈在上边叫道："台下左右村邻，或远来的豪杰，小可奉令在此：今日却是百日满期，若有人敢上台来与我交手，降服得我，这领军职分便让与他，可有人上来交手么？"

连问数声，无人答应。那金甲看了叔宝、童环道：“二位，你看他目中无人，哪一位上去打倒了他，也与人笑笑。”童环一时高兴，便道：“待我去打这狗头下来。”遂大叫道：“我来与你做对！”径奔石阶上来。这史大奈以为一百日并无人敢来交手，今乃圆满日期，却有人来做对，也全不在他心上，狮子大开口的立着一个门户等候。童环上得台来，便使个高探马的势，抢将进来，被史大奈把手虚闪一闪，将左脚飞将起来，一腿踢去；童环却待要接他的腿，不想史大奈的力大，开一腿把童环踢了一个翻筋斗，倒撞下擂台去了。金甲看见大怒，飞奔上台来，使个大火烧天势，抢将过来。史大奈把身一侧，回身假走。金甲见史大奈长大，恐一只手捞他不倒，赶上前来狠叫一声：“不要走！”便拦腰抱住，要吊史大奈下去。却被史大奈用个关公大脱袍，把手反转，在金甲腿上一挤，金甲一阵酸麻，手一松，被史大奈两手开个空，回身狠一膀，喝声：“下去罢！”噗通的一响，把金甲打下台来。那些看的人齐声喝彩，呐一声喊。

叔宝看了，哪里忍得住，心中大怒，两手在人头上一按，托地跳上擂台，看的人都吃了一惊。史大奈劈的一跳，叔宝到了身边，两个搭上手打将起来。史大奈却不敢小觑了，用尽平生气力，把全身本事都拿出来招架。下面看的人齐声呐喊。他两个打得落花流水，却有张公瑾跟来的家将看见势头不好，慌忙走入殿后，叫声：“二位爷，不好了！谁想史爷的官星不现，今朝遇着敌手了！”张公瑾忙问道：“何以见得？”“二位爷不要说起，先时原被史爷打了两个下去，不料在后，人丛里跳上一个配军来，颈上还戴着行枷，与史爷交手，实是厉害。小的们旁观者清，看史爷有些不济事了！”二人闻言，吃了一惊，连忙跑将出来。张公瑾抬头一看，见叔宝人才出众，状貌魁梧，暗暗喝彩。便问那些看的人道：“列位可知道台上这个好汉是哪里来的？”有晓得的，便指着金、童二人说道：“他们是同来的。”张公瑾上前一步，把手一拱，说：“敢问二位仁兄，上面打擂台好汉何人？”金甲因自己打输了，没甚好气，今见叔宝有些赢局，甚是得意，看着张公瑾道："凭他打罢了，着什么紧！"张公瑾笑道："不是这等讲，既来赌胜，必是道中朋友，弟恐不好挽回，所以动问。"童环气烘烘道："这倒不打紧，老实对你说了，我们也是来得来的。上面打的便是山东六府驰名的秦叔宝，在下两个是山西潞州人。"张公瑾闻言，又惊又喜，也不等说完，对着台上大叫道："叔宝兄，请住手！岂不闻君子有成人之美？"叔宝心中明白：我不过见他打了金甲、童环，一时气忿，与他交手，何苦坏他名职。就虚闪一闪，跳下台来。史大奈也下了台。

叔宝上前道："不知哪一位是张爷？""岂敢！小弟便是张公瑾，兄何以见问？"叔宝闻言，慌忙上前见礼道："有山西单雄信书在此。"公瑾闻言，请叔宝三人来至后殿，各各见礼，现成酒席，大家坐下。叔宝取出书来递与公瑾，公瑾拆开观看，内中备细，写着叔宝的根由，不过要他照看之意。公瑾看罢，对叔宝道："兄诸事放心，都在小弟身上。"当下略饮几杯，公瑾起身拱手道："残肴浊酒，唐突兄长，幸勿见罪！""岂敢。"忙吩咐备马三匹，与叔宝三人骑了。六人上马，家将们收拾杯盘，回到村中，重铺拜毡，顶礼拜见，大排筵席，欢呼畅饮。

次日天明，吃了早饭，俱在帅府前伺候。少刻辕门上二鼓，两边鼓亭上吹打三通，轰隆三个大炮，吆吆喝喝，帅府开门。张公瑾自同旗牌班白显道归于左领军，尉迟南、尉迟北自到中军位，韩固忠、李公旦自随右统制班，一齐走边阶进角门，上堂参见。随后又有这干辕门官、听事官、传宣官，与五营、四哨、偏副牙将，戎装披挂，上堂打拱。唯有史大奈在辕门伺候，他因还不曾受职，故此在外。此时有十数起人犯解到帅府发落的。金甲、童环将一扇板门抬着叔宝，等候投文不表。

单讲到罗元帅升坐大堂，好不威风：年纪五旬上下，一张银盆大脸，海下五绺花白长髯。头上戴一顶金幞头，二龙抢珠；身穿大红蟒袍，四爪勾肩，正面金龙；腰悬九曲玲珑玉带，脚踹粉底皂靴。在隋朝官封靖边侯，掌生死之权，统属文武，镇守西北一带地方，十分严整。

这一座帅府堂，恍似森罗殿；中军帐，好比吸魂台。两旁边明盔亮甲，密布刀枪，出生入死，果然厉害。众将参见之后，有张公瑾上前跪禀道："小将奉令在顺义村监守擂台，一百日已满，史大奈并无敌手，特来缴令。""站过一边，传史大奈！"一声令下，史大奈全装甲胄，嘀嘀嘀来到丹墀下面，把甲拦裙一撩撒，即跪将下来："小将见帅爷磕头！"归班站立。少停，只听得中军官出来喝道："哒！潞州府解子呢？大老爷有令，带军犯秦琼进见！"金甲、童环火速上前答应，战战兢兢捧着文书，有报门官报门而进，二人在仪门内远远跪下。旗牌官接了文书，当堂拆封，送将上来。罗公看罢，吩咐把秦琼带上来。罗公站起身来，远远望去，看他面色焦黄，乌珠定着，便把头一点："将犯人发落去调养刑房，发回文。""嘎！"两旁一声答应，金甲、童环叩谢出来。罗公退堂，放炮吹打，帅府封门不表。

彼时罗公退堂，夫人来接，每日如此。今朝退进私衙，并不见夫人，只有公子罗成前来迎接。罗公不见夫人来接，便问道："我儿，今日乃是你母亲的生日，也曾吩咐摆酒，为何不见你母亲出来？"罗成道："母亲不知为什么，早上起来愁容满面，如今在那里啼哭。"罗公见说，吃了一惊，连忙来到上房，只见夫人眼泪汪汪坐在一边。罗公满面春风走近前来，抚着夫人的背道："今日乃是夫人寿诞，下官曾吩咐备酒，与夫人庆寿，为何夫人反在此啼哭，莫非怪着下官么？"秦氏夫人住了哭道："老爷何出此言？妾身只因思念先兄，为国捐躯，尽忠战死，撇下寡妇孤儿，不知逃往何方，存亡未卜。不想昨夜三更得其一梦，梦见先兄对我说：'侄儿有难，在你标下，须念骨肉之情，好生看顾。'妾身醒来，想起伤心，故此啼哭。"罗公道："令侄不知叫何名字？"夫人道："但晓得乳名叫太平郎。"罗公道："没有名字，哪里去查。"心中一想，对夫人道："方才早堂，山西潞州府解来一名军犯，名唤秦琼，却与夫人同姓，令先兄托兆，莫非就应在此人身上么？"

第八回　叔宝神箭射双雕　伍魁妒贤成大隙

　　罗公吩咐带秦琼上来，有家将引叔宝在阶前跪下。罗公便道："秦琼，你是哪里人氏，祖上什么出身，因何犯罪到此？一一讲上来。"叔宝心中一想："好奇怪，他要盘问我的家世根由，必有缘故。啊，罢罢罢！大丈夫生有方儿死有地，说个明白，就死也是甘心。"便道："大老爷啊，犯人祖籍济州，祖爷爷秦旭，乃北齐亲军护卫；父亲秦彝，在齐主驾前，官居武卫大将军，可怜为国捐躯，战死沙场。止留犯人，年方五岁，赖老仆秦安相救，母子相依，山东避难。犯人后来蒙本府太爷抬举，点为捕盗都头。去岁奉差，押解军犯到潞州府，时衰患病，皂角林误伤人命，发配到大老爷这里为军。此是句句实情，并不敢隐瞒。"老夫人在内听了好不伤心，几次三番要出来相认，罗成阻住说："母亲，就等他说完了再认未迟。"外面罗公又问道："你的母亲什么姓氏，你可有乳名么？"叔宝见问，心内骇然，只得跪上几步，叫声："大老爷啊，犯人母亲宁氏，年将六旬，我的乳名叫太平郎。"罗公忙又问道："你可有姑姑么？"叔宝道："有是有一个姑姑，犯人三岁时，就嫁与一个姓罗的官长，至今杳无音信。"罗公掀髯大笑道："远不远于千里，近只近在目前。夫人，你令侄在此，快来认下来。"老夫人听得分明，也不等丫鬟卷起珠帘，自己推开了帘子，忙移莲步，急出后堂，一把抱住叔宝，放声大哭，只叫得一声："太平郎，我的儿！你嫡嫡亲亲的姑姑在此！"

叔宝此时不知就里，唬得遍身发抖："啊呀，夫人不要错认了，我是犯军。"罗公站起身来，叫声："贤侄，你不必惊慌，老夫罗艺是你的姑夫，这就是你的姑姑，一些不错。"叔宝此时如醉初醒，似梦方觉，大着胆上前拜认姑爹姑母，虎目中也掉几点痛泪。又与表弟罗成见过了礼，然后罗公吩咐家人，服侍秦大爷沐浴更衣，与夫人庆寿的酒席摆起来，与叔宝接风，还差人外边叫来戏子。张公瑾探知消息，十分大喜，俱送礼进来贺喜。有尉迟南看单雄信朋友情分上，好生留待金甲、童环，那话不题。

罗爷在于上房，夫人开言说："相公，妾身想你既为边关帅，总督兵权，侄儿在此，你还该看秦氏先人之面，将他提拔，巴得一官半职，日后回乡，也使嫂嫂知我夫妻情义。"罗公道："夫人有所不知，朝廷爵禄不可以私亲，下官从来赏罚严明；况令侄系是配军，到此无寸箭之功，下官若是加他官职，犹恐众将不服。我的意思欲待下教场演武，使令侄显一显本事，那时将他补在标下，以服众心。不知夫人尊意如何？"夫人道："相公主见不差。"

次日，帅爷升帐，众将打拱已毕。罗公传令五营兵将，整顿队伍，明日下教场操演。众将遵令。罗公退帐，回到后堂，对叔宝说明就里，秦琼道："可惜侄儿锏在潞州，不曾取到。"罗成道："这不打紧，我的锏借与表兄用一用罢。"叔宝大喜，说："如此甚好。"

一宵耽搁，次早五鼓，罗元帅起身梳洗，冠带出堂。放炮开门，众将行礼。罗公吩咐打道上轿下教场，随后有罗府家将保着爵主，罗成、叔宝相随，一路往教场来，十分威武。

众将官参见之后，五营四哨兵丁将校，各按队伍，分列两行。罗公下令三军演武。一声号炮，儿郎踊跃，战马咆哮，依队行动，来往盘旋，排成阵势。将台上令字旗一展，三声号炮，鼓角齐鸣，人马奔腾，杀气漫天。又换了阵势，呐喊摇旗，互相攻击，真有鬼神不测之妙。

罗公又传令下来，唤山西解来的军犯秦琼。叔宝在旁闻唤，连忙答应上前，跪下说："军犯秦琼见帅爷磕头。"罗公道："今日本帅操兵非为别事，欲选一名都领军，不论马步兵丁囚军配犯，只要弓马熟娴，武艺高强，即授此职。你可有什么本事，不妨演习。"叔宝禀道："小的会使双锏。"罗公吩咐取锏，赏他坐马。叔宝答应一声，有军政官给了战马。叔宝提锏上马，加上一鞭，那马两耳一竖，叱利利一声嘶叫，放开四蹄，跑将下来。叔宝把双锏一摆，兜回坐马，勒住丝缰，在教场中间，往来驰骋，把两支银锏使将开来，万道寒光，冷气飕飕，果然好锏。

罗公暗暗喝彩，罗成不住称赞，张公瑾等深服秦琼，众三军看得眼花缭乱。霎时使完，收了锏，叔宝下马，进演武厅缴令。罗公叫一声："好。"便对两边众将道："秦琼锏法精明，世所罕有，本帅意欲点他为都领军，你们可服么？"当下尉迟南等巴不得叔宝有了前程，日后回去有些光彩，大家打拱齐声应道："我等俱服。"言还未完，话犹未绝，左军队里闪出一员战将，大声叫道："我偏不服！"叔宝吃了一惊，抬头一看，此人身高八尺，紫草脸，竹根须；戴一顶凤翅金盔，斗大红缨盖顶；穿一副连环甲，宫绿战袍衬里。大步上前，他姓伍名魁，乃是隋文帝亲点先锋，当朝宰相伍建章是他的族叔。

罗公心内明白，伍魁在此做对，只得又问道："你可还有什么本事么？"叔宝道："小的能射天边飞鸟。"罗公大喜，命军政官给副弓箭。叔宝磕了一个头，站将起来，伍魁大叫道："秦琼，你好大胆，擅敢戏弄元帅，妄夸大口，少刻没有飞鸟射下来，我看你可活得成么？"叔宝从容答道："巧言无益，做出便见，我秦琼如射不下飞鸟，自甘按军法伏罪，何用将军如此费心，与古人担忧？"叔宝三言两语，把一个伍魁气得个面皮紫胀，两眼通红："嗳唶唶唶，好恼！好恼！我把你这该死的配军，敢这等撒野顶撞俺老爷！也罢，你果有本事射下飞鸟，俺把这颗朝廷钦赐的先锋印输与你；如射不下来，你便怎的？"叔宝道："六阳魁首。"罗公道："军中无戏言。"吩咐立了军令状。当下二人赌头争印，众朋友多与叔宝捏着一把汗。

叔宝一人站在教场中间，手持弓矢仰天遥望。那些众将兵丁，伏在地下，响都不敢响，只把头往天上看。只见远远的有两只饿老鹰，在前村抓了人家一只鸡，一只雌的抓着鸡在下，一只雄的扑着翅在上，带夺带飞的追将下来。事有凑巧，那雄的在上，雌的在下，两边扑将拢来，合着油瓶盖踏起雄来。叔宝觑得较真，搭上朱红箭，扯满虎筋弦，弓开如半轮秋月，箭发似一点寒星，嗖飕的一声响，把两只鹰和那小鸡，一箭贯了胸脯，噗地跌将下来。大小三军齐声呐喊，众将官拍掌称奇，同声喝彩。军政官取了一箭双鹰，同叔宝上前缴令。罗公看了，赞道："好神箭也！"心中大喜，要晓得叔宝的箭，乃是王伯当所传，原有百步穿杨之巧。当下罗公吩咐传伍魁，说："秦琼已经射下飞禽，你还有什么讲的？快取先锋印上来！""嗳，元帅说哪里话？俺这先锋印乃朝廷钦赐，岂可让与军犯秦琼！元帅果是要此印，还须问朝廷肯不肯。"

第九回　夺先锋教场比武　犯中原塞北鏖兵

当下罗元帅闻伍魁之言，十分大怒，把虎威一敲，喝道："哇！我把你这该死狗匹夫，擅敢违吾军令！"喝叫："刀斧手，与我绑去砍了！"两旁一声答应，把一个伍魁只气得三尸神暴跳，七窍内生烟，大叫道："元帅假公济私，要杀俺伍魁，俺就死也不服。秦琼果有本事，敢与俺比一比武艺？胜得俺这口大砍刀，愿把先锋印甘心让他。"罗公怒气少息，喝道："本该将你这厮按军法开刀取斩，本帅今日看朝廷金面，头颅权寄在你颈上。""是！多谢帅爷。"罗公又唤秦琼："本帅命你同伍魁比武，许胜不许败。着军政官给副盔甲。"叔宝遵令，全装披挂，跨马抢锏。只见伍魁怒冲冲催开战马，恶狠狠举着钢刀，大叫道："秦琼我的儿，快来受死！"叔宝纵骑，当先喝道："伍魁休得无礼，放马过来！"

伍魁此时眼空四海，目底无人，哪里把这秦琼放在心上。仗平生本事，双手舞刀，分顶梁劈将下来。叔宝架得一架，嚓！又是一刀。拦得一拦，嚓！又是一刀。叔宝念他是姑爹标下一员大将，所以让他三合。至第四刀盖将下来，叔宝将左手的铜嗒唥往上一迎，右手这支铜劈面飞来。伍魁把刀迎得一迎，那铜打在刀口上，火星乱迸，震得伍魁两膀酸麻，面皮失色："啊唷我的儿，好家伙！"只听耳壁厢呼呼风响，两条铜如骤雨相同，弄得伍魁这口刀只有招架之功，并无还兵之力。叮叮当当战将下来，不上十几个回合，二三十个照面，实在挡不住。伍魁就虚晃一刀，思量要走，早被叔宝右手的锏，在前胸一捺，护心镜震得粉碎，仰面朝天，囆啷一交，跌下鞍鞒。此时，他靴尖不能褪出葵花镫，那骑马溜缰，拖了一个趔头。可怜伍魁不为争名夺利，只因妒忌秦琼，反害了自己性命。

那右军队里竟恼了一位英雄。此人姓伍名亮，乃先锋之弟，厉声叫道："反了！反了！配军罪犯，擅伤大将；元帅不把秦琼开刀取斩，是何道理？"罗公大怒，喝道："嘚！好大胆匹夫，你敢喧哗闹本帅么？伍魁身死，与秦琼无涉。况且军中比武，有伤无论。你这厮适才叫反，乱我军心，该得何罪？"命军政官除了伍亮的名字，将他撺下去。两边一声答应，七八个赶将过来，不由伍亮做主，夹脖子叉出演武场来，弄得伍亮进退无门，心中一想："可恨罗艺老匹夫，偏护内侄秦琼，纵他行凶，杀我亲兄，此仇不可不报！也罢，趁此罗艺不知，反出幽州，投奔沙陀国，说动可汗兴兵，杀到瓦桥关。我若不踹平燕山一带地方，生擒罗艺、秦琼，碎尸万段，剖肠剜心祭兄，也不显俺二老爷的厉害。"伍亮主意已定，多带干粮路费，反出幽州，星日星夜走沙陀国的话，我且不题，跌转来还讲到罗公。罗公传令散操，回到帅府。三军各归队伍，众将皆散。只有叔宝、罗成随进后堂。夫人上前接住，见老爷眉头不展，面带忧容，十分奇怪，动问根由。罗公细言一遍，夫人大惊。正在埋怨叔宝，忽有中军传将进来，报称伍亮不缴巡城令箭，赚出幽州，不知去向。罗公闻报，满心大悦，叫声："夫人，天使伍亮反了燕山，令侄恭喜无事了，下官也脱了干系。"一面差探子打听明白，一面做成表章申奏朝廷。夫人见说无事，愁容变喜。叔宝、罗成俱各放心。按下不题。

单讲秦琼在府，虽然罗公看待犹如己子一般，怎奈远离膝下，时时记念老母，两年不曾见面，不知在家安乐否？这晚闷闷不悦。罗成一见，便问："哥哥，为何今晚愁容满面，甚是不乐？"叔宝道："不瞒兄弟说，愚兄记念你的舅母，欲回山东，感蒙姑爹姑母恩待，急切难以启口，故此忧愁。贤弟若肯见怜愚兄，可与我在姑母前转言一声。"罗成道："哥哥思念舅母，乃是孝道。为子者理当定省晨昏，侍奉膝下。哥哥远离已久，怪你不得。既蒙见托，小弟自然鼎言便了。"叔宝听他几句宽慰之言，心中十分大悦。罗公听后，传话后堂，速备酒筵饯行。又传令出去与中军营中，备一匹好马，用长路的鞍鞯，进帅府供用。

罗公便令书童请叔宝，夫人说："侄儿，你姑夫见你怀抱不开，知道你念母孝思，故此备酒，替你饯行。"叔宝闻言，拜哭于地。罗公用手搀扶起说道："贤侄，不是老夫屈留你在此，只为要待你建功立业，求得一官半职，衣锦荣归，才如我愿。不意你姑母道你令堂年高，无人侍奉，所以今日勉强打发你回去。前日潞州蔡知府已将银两等物造册注明送来，一向不曾对你说得，今日回去，逐一点收明白。我还备书一封在此，投送山东大行台节度使唐璧处。他是老夫年侄，故此举荐你在他标下做个旗牌官，日后有功，也可图些进步。"叔宝接过，叩谢姑爹姑母，然后起身与表弟对拜四拜，方才入席饮酒。酒至数巡，告辞起身，此时鞍马行囊俱已收拾停当。出了帅府，去辞尉迟昆玉。这些朋友闻得叔宝回乡，俱备酒伺候。叔宝略领其情，都有相赠，因俱系官身，不能远送。独有张公瑾要款留叔宝再住几日，又因叔宝归心如箭，不好相强，只得修书一封，附复雄信，遂各分手。

叔宝上马，马不停蹄，径奔河东，来到山西潞州府。

第十回　秦叔宝星夜回乡　唐节度贺寿越公

叔宝正行间，被金甲、童环看见，忙来叙礼，细诉阔别之情。因要见单雄信，金甲、童环、秦琼同往，三人径出西门，望二贤庄而来。

却说单雄信，因爱惜叔宝，不使他同樊虎回乡，后便惹出皂角林事来，发配燕山，使他母子隔绝，心中不安，真乃有力没处使。今闻有人报叔宝重回潞州，心中大喜，谅他必来望我，吩咐备酒，倚门等候。再说叔宝，因马力不济，步行迟缓，直到月上东山，花支弄影，才到庄上。雄信等候已久，远远听得林中马嘶声，即便高声问道："可是叔宝兄来了么？"叔宝应道："不敢，小弟秦琼，特来叩谢。"雄信拍掌大笑道："真乃月明千里故人来！"到庄相见，携手登堂，喜动颜色，命家童搬行李入书房，取拜毡与叔宝顶礼相拜。酒已完备，摆将过来，四人入席坐下。叔宝取出张公瑾回书，雄信看罢，便举杯道："上年兄到燕山，行色匆匆，不能十分为情；况此事皆由小弟而起，心中着实不安，使兄母子各方，罪莫大也。兄在燕山二载，虽有书来，不能道其详细，所做何事，那几位朋友之中谁好谁丑，备细情由，今日愿闻。"叔宝停杯道："小弟有千言万语要与兄语，及至相见，一句都无，待等与兄抵足细诉衷肠。"雄信把杯放下了道："不是小弟今日不能延纳，有逐客之意，杯酌之后就放兄行。"叔宝道："却是为何？"雄信道："自兄去燕山二载，令堂老夫人有十三封书在此，前边十二封书，俱是令堂写的，小弟也薄具甘

34

旨，回书安慰。只有今月内第十三封书，却不是令堂写的。"叔宝道："又是何人写的？"雄信道："尊正也能书。书中言令堂老伯母有恙，不能执笔修书。小弟如今速速要兄回去，与令堂相见一面，以全母子之情，岂可因友道而绝孝道？"叔宝闻言，五内皆裂，泪如雨下，道："单二哥，若这等，小弟时刻难容，只是燕山来，马被骑坏了，路程遥远，心急马迟，怎生是好？"雄信道："兄长不说，我倒忘了。自兄刺配去后，潞州府将兄的黄骠马发出官价卖了。小弟思此良马不可落于庸夫之手，将三十两银子纳在库内，买回寒舍，养得仍旧如初。"叫手下把秦琼的黄骠马牵出来，手下忙应诺，不一时牵将出来。那匹良马见了故主，便嘶喊乱跳，摇尾翻肚，有如人言之状。人马相逢，喜不自胜，旁观却也感动。叔宝拜辞，雄信就将向日的鞍辔，原是单雄信按这马的身儿做下的相送，擦抹干净，然后将重行李捎上，不入席吃酒，连夜起身。辞别三友，牵马出庄，纵辔加鞭，如逐电追风，十分迅速。那马四蹄跑乱，耳内如闻风声。逢州过县，一夜到天明，走一千三百里路。日色中午，已到济州地方。

叔宝在外，首尾三年，又到本地，看见城墙，恨不得肋生两翅，飞到家中，反焦躁起来。翻身下马，牵着步行，把缠鬃大帽往下按一按，但在朋友人家经过，遮着面孔，低头急走。转进城来，绕着城脚下，到自己家后门。

叔宝进门叩首道："太平郎回来了！"

秦母原没有重病，因思想儿子想得这般样的，听见儿子回来，病就好了一半。平日起来解手，媳妇同两个大丫头要扶半日扶起来；如今听见儿子回来了，就自己爬起来，坐在床沿上，忙扯叔宝的手。老夫人哭不出眼泪，张着大口只是喊，在叔宝膀臂上捏。叔宝叩拜老母，老夫人吩咐道："儿，你不要拜我，你拜着你的妻子。你三年在外，若不是你妻子能尽妇道，我死久矣，也不得与你再相见了！"叔宝遵母命，回身拜张氏四拜。张氏跪下道："侍奉姑嫜乃妇道之礼，何敢当丈夫拜谢？"夫妻对拜四拜起来。秦母问道："你在外三年，作何勾当，至今方回？"秦琼将潞州颠沛，远配燕山，得遇姑夫姑母提拔，在他府中羁留三载，今日始得回来，前后细说一遍。次日，有樊虎等众友拜访，叔宝拜接，相叙阔别之情。就取罗公那封荐书，自己开了脚册手本；因荐他为将，戎装打扮，带两根金装锏，往唐璧帅府投书。

这唐璧，他是江都人物，原是世荫出身，因平陈有功，官拜黄县公开府仪同三司、山东大行台兼济州节度司使。是日，正放炮开门，升堂坐下，叔宝遂投文书进去。唐璧看了罗公的荐书，又看了秦琼的手本，叫秦琼上来。叔宝答应一声："有！"这一声似牙缝中放出春雷，舌尖上发起霹雳。唐公抬头一看，秦琼跪在月台上，身长八尺，两根金装锏悬于肋下，身材凛凛，相貌堂堂，淡金脸明飘三绺胡须，金睛眼光射寒星，两道眉如初月。胸脯横阔，有万夫难敌之威风；气宇轩昂，吐千丈凌云之声价。唐璧喜得其人，叫："秦琼，我衙门中大小将官，都是论功行赏，王法不能私亲，权补你一个实授旗牌官，日后有功，再行升赏。"秦琼叩道："多谢大老爷。"唐公吩咐中军付给秦琼本衙门旗牌官的服色，点鼓闭门。叔宝回家，取礼物馈送中军，又遍拜同袍。叔宝名下管二十名军汉，这二十人开连名手本到秦爷宅上叩见。

秦琼实是个有作为的人，自幽州回来，不下千金囊橐；当年父亲在江南陈邦为官，老夫人曾授封诰，因此修改门楼。虽在唐行台府中作旗牌官，唐公待为上宾，另眼相看，言听计从。

时值隆冬天气，叔宝伺候本官，已完堂事，俱各出府，唐公叫秦琼不要出去，后堂伺候。叔宝随至后堂跪下，唐公道："你在标下为官四月，不曾重用。来年正月十五日，长安越国公杨爷六旬寿诞，我已差官往江南造一品服式，昨日方回。今欲差官送礼前去，因天下荒乱，盗贼生发，恐途中有失，劳而无功。知你有兼人之勇，能当此任，你可去得么？"叔宝道："老爷养军千日，用在一朝，小人焉有不去之理？"唐公大悦。吩咐击云板，开取私宅门，传礼出来。卷箱封锁，另取大红毡包。公座上有发单，开卷箱照单检点，秦琼入包。计开：

圈金一品服五色，计十套，玲珑白玉带一围，光白玉带一围，夜明珠二十颗，白玉玩器十件，马蹄金二千两，寿图一轴，寿表一道。

唐璧赏秦琼马牌令箭，又赏些安家之费，传令中军官营中发三匹马，两匹骑坐背包，一匹差官骑坐。叔宝与中军官上下相和，另选两名壮丁健步服侍。那营中选的坐骑，因叔宝躯重坐载不起，因此折了一匹草料银两，坐了自己的黄骠马。回家献了神福，把福礼与两名健步，自回房中拜辞老母。

那叔宝拜别了老母并妻子，与健步上马长行，离了山东、河南一带地方，走潼关渭南三县，来到华州华阴县少华山地面。只见少华山八面嵯峨，四围陡峻。叔宝正行之间，见山势凶恶，吩咐两个健步："你们后行，待我当先前去。"那两个骑坐背包的马，乃营中平常的马，焉能赶得千里龙驹，故此皆在后走。秦琼此处却要上前，叫二人慢慢而来，二人道："秦爷，在此赶路，怎么倒叫我们后行？"叔宝道："你二人不知，此处山势险恶，恐有歹人出没，故叫你们后行，待我自己当先上去。"二人晓得路上难走，赖秦爷是个豪杰，壮下胆，让叔宝当先。来到前山，只听得树林内当当的数十声锣响，闪出三四百喽啰，拥着一个英雄，貌若灵官，横刀跃马，拦住去路。此人正是当地好汉齐国远。

叔宝把双锏一挥，叫健步站远些，纵马挥锏，照他顶梁门当的一锏，那个惧者不来，来者不惧，叫声："我的儿，好锏！"把金背刀往上招架。那双锏打在刀背上，只打得火星乱爆。他二人约斗了七八个回合，马打十四五个照面，叔宝把双锏使得开来，呖呖的如风车一般。那人只有招架之功，没有还兵之力，这口刀渐渐抵敌不住。那些小喽啰见不是路，连忙报上山来。山上还有两个豪杰，一个是叔宝的通家王伯当，因别了谢应登，打从此山经过，也要他的买路钱，二人杀将起来。战他不过，知他是个豪杰，留他入寨，拜作兄弟。山上陪王伯当吃酒的，叫作李如圭。二人正饮之间，喽啰报上山来："启二位老爷，了不得！齐爷下山观风，遇见一个衙门将官，向他讨常例钱，不料那人不服，就杀将起来。七八个回合，齐爷刀法散乱，敌不过他，请二位爷早早出救！"二人一闻此言，立即吩咐备马，各拿兵器，离了聚义厅，出了宛子城，一齐纵马当先。王伯当在马上一看，那下面交锋的好似秦叔宝模样，恐怕伤了齐国远，就在半山中高声大叫道："秦大哥，齐兄弟，不要动手！"此山有二十余里高，就下来了一半，还有十余里，却怎么叫得应？空谷传声，却是不同，况且豪杰的声，犹如巨雷相似，山鸣水应。此时齐国远交战，一心招架，哪里听得叫唤？不一时，尘头起处，两匹马早到面前。王伯当叫道："果然是叔宝兄。齐兄弟，快住了手，大家都是相好朋友。"叔宝见是伯当，也住了手，放落兵器。

　　李如圭吩咐手下抬秦爷的行李，大家一齐同上少华山。进宛子城，到聚义厅，摆酒与叔宝接风。

第十一回　国远哨聚少华山　叔宝引入承福寺

那王伯当道："如今我要陪叔宝兄往长安去看看灯，何如？"叔宝道："小弟也有此意，同往甚好。"齐国远、李如圭二人齐道："王兄同行，小弟们愿随鞭镫。"

于是齐国远吩咐喽啰收拾战马，背负包裹行囊，多带些银两，选二十名壮健的喽啰同去，其余千百名不许擅自下山，小心看山寨。叔宝也吩咐两名健步不可泄漏，二人答应。三更时分，四骑、两乘牲口、二十名健卒，离了少华山，取路奔陕西。

恰是残冬之际，那一日离长安只有六十里之地，夕阳时候。先是王伯当、李如圭做一伙，连辔而行。远远望见一座旧寺，新修大雄宝殿，屋脊上现着一座镏金瓶，被夕阳照射，金光熠目。伯当在马上道："李贤弟，可见得世事有成有败，当年我进长安时候，这座寺已颓败，今番却不知何人发心，修得这等齐整。"李如圭道："如今我们到山门口去歇歇脚力，进去看看，就晓得是何人修的。"那齐国远却与叔宝同行，叔宝自下少华山，再不敢离了齐、李二人，官道上行商过客最多，恐二人放一响箭，吓下人的行李。心中暗暗思想："这两个人到京，只住三四日便好，若住的日子多了，少不得有桩大祸。今日才十二月十五日，还有一个整月，倒不如在前边修造的这个寺内，问长老借僧房权住几日，至灯节边进城，三五日时光好拘管。"

众人到山门首，下了马，命手下看了行囊、马匹，四个整衣，一齐入寺。进了二山门，过韦驮殿，有一进深远甬道，望将上去，四角还不曾修好。佛殿的屋脊便画了，檐前还未收拾。月台下搭了高架，匠人修葺檐口。架木边设公座一张，公座上撑一把深檐的黄罗伞。伞下公座上，坐一位紫衣少年，旁站六人，各青衣大帽，垂手侍立，甚有规矩。月台上竖两个虎头火焰硬牌，用朱笔标点，还有刑具排列。这官儿不知何人。那王伯当眼空四海，旁若无人，他哪里看得上那黄伞下的紫衣少年。那齐国远、李如圭哨聚山林，青天白日放火杀人，天地鬼神也都不怕，哪里怕那做官的。却不像秦叔宝委身于公门，知高识低，赶到甬道中间，将三友拦住道：“贤弟不要上去，那黄伞下坐的少年，就是施主修寺的官长。”

兄弟四人齐下东丹墀下，走小甬道，至大雄宝殿东边，见许多泥水木作在那里刮瓦磨砖。叔宝叫声：“走来。”众人都近前道：“老爷叫小的们有何吩咐？”叔宝道：“问你们一声，这寺是何人修理得这般齐整。”匠人道：“是并州太原府唐国公千岁修盖的。”叔宝道：“我闻知他告病还乡，如今又闻他留守太原，怎么又到此间来干此功德？”一人道：“李千岁因仁寿元年七月十五日奉旨驰驿还乡，晚间在此寺权住，窦夫人分娩生了第三位世子在里面，李千岁怕秽污了佛像，发心布施万金，重新修建这大殿。上坐的紫袍少年官人，就是他的郡马，姓柴名绍，字嗣昌。”叔宝心内明白，他四人进了东角门，便是方丈。又见东边新建启虎头门楼，悬朱红大匾，大书“报德祠”三个金字。伯当道：“我们且进去看看，报什么德的。”那四人走进里边，乃小小三间殿宇，居中一座神龛。龛内座上有三尺高，神龛直尽天花板，有丈余。里边站着一尊神道，却是立身。头上戴一顶荷叶檐彩青色的范阳毡笠，穿着一件皂布海青箭衣，外罩上黄色罩甲，熟皮铤带，左右挂牙牌解手刀，下穿黄鹿皮靴。面前一个长生牌位，上写楷书金字六个，乃"恩公琼五生位"。旁边又有几个细字，写道："信官李渊沐手奉祀。"叔宝一见，暗暗点头。你道为何？只因那年叔宝在临潼山，打败了一班响马，救了李渊，唐公要问叔宝名姓，叔宝恐有是非，不敢通名道姓，放马奔走。唐公赶十余里，叔宝只得通名"秦琼"二字，摇头叫他不要赶，唐公听得"琼"字，见他伸手，错认"五"字，误书在此。

叔宝遂将救唐公的事一一说了一遍。

柴绍便差人到太原府中通报唐公，就把四人留在寺内安住，每日供给，无物不备，柴绍陪伴盘桓。

看看年尽，又到新正。那十四日，叔宝要进长安公干，柴绍亦要同往，道："小弟也陪兄等同行进城，看看花灯，等兄完了公干，再来候家岳的回书便了。"柴绍只带四个家丁，共有三十一人。离了寺中，到长安门外，歇宿在陶家店内。

每年灯节，文武官员俱五鼓进朝上贺表。今年奉天子旨意，提早一个更次，四更朝贺，天子留五鼓，让文武官员与越公上寿。这越公却也尊荣得紧，彼时驾坐银安宝殿，戴七宝如意冠，披暗龙银裘褐，执玉如意，后列珠翠，群妾如锦屏一般围绕，原是文帝赐与越公为晚年之乐，称金钗十二品。越公府中有个异人，乃是陕西京兆三原人氏，姓李名靖，号药师，他是林澹然门下第一个徒弟，善能呼风唤雨，驾雾腾云，能知过去未来，现为杨越公府中主簿。此日京堂文武官员，一品、二品、三品者，进越公府中登堂拜寿，越公优礼相待，献茶一杯。以下四品、五品大夫郎官，就不上堂，只在滴水檐前，直至丹墀下总拜。天下藩镇官员差遣赍礼官将，有许多难为人处：凡赍礼官员，除表章外，各具花名手本，将彼处土产礼物相送，稍不如意，便有许多揸勒波查。

且不讲别处，只表山东一路，各官礼物晓谕在三原李靖处交割。李靖见叔宝上厅来，一貌堂堂，仪表不凡。他早已晓得天蓬星到此，众星相斗，大有灾患。因传叔宝到来相见，礼毕，看他手本，乃旗牌官秦琼。表章礼物一览全收，并不苛刻，独留入后堂，命手下取酒款待。

李靖回后堂，不多时，回书回文都有了，俱付与叔宝。天色已明。临行叮嘱道："切不可入城来看灯！"叔宝作别回身，李靖又叫转来道："兄长，我看你心中不快，难免此祸。也罢，我与你一个包儿，放在身边，若遇急难临危之际，打开包儿，往上一撒，连叫三声'京兆三原李靖'，那时便好脱身了。"叔宝接包藏好，作谢而去。

第十二回　李靖风鉴识英雄　公子球场逞华丽

那叔宝想："李药师知机料事如同明镜，指示迷途，叫我不要看灯，只是我到下处，对这几个朋友开不得口。他这几个人都是不信阴阳的，去岁在少华山就说起看灯，所以同来，就是这柴绍也说同来看灯。我如今公事完了，怎么好说遇着这个高人，说我面上步位不好我先回去，这就不像大丈夫气概；那大丈夫却要舍己从人。我的事完了，怎好就说这鬼话，真的也做了假的，惹朋友一场笑话。李药师，我秦琼负了你罢！实是开不得口。"只好隐在肚里，回到下处。

几个豪杰出来游玩，只见六街三市，勋将宰臣，黎民百姓，奉天子之命，与民同乐，家家户户结彩悬灯。这些巡视官员奉承越公，发牌要长安大街小巷各要通宵长烛；如若有灯火不明，花彩不鲜者，俱以军法论处；就是宰辅门首，也用扎彩匠扎一座过街灯楼。这班豪杰说说笑笑，都看到司马门首来了，这却是宇文化及的衙门，只见照墙后有上千人在那里拥挤。你道这照墙后，焉能存得这许多人？因它是兵部衙门，常有兵将聚集，所以宽敞。天下那些圆情的把持，两个一伙，吊挂着一副行头，雁翅排于左右，不下二百多人。又有一二十处抛球场，每一处竖两根单柱，扎一座小牌楼，楼上扎一个圈儿，有斗来大小，不论豪良子弟，富贵军民，但等踢过彩门便有赏赐。这原是宇文述的公子宇文惠及所设。那宇文原有四子：长曰化及，官拜尚书侍御史；次曰士及，招南阳公主，官拜驸马都尉；三曰智及，将作少监；惠及是最小儿子，倚着门荫，好逞风流，手下有一班帮闲谀附，故搭合圆情把持，在衙门前做个打球场。自正月初一摆到元宵，公子自搭一座彩台，坐在月台上面，名曰观球台，有人赐过彩门者，公子在月台上就送他彩缎一匹，银花一对，银牌一面。也有踢过彩门，赢了缎匹、银花，也有踢不过彩门，被人作笑的。那些看的，重重叠叠，嘈嘈杂杂，挨挨挤挤。

　　这几人却都是在行的，叔宝虽是一身武艺，圆情最有斤节。伯当却是弃隋的名公，博艺皆精，只是因为柴郡马青年飘逸，推他上去。柴绍道："还是诸兄内哪一位上去，小弟过论便了。"叔宝道："我等圆情虽会，未免有粗鄙之态，此间乃众目所视的去处，郡马斯文人，全无渗漏。"柴绍少年，乐于玩耍，便接口道："小弟放肆，容日赔罪。"那边就有两个捧行头上来，说："哪位相公请行头？"郡马道："二位把持，那公子旁边两位美女可会圆情么？"圆情的道："是公子在平康巷聘来的，惯会圆情，绰号金凤舞、彩霞飞。"郡马道："我欲相攀，不知可否？"圆情的道："只要相公破格些搭合。"郡马道："我也不惜缠头之赠，烦二位通禀一声，尽今日之欢，我也重重的挂落。"圆情道："原来是个中的相公。"上月台来禀小爷："今有位富豪相公，要请二位美人同耍行头。"公子却也只是玩耍，即吩咐两个美人好好下去。两个美人后边随着四个丫鬟，捧两轴五彩行头，下月台来，与郡马相见。施礼已毕，各依方位站下，却起那五彩行头。公子也离了座位，立在牌楼下观看。那各处抛场的把持，尽来看美女圆情。柴绍拿出平生博艺的手段来，用肩装杂踢，从彩门里，就如穿梭一般，连连踢将过去。月台上，家将把彩缎、银花连连抛将下来，两个跟随的往毡包里只管收拾。

　　此时踢罢行头，叔宝取白银二十两，彩缎四端，搭合两位圆情美女；金扇二柄，白银五两，谢两个监论。此时公子也待打发了圆情的美女，各归院落，自家也要在街市行游了。

那叔宝一班朋友，出了球场，过兵部衙门，入市店中饮酒。上得酒楼，听得各处笙歌交杂，饮酒者纷纷络绎不绝，众豪杰却也开怀痛饮，直吃到月转花梢。

叔宝道："我们进长安门，进皇城看看内里灯去。"到五凤楼前，人烟挤塞得紧。那五凤楼外，却设一座御灯楼，有两个太监，都坐在银花交椅上，左手是掌司礼监裴寂，右手是内检点宗庆，带五百禁军，都穿着团花锦袄，每人拿一根齐眉朱红棍，把守着这座银楼。那灯楼却不是纸绢颜料扎缚的，都是海外异香宫中宝玩砌就。灯楼上悬一牌匾，径寸珠宝穿就四字道："光照天下"。

果然御灯楼景致大为不同。当下王伯当、秦叔宝、柴嗣昌、齐国远、李如圭一班人，看了御灯楼，东奔西走，哪里思量回寓安息。

第十三回　长安女观灯玩月　宇文子强暴宣淫

　　且说那些长安妇女，生在富贵之家，衣丰食足，无日不是快乐之时。他眼界宽大，外面景致也不大动他的心，况且出入乘舆，前后簇拥，也不甚轻易出门惹人轻薄。只有那些小户人家，巴巴急急过了一年，遇着得闲，见外边满街灯火，笙歌盈耳，也有跳鬼判的，也有踏高竿的，也有舞翠盘的，也有闹龙灯的，也有骑马灯的，铮铮镗镗，跳跳叫叫，挨挨挤挤，来来往往，若老若幼，若贵若贱，若僧若道，若丑若俊，多少人游玩；凭你极老成，极安静的妇女，也不由心神荡漾，一双脚只向外生了。遇一班好事亲邻，彼此相邀，有衣服首饰的，打扮了出来卖俏；没有的，东借西借，要出来走桥步月。

　　有一个孀居王老娘，领了一个十八岁的老大女儿，小名琬儿，也出去走起桥来。那女儿又生得十分齐整，走出大街看灯。才出门时，便有一班恶少牵歌带曲，跟随在后，挨上闪下。一到大街，蜂攒蚁聚，身不由己，不但琬儿惊慌，连王老娘也着忙得没主意了。不料宇文公子有多少门下的游棍在外寻查，略有三分颜色的，就去报与公子。见了琬儿容貌，魂销魄落。报事的又打听得只有老妇人同走，公子一发胆大，便去挨肩擦背调戏他。琬儿吓得只是不敢作声，走避无路。那王老娘不认得宇文公子，也只得发作起来。宇文公子趁势便假怒道："这老妇人这等无礼，敢顶撞我，拽他回去！"说罢，众家人哄的一声，把母女掳到府内。

　　王老娘与琬儿吓得冷汗淋身，叫喊不及，就是云雾里推去的一般。

街坊上哪一个不认得是宇文公子，向来这样横行，谁敢来惹他？到得府门，王老娘是用不着的，将来羁在门房内。只有琬儿被这干人撮过几个弯，过了几座厅堂，来到了书房。众人方才住脚，公子早已来到，把嘴一努，众家人都退出房外，只剩几个丫鬟。公子将琬儿一把抱将过来，便去亲嘴。这琬儿是从未见识的女子，连这也不知叫甚么意思，忙把脸来侧开，将手推去。公子就一只手从裤裆边伸了来。琬儿惊得乱跳，急把手来遮掩，泪落如珠，啼哭叫道："母亲快来救我！"此时，王老娘何尝不叫道："还我孩儿！"但是不知隔了多少房屋，叫杀了彼此也不听得。那宇文公子笑嘻嘻，又一把紧抱他在怀内道："不消啼哭，少不得还你快活。我公子要了，休想出去。"吩咐丫鬟扶他到床上睡了，就着丫鬟看守，他往外去了。众丫鬟扶关门看守，琬儿哭泣不休。

且说公子走出府门，见王老娘要讨女儿，便道："老妪何敢这般撒泼！"老妪见公子发话，一发狠叫，呼天唤地，要讨女儿。公子道："你女儿，我已收用，你好好及早回去，休得不知厉害，在此讨死！"老妪大哭道："个还我女儿，就死也说不得了！我单生此女，已许人家的了，快快还我！我母女二人，性命相保，若肯还我，则生；若不还我，我就死在这里罢了。"公子道："若是这等说将起来，我府门首死不得许多，你就死了，也不在我心上。"叫手下的撺他开去。众人推的推，扯的扯，打的打，把王老娘打出了两条巷，关了栅门，不放他进去，凭他喊叫啼哭。

再说秦叔宝一班豪杰，遍处玩耍。到三鼓儿，见百官下马牌边，有一堆几百人围住喧嚷。众豪杰分开众人，挨到里面观看，见个老妇人，白发蓬头，匍匐在地，手打地皮，放声大哭。伯当问旁边看的人："今日上元佳节，天子洪恩，与民同乐。这个老妇人为何在街坊啼哭？"那看久了的人都知道这件事，答道："列位，你不要管他，这个老妇人该死，只有一个女儿，受了人的聘礼，未曾出嫁，今日带出来街上看灯，却撞见了宇文公子，抢了去。"叔宝道："哪个宇文公子？"那人道："就是兵部尚书宇文老爷的公子。"叔宝道:"可就是射圃圆情的?"众人答道:"就是他。"

这时候,连叔宝都把李药师之言丢在爪哇国内去了。却都是抱不平的人,听见说这句话,便问那老妇人:"你姓什么?"老妪道:"老身姓王。""你在何处住?"老妪道:"住在宇文老爷府后。"叔宝道:"你且回去,那个宇文公子在射圃踢球,我们赢他彩缎、银花,有数十在此,寻着公子,赎你女儿还你。"那老妇人绝处逢生,叩首四拜,哭回家去了。

众豪杰一个个摩拳擦掌,扎缚停当,只在那西长安门外御街道上找寻。等到三更时分,月正中天,只见宇文公子来了。短棍有一二百,如狼牙相似,自己穿了艳服,坐在马上。后边拥有家丁。自古道:"不是冤家不聚头。"众人躲在街道两旁,正要寻他的事,刚刚在面前站住了,对子报道:"夏国公窦爷府中家将,有社火来参。"宇文公子问道:"什么故事?"回说:"虎牢关,三战吕布的故事。""着他舞来。"众社火舞罢,宇文公子道好,赏了众人去。叔宝高叫道:"还有社火来参。"说罢,五个豪杰隔开人头窜将进来,喊道:"我们是'五马破曹'。"叔宝是两条金锏,王伯当两口宝剑,齐国远两柄金锤,李如圭一根竹节钢鞭,柴嗣昌两口宝剑。那鞭锏相撞,发出叮当哗啄之声,只管舞将过来。只是此地不是荒郊草野,动了手便好上马脱身,这是都城之内,街道虽是宽阔,众好汉却舒展不开。看的人多,两边人家门首都站不下了。齐国远想道:"此时打死他不难,只是不好脱身。除非是灯棚上放起火来,这百姓们救火要紧,就没人阻拦我们了。"便往屋上一蹿,公子只道这人要从上边舞将下来,却不防他放火。秦叔宝见火起,料止不得这件事了,便将身一纵,纵于马前,举锏照公子头上就打。那公子坐在马上,仰着身子,是不防备的,况且叔宝的金装锏有六十四斤重,打在头上,连马都打矬了,撞将下来。

众家人叫道:"不好了!把公子打死了!"各举枪刀棍棒,齐奔叔宝打来。叔宝抡动双锏,谁是他的敌手,打得落花流水。齐国远就从灯棚上跳将下来,抡动金锤,逢人便打,众豪杰一齐动手,不论军民,尽皆打伤。

这些豪杰在人丛中打成一条血路，奔明德门而来。劈面来了巡视京官宇文成都，他听见此事吃了一惊，一面命令闭城，自却迎来。叔宝当先舞动双铜，照马便打。宇文成都把二百斤的镏金镋从下一拦，镋打着铜上，把叔宝右手的虎口都震开了，叫声："好家伙！"回身便走。王伯当、柴嗣昌、齐国远、李如圭四好汉一齐举兵器上来，被宇文成都把镋往下一扫，只听得叮叮当当兵器乱响，四个人的身子摇动，几乎跌倒。叔宝早取出李靖的包儿，打开一看，原来是五颗赤豆，便望空一抛，就叫"京兆三原李靖！"叫得一声，只看见呼的一声风响，变了叔宝五人模样，竟往东首败下去了，把叔宝五人的真身俱隐过一边。宇文成都催开坐骑，望东赶来。叔宝五人径往明德门逃走。出城寻见自己的马，都飞身上马，七骑马一班人，齐奔临潼关来。

至承福寺前，柴绍要相留叔宝在寺内，候唐公的回书。叔宝道："怕有人知道不便。"还嘱咐道："去把报德祠毁了，那两根金铜不可露在人前。"说罢，就举手作别，马走如飞。将近少华山，叔宝在马上对伯当道："来年九月十五日是家母的七十寿诞，贤弟可来光顾光顾。"伯当与国远、如圭都道："小弟辈自然都来拜祝。"叔宝也不入山，两下分手，自回济州。

宇文成都叫出几个善写丹青的来，把打死公子的强人面貌衣裳，一一报来。这打死宇文公子的实是秦叔宝，所以众人先报他。道是这个人身子有一丈长，年纪二十多岁，青素衣，舞着双铜。一说到双铜，旁边便跪下一人道："爷若说是使双铜的，那年爷差小的在楂树岗打劫李渊，也吃那使双铜的救了，不曾杀得他。"宇文述道："这等说，必是李渊知道我害他，故此差这人来报仇。明日上本，只问李渊讨命！"此时宇文成都已回家，说："这五人甚奇怪，追去不知形影，能舞双铜的也多，怎说这人就是楂树岗见来的，可是对人说得的么？也只好从容访察。"宇文述听说，也只得歇了。

第十四回　恣蒸淫太子迷花　躬弑逆杨广篡位

那位隋文帝年事已高，身体有病，渐渐不支。尚书左仆射杨素，他
是勋臣；礼部尚书柳述，他是驸马；还有黄门侍郎官元岩是近臣，三人
直宿阁中。太子入宿太宝殿上，宫内是陈夫人、蔡夫人服侍。太子因侍疾，
两个都不回避。蔡夫人是丹阳人，江南妇女水色，是不必说绝好的了。
陈夫人不唯是南人，却是陈文帝之女，随陈后主入朝，他更是金枝玉叶，
生长锦绣丛中，说不尽他的齐整。这夫人举止风流，态度逸韵，徐行缓
步，流目低眉，也都是生成韵致。太子见了，却疑是有意于他，一腔心
事被他引得火热。知那文帝是不起之疾，与杨素把前后事务尽皆周备；
但在文帝面前，终有些惧惮。要大胆闯入宫去调戏陈夫人，他又侍疾时
多，再不得凑巧；却又不知心内如何，这些眼角传神，都是我自己揣摩，
或者他嫌老爱少，有我的心亦未可知。又想道：“他平日受我许多礼物，
不能无情于我。”自说自问，这等想慕。

不期那一日入宫问疾，远远见一位丽人出宫缓步而来，不带一人，
又无宫女，太子举目一看，却正是陈夫人；为要更衣，故此独自出来。
太子只喜得心花大放，暗想道：“机会在此时矣！”吩咐从人且休随来，
自己三步做两步，随入更衣之处。那陈夫人看见，吃了一惊道：“太子
到此何为？”太子笑道：“也来随便。”夫人见他有些轻薄，回身便走，
太子一把扯住道：“夫人，我终日在御榻前，与夫人相对，虽是神情飞越，

却如隔着万水千山。今幸得便，望乞夫人赐我片刻之欢，慰我平生之愿！"
夫人道："太子，我已托体文皇，名分所在，岂可如此？"太子道："夫
人岂不知情之所钟，何名分之有！"把夫人紧紧抱住，求一接唇。夫人
道："断乎不可！"极力推拒。正在不可解之际，只听得一片传呼道："圣
上宣陈夫人！"此时太子知道留她不住，道："不敢相强，且留后会。"

　　夫人喜得脱身，早已衣衫皆皱，神色惊惶，要稍俟喘息宁贴入宫，
不料文帝睡醒，从她索取药饵，如何敢迟？只得举步走到御榻前来。那
文帝举目看她，忖道："若是偷闲睡了，醒来鬓发该乱，衣衫该皱，色
不须变；若因宣召来迟，也不须失色至此。"便问道："因甚作此模样？"
此时陈夫人也知文帝病重，不敢把这件事说知，恐他着恼，但一时没有
遮饰，只得说一声："太子无礼！"帝听此言，不觉怒气填胸，把手在
榻上敲上几下道："畜生，何足以付大事，独孤误我！独孤误我！快宣
柳述、元岩进宫！"太子也怕有些决撒，也在宫门窃听。听得文帝怒骂，
又听得宣柳、元二人，不宣杨素，知有难为他的意思，急奔来寻张衡等
一班计议。这班人正打点做从宠之臣，都聚在一处，见太子来得慌张，
只道文帝晏驾，及至问时，方知陈夫人之事。宇文化及道："这好事只
在早晚之间，却又弄出这事来，怎么处？"张衡道："如今只有一件急
计，不得不行了！"太子忙问："何计？"张衡附耳道："如此如此。"
正在悄悄与太子设计，只见杨素慌慌张张走来道："殿下不知因甚事忤
了圣上，圣上宣柳、元二人撰诏，去召太子杨勇。他二人已在撰诏，只
待用宝印赍往济宁。他若来时，我们都是他仇家，怎生是好？"太子道：
"张庶子已定一计了。"张衡便向杨素耳边说了，杨素道："这也不得
不如此了！"就催张庶子去做。杨素伴着太子在太宝殿，其余分头办事。
先是宇文化及带了校尉，赶到撰诏处，将柳述、元岩拿住。二人要面圣
辨别，化及道："奉旨赴大理狱，不曾叫面圣。"绑缚了，着几个心腹

押赴大理去了。回来复命时，郭衍已将卫士处处更换了，东宫宿卫要紧处，他二人分头把守。

此时文帝半睡不睡的问道："柳述、元岩写诏曾完否？"陈夫人道："还未见进呈。"文帝道："完时，即便用宝，着柳述飞递去。"只见外边报太子差张衡侍疾，也不候旨，带了二十余内监，闯入宫中，先吩咐当值的内侍道："太子有旨，道你们连日辛苦，着我带这些内监更替。"又对御榻前这些宫女道："太子有旨，将带来内监承应，尔等也去歇息。"这些宫女因承值久了，也巴不得偷闲，听得一声吩咐，也都一哄出宫去了。唯有陈夫人、蔡夫人仍立在御榻前不动。张衡走到榻前，也不叩头，见文帝昏昏沉沉的，就对着二位夫人道："二位夫人也暂避避。"这两个夫人乃是女流，没甚主意，只得离了御榻前，向内阁子里坐地。两个夫人放心不下，就着宫人在门外打听。可有一个时辰，那张衡洋洋地走出来道："这干呆妮子，圣上已是宾天了！适才还是这等守着，不报太子知道！"又道："各宫嫔妃不得哭泣，待启过太子来，举哀发丧。"

这些宫嫔妃女，虽然疑惑，却不敢道是张衡谋死。这壁厢太子与杨素，是热锅上的蚂蚁一般，盼不到一个时辰，却见张衡忙忙地走来道："恭喜大事了毕！"太子便改愁为喜，将预先定下的计谋，来传令旨：令杨素之弟杨约提督京师十门；郭衍署右领卫大将军，管领行官宿卫及护从车驾人马；宇文成都升无敌大将军，管辖京师各省各门；提督军务宇文恺，管理梓宫一事；太傅少卿何稠，管理山陵；黄门侍郎裴矩，管典丧礼。

杨素先辅太子缞经在梓宫举哀发丧，群臣都缞经，各依班次送殡。然后太子吉服，拜告天地祖宗，换冕冠，即大位；群臣都换了朝服入贺，大赦天下，改元大业元年，自称炀帝。在朝文武，各进爵赏。

大臣伍建章怒斥杨广谋害父兄，被斩首。

再说宇文化及与杨素，惧怕伍云召（伍建章之子）在南阳，思欲斩草除根，忙上一本道："伍建章之子云召，雄兵十万，镇守南阳，官封侯爵，才兼文武，勇冠三军，力敌万人，若不早除，日后必为大患，望陛下起大兵讨之，庶绝后忧。"炀帝准奏，即拜国公韩擒虎为征南大元帅，兵马都招讨麻叔谋为先锋，化及之子成都在后救应，点起雄兵六十万，择日兴师。擒虎辞王别驾，百官送行，离了长安，望南阳进发。此话不表。

再说伍建章之子云召，身长八尺，面如紫玉，目若朗星，声如铜钟；力能举鼎，万夫莫敌，雄兵十万，坐镇南阳，隋朝第五条好汉。夫人贾氏，同庚二十，所生二位公子，才方周岁。一日升帐，众将参见，伍爷说："今日本帅要往金顶太行山打围，众将不可擅离汛地。"众将一声得令辞出，吩咐掩门。次日，伍爷头戴白银盔，身穿黄金甲，罩西川红锦袍，坐下西番进来千里马。出了辕门，吩咐一声掩门，离了南阳，竟往金顶太行山而来。非止一时，早已到了。手下禀道："启爷，兵至山边了。"伍爷吩咐安营，摆下围场，各驾鹰犬追兔逐鹿。

你看此山，周围有数百余里。山中有一大王，姓雄，双名阔海，本山人氏。身长一丈，腰大数围，铁面胡须，虎头环眼，声如巨雷。使两柄板斧，重一百六十斤，两臂有万斤气力。打柴为生，后乃落草，聚集头目四十名，喽啰数千，打家劫舍，往来商客不敢单身行走，隋朝算第四条好汉。这日坐在聚义厅上，唤来头目，吩咐道："今山中钱粮缺少，你众头目各带喽啰，分头下山，各处劫取京商，只可取财，不可取命。"众头目得令，各带喽啰下山去了，不表。

再说那大王，分散众人，自却换了便服，径出寨门，望山下而来。看看走了两个山冈，只见前面林中跳出两只猛虎，扑将过来。阔海把外袍去了，双手擎住，那虎动也不敢动，将右脚连踢几脚，举手将虎望山下一丢，那虎撞下山冈，跌得半死，又把那虎一连数拳打死了。再望下边一观，那虎又醒将转来要走，阔海赶下山来擎住，又几拳打死了。这名为"双拳伏二虎"。这话也不表。

再说那位伍爷，在山上打围，只见前面有一好汉，不消片时，将两虎打死，吩咐家将："上前相请，说我老爷要见。"家将应声，上前大叫："壮士慢行，我老爷相请！"阔海抬头一看，说："你是何人，是谁老爷唤我？"家将道："我老爷是南阳侯伍老爷，特来请你。"阔海心中想道："伍老爷乃当世之英雄，闻名久矣！我欲见，无路可进，今也倒来相请，是大幸的了。"忙随着家将到了营门。家将先进去禀道："壮士到了。"伍爷吩咐请进来。阔海进去朝上一揖。云召看此人身材雄壮，相貌堂堂，威风凛凛，当下大喜，即出位迎接道："壮士少礼。请问壮士姓甚名谁，哪里人氏，作何生理？"阔海道："在下姓雄名阔海，本山人氏，作些无本经纪。"伍爷道："怎么叫无本经纪？"阔海道："只不过在山中集聚喽啰数千，自称大王，白要人财帛，只叫作无本经纪。"伍爷呼呼笑道："本帅见你双拳打死二虎，又看你身材出众，定是一个英雄豪杰。本帅回府意欲为你进表招安，久后可为一殿之臣，你意下若何？"阔海道："多谢元帅。"伍爷大喜道："既如此，今日与你结拜。"阔海道："在下一个鲁夫，怎敢与元帅结拜？"伍爷道："说哪里话来！"即吩咐家将摆着香案，云召年长一岁，拜为哥哥，阔海拜为兄弟，立誓日后须要患难相扶；若有私心，天地难容。拜毕，伍爷道："你回山中守候，待哥哥回到南阳修本进朝，招安便了。"阔海谢道："生受哥哥。"二人告别，阔海自回山寨，云召吩咐众将摆齐队伍，起马放炮三声，回转南阳，一路无话。

第十五回　雄阔海大显英雄　伍云召报仇起兵

不几日，伍云召听到父亲被斩首之事，大叫一声："啊唷！"晕倒在地。夫人忙叫道："相公苏醒！"家将亦叫道："老爷苏醒！"伍爷半晌方醒，家将扶起，伍爷哭道："我那爹爹啊！"夫人流泪解劝道："相公且自保重。""夫人啊，下官世代忠良，况我父亲亦心为国，南征北讨，平定中原。今日昏君弑父篡位，反把我父亲斩了，又将我一门家眷尽行斩首，好不可恨！"夫人道："公公婆婆既被杨广所害，东宫未知存亡，相公请点齐三军，杀讲长安，去了杨广，别立新主；一则与公婆报仇，二则扶助东宫为君，岂不是忠孝两全？"伍爷道："夫人说得是，下官与众将商议，然后举行。"

传话中军，吩咐辕门起鼓，传点开门。伍爷头戴一顶凤尾银盔，身穿白袍银甲，三声炮响，伍爷升帐，先是十四个旗牌参见，次后两个中军参见，再后大小左右总兵官五营四哨参见，分立两旁。伍爷道："众将在此，本帅有句话儿要与众将商议。"众将道："大老爷吩咐，末将怎敢不遵。"伍爷道："我老太师在朝伴读东宫，官居仆射，又兼南征北讨平定中原，尽忠为国，莫可尽述。不想太子杨广弑父篡位，与奸臣算计，要老太师草诏，颁行天下。老太师忠心不昧，直言极谏，那杨广反把老太师杀了，并家眷三百余人尽行斩首，言之好不痛心！今又差韩擒虎、麻叔谋、宇文成都带领雄兵六十万，前来拿我。我欲弃却南阳，身投别处，不知诸将意下若何？"总兵队里闪出一员大将叫道："主帅之言差矣！杨广弑父篡位，本为人人可诛；老太师尽忠被戮，理当不共戴天。昔战国时，楚国忠臣伍奢被平王所害，其子伍员入吴借兵，鞭平王尸三百。这忠臣孝子，万古传扬。今主帅坐镇南阳，雄兵十万，立起旗号，齐心报仇，有何不可？"伍爷听说，睁眼一看，乃麒麟关总兵，复姓司马，名超，身长八尺，青面红须，使一柄大刀，有万夫不当之勇。伍爷道："将军赤心如此，不知众将如何？"只见统制班内闪出一员上将，姓焦名方，身长七尺，白面长须，惯使一根长枪，上马临阵，无人抵敌，乃将门之种。大声说道："主帅不必烦心，末将等愿同主帅报仇。"只见四营八哨齐声道："愿随大老爷与老太师报仇！"伍爷道："既然如此，明日下教场听操。""得令！"众将退出，放炮三声，吩咐掩门。

次日天明，老爷叫家将传令外边众将教场伺候。家将答应一声，即忙走出外边对中军道："大老爷吩咐，诸将、大小三军都到教场伺候。"只听得辕门齐齐应声道："得令！"只见那总兵官、旗牌官、四营八哨、大小官员都收拾兵器盔甲鞍马，各带管下军马往教场伺候，不表。

伍爷用了早膳，来到大堂，吩咐取盔甲过来。他头戴凤翅银盔，身穿龙鳞银甲，外罩蟒龙白袍。二名家将抬上银枪，那枪有一百六十斤重，纯钢打成，长有一丈八尺，名曰"丈八蛇矛"，乃紫阳真人所授。伍爷提枪上马，带了家将三百名，出了辕门，来到教场。三声炮响，到了将台边，伍爷下马，家将移过虎皮交椅，伍爷坐着，张起黄罗金顶宝盖。众将上前打拱："末将甲胄在身，不能全礼。""众将少礼。"次后，旗牌官、左领军、右领军、四营八哨参见，各队伍站立两旁。伍爷传麒麟关总兵官司马超听令，传令官走出道："麒麟关司马将军听令！"司马超提刀走上道："主帅有何吩咐？""司马将军，你带领二万人马，把守麒麟关各处营寨。待韩擒虎到来，须要小心抵敌，不可有违！"司马超带了人马，往麒麟关把守不表。伍爷再传统制官焦方听令，传令官手执令旗走出道："统制焦将军听令！"焦方提枪走上道："主帅有何吩咐？"伍爷道："本帅有令箭一支，着你往各处催赶粮草。"焦方执了令箭往各处不表。伍爷又吩咐众将官："你们各归营寨，操演该管军士，候本帅不日听点。"吩咐完毕回营，伍保牵过马匹，三声炮响，伍爷上马，带了家将回转南阳，这话不表。

　　单讲那国公韩擒虎奉旨征讨南阳，未到南阳，扎下营寨。列位看官，你道韩爷为什么在路上慢慢行走？他只因与伍建章有八拜之交，意欲使伍云召知觉，逃往别处，故此打发麻叔谋领前队，自却领中军缓缓而行。那麻叔谋兵至麒麟关，探子报道："启爷，兵至关下了。"那麻叔谋出马一看，只见关门紧闭，关上扯起了两面大白绫旗，那旗上大书"忠孝王与父报仇"七个大字。叔谋不看犹可，看了十分大怒。提枪上马，出了营门，来到关下，大叫道："反贼，你是朝廷命官，乃助这逆贼，有违天命，自取灭亡。如今趁早好好卸甲投戈，饶你性命。"

第十六回　司马超败麻叔谋　伍云召刺何总兵

当下麻叔谋大声高喝，司马超闻言大怒，喝道："放屁！"上前把刀劈面一砍，麻叔谋将枪架住道："这狗头好家伙！"将手中枪便刺，司马超抢刀相迎。两马相交，枪刀并举，大战四十回合，不分胜负。枪来刀架，刀去枪迎，四条臂膊纵横，八个马蹄交错，真正棋逢敌手。麻叔谋想道："必须回马一枪，方可胜他。"即把枪虚晃一晃，分开大刀，拖枪回马而走。司马超在后追来。叔谋在前，渐渐见他追近，叔谋勒住马，将枪在手，回马一枪。枪还未起，司马超将刀在马后劈将下来，叔谋将身一闪，跌下马来。众将抢上前去，救了叔谋。天色已晚，各自收兵。

叔谋回进营门，来见元帅。韩爷道："将军胜负若何？"叔谋道："公爷，小将出去，与那贼将大战四十回合。看他本事高强，意欲用回马枪挑他，不料马失前蹄，跌下马来，败走回营，来见公爷，望乞恕罪。"韩爷道："胜败兵家常事，何足为虑？但此关不破，此贼难擒，待本帅明日自去擒他便了。"众将应道："是。"司马超亦回进关中，脱下盔甲，众将贺道："将军真天神也，杀得这贼望风丧胆，明日必定成功。"司马超大喜，一面申报元帅，一面吩咐军士紧守关门。

次日，那韩爷埋锅造饭，全身披挂，直抵关前讨战。那韩爷头戴一顶闹龙银盔，身披一副鱼鳞银甲，外罩一件大红袍，坐下一匹千里马，年近七旬，须发苍白，五绺长髯，威风凛凛，手执大刀，摆齐众将，来到关下。探子报入关中，司马超闻报，道："这老匹夫，合当便死，待我出去斩了他，趁势杀上长安便了。"吩咐三军齐出会战。那司马超顶盔贯甲，一马当先，出来欠身施礼道："老元帅，小将甲胄在身，不能全礼，马上打拱了。"——看官，那司马超昔日也在他麾下做过指挥，知他的本事。他十二岁打过老虎，十三岁出征，曾破番兵数十万，南征北讨，不知会过多少英雄，并无对手。后归隋朝，封为国公，不亚于杨林。

那边韩爷见司马超马上欠身，口称老元帅，即忙答礼道："将军少礼，本帅有句直言，不知将军肯容纳否？"司马超道："老将军有何金言，末将自当洗耳。"韩爷拥马向前，众将随列于后，便道："将军，本帅奉旨征南，大兵六十万，战将千员，后队天保将军宇文成都，不日就到。将军退回关中，与云召商议，早早打点。不然，打破南阳，玉石俱焚，悔之晚矣。"韩爷心中只不过要云召逃走，不好明言，故此暗暗点省。司马超是个莽夫，哪里听得出这话？又且昨日得胜，今又欺其年老，即大喝道："不必多言，看刀罢！"当头一刀劈来，韩爷大怒道："这狗头，如此无礼。"忙把刀架住，叮当一响，司马超道："老匹夫，好家伙！"那司马超哪里是韩擒虎的对手，战上有七、八个回合，马有十四、五个照面，被韩爷架开司马超的刀，照头一刀砍下。可怜司马超为主忠心，不能成功，竟死于韩爷之手。众将见主将已死，大喊一声，四散而逃。韩爷乘势抢关，关内无主，开关投降。韩爷兵马入关，点明户口，盘算钱粮。养马三日，方才起兵，直抵南阳，离城十里，安营下寨不表。

且说韩爷升帐，大小将官参见已毕，吩咐："哪一位将军前去擒拿反贼？"闪过汜水关总兵何伦道："元帅，待小将去擒来。"韩爷道："那反臣武艺出众，本事高强，你须小心前去。"何伦道："元帅放心，末将去，如拿不来伍云召，誓不回营。"即提斧上马，带了众将，抵关讨战，大叫："城上的报与反贼知道，早早出城，下马受缚。"军士报至府中，说道："关下隋将讨战。"伍爷听了道："待本帅自出城去，杀那来将。"即提枪上马，带领三军，摆开阵势，大叫道："来将何名，敢来犯界？"那何伦向前大叫道："反贼，你不认得我征南大将军麾下、汜水关总兵何伦么？你速速下马受缚，免污我的宣花斧。"伍爷大喝道："哎！你乃无名小将，敢来说这狂言，速速换你韩擒虎出来会战，不然，先把你这匹夫碎尸万段！"何伦大怒，走马向前，举起宣花斧，劈面砍来。伍爷把枪一架，叮当一响，何伦双手苏麻，虎口震开，复一枪结果了性命。众将上前，围住了伍爷。那伍爷一杆枪，神出鬼没，一连几枪，又挑死了隋朝十多员将官，众皆败走。伍爷又趁势杀上，把三军乱砍，杀得血流成河，尸积如山。伍爷大胜，吩咐打得胜鼓回营。

不几日，伍爷又杀出长平冈，只见探子报道："韩元帅大兵到了。"伍爷吩咐扎营以待。只见韩爷出马，当先大叫道："请伍云召出来，老夫有话相商。"军士报进，伍爷提枪出阵，只见韩爷身骑高马，众将随列两旁，乃马上欠身道："老伯，小侄甲胄在身，不能全礼，马上打拱了，望老伯恕罪。"韩爷连忙答礼道："贤侄少礼，老夫有一言相告，不知贤侄可容纳否？"伍爷道："老伯有何见教，小侄自当洗耳恭听。"韩爷道："贤侄，你父与汝世食隋禄，官居极品，乃不思报效，叛逆称王，自立旗号，称为忠孝王。你口读诗书，不知忠孝之义，可发一笑。又称与爷报仇，你仇在哪里？自古道：'君要臣死，不死非为忠；父要子亡，不亡非为孝'。老夫奉命征讨，你又抗拒天兵，杀害朝廷大将，罪孽重大。今我大兵六十万，战将一千员，你南阳一郡之地，济得甚事？不如倒戈归降，待老夫回奏朝廷，赦汝之罪，封汝为王，你意下如何？"伍爷道："老伯，我父亲世代忠良，赤心为国，官居仆射，并无过犯，老伯尽知。不料杨广弑父篡位，纳娘为后，欺兄图嫂，古今罕有。我父亲忠良不昧，直言极谏。那杨广反把我父亲杀了，又将我一门三百余口尽行斩首，可怜只存小侄。那杨广又听信奸臣，烦老伯兴兵前来拿我。小侄本该引颈受刑，奈君父之仇，不共戴天。老伯请速回兵，退归长安，待小侄不日兴师，杀进长安，除却昏君杀却奸逆，复立东宫，以安天下。复立东宫谓之忠；除却昏君，以报父仇，谓之孝，岂不为忠孝两全？老伯请自详察。"韩爷听了，大怒道："反贼，我好意叫你去邪归正，你却有许多支吾。也罢，照爷爷的家伙罢！"举起大刀，照头砍去。伍爷架住刀道："啊呀，老伯父，念小侄有大仇在身，还求怜恤。"

第十七回　韩擒虎调兵二路　伍云召被困南阳

　　当下韩爷听了云召之言，不觉心中大怒，骂道："小畜生，当真不听我言么？"说罢，又是一刀砍下。伍爷又把枪架住道："老伯，我因你与我父亲同年，又有八拜之交，故此让你两刀，你可就此去罢，不然小侄要得罪了。"韩爷又是一刀劈下。伍爷逼开刀，把枪一刺，两下大战十个回合，马有二十个照面，韩爷看看抵敌不住，回马就走。伍爷叫声："哪里走！"拍马赶来。韩爷不走自己营门，竟往侧首山中而走。

　　再说那隋朝众将，不见了主帅，各自分头救应。只见山中追出主帅，众将大叫道："反臣不可伤我元帅。"众将挡住，韩爷回进营门。伍爷也不追赶，收兵而去。韩爷下马卸甲，坐在交椅上，众将参见致罪。韩爷吩咐众将退回麒麟关扎住，计点众将军士：头阵与司马超交战，折去大将一员、兵二万；二阵与伍云召交战，又折去大将六员，兵三万；麻叔谋领兵，折去大将十二员，兵二万。前后共折大将数十员、兵七万，锐气已衰。一面修表进朝求救，一面差官催救应使宇文成都速来讨战。又发令箭两支：一支去调临潼关总兵尚师徒，一支去调红泥关总兵新文礼，前来帐下。那差官得令，各自分头前去。

　　韩爷吩咐三军，将各门紧闭，整备炮石。忽见军士报进："宇文天保将军趱粮已到，在关外要见元帅。"韩爷传令进来。军士来到关外说："宇文将军，元帅请进见。"宇文成都匹马进关，来至营前，上前见了韩公道：

62

"公爷在上，末将参见。""将军少礼。""公爷起兵已及三月，缘何还在这里？"韩爷把两次交战，折去大将军士，一一说了一遍。成都大怒道："那反贼如此猖獗！待小将明日出阵，擒那反贼，一来与诸将报仇，二来与公爷出气。"韩爷道："须要小心。"那成都辞别出营，上马出关，吩咐军士将粮草上了仓廒，又吩咐随征十二员英雄，同进南阳，擒那反贼，众将得令。

伍爷吩咐伍保带了三百名家将，到南山砍伐树木，备作城上擂木，伍保一声得令前去。伍爷又令："焦方过来，你带三千人马，往吊桥守住，倘后面隋兵追来，将弓箭齐射，不得有违！"焦方得令，自领人马，前去准备。

伍爷带了人马，来到阵前，只见宇文成都头戴乌金盔，身穿连环宝甲，手执镏金镋，浑似天神一般，大叫道："反贼，速来受缚，免我宇文爷爷动手。"伍爷听得，大骂道："奸贼，你通谋篡逆，死有余辜，尚敢阵前大言，照爷爷的家伙罢！"劈面一枪刺去。成都大怒，把镏金镋一挡，叮当一响，伍爷的马倒退二步，成都又是一镋，伍爷把枪架住。两个战了十五个回合，马有三十个照面，伍爷回马大败而走。成都大叫道："反贼，走哪里去？"匹马追来，看看相近，伍爷回刀挺枪，大叫道："奸贼，来与你拼个你死我生！"成都道："走的不是好汉。"把镏金镋劈面一镋，伍爷把枪一架，两个又战了二十余合。伍爷气力不加，把枪一刺，回马又走，成都在后面追来。

却说那伍保在南山砍树，见前面有二员将大战，一将败下来，伍保一看，大惊道："这是我家老爷，手无寸铁，如何是好？"只见山旁一株大枣树，用力一拔拔起来，去了支叶，拿在手中，赶下山来，大喝一声道："勿伤我主。"忙把枣树照成都马头劈头一砍，成都看得真切，即把镏金镋一挡，那马也退三四步，列位，那成都要算天下第二条好汉，为何也倒退了三四步？只因这株枣树大又大长又长，伍保力气又大，成都的兵器短，所以倒退了。伍爷一看，原来是伍保。那伍保将树又打下来，成都把镏金镋往上一迎，把树迎做两段。成都又把镏金镋打来，伍爷在前面山冈上一看，叫声："不好了！"拔箭张弓，呼的一声，照成都射来。成都不防暗箭，叫声："啊呀，不好了！"一箭正中在手，回马走了。伍保赶上，伍爷叫声："不要赶！"伍保回步，同三百家将上山抬了树木，回进南阳吊桥边，焦方接着，叫声："主将，得胜了么？"伍爷道："若无伍保，几乎性命不留。"说罢，同众将回至辕门，吩咐众将紧闭四门，安摆炮石擂木，紧守城池。众将得令前去整备。列位！你道伍云召为何把城池这般紧守？那云召本来战不过成都，初阵亏伍保相救，细想南阳诸将并无对手，恐城池攻破，玉石俱焚，故此先将城池紧守，此话不表。

再说韩爷坐在关中，探子报进道："宇文老爷大败而回，请元帅发兵相救。"韩爷正要发兵，只见兵士报进："临潼关总兵尚师徒，带领雄兵在外候令。"韩爷吩咐进来。尚师徒进营参见，韩爷道："尚将军，你带了本部人马，前去助那宇文将军，同擒反贼。"尚师徒一声得令。军士又报进："新文礼在外候令。"韩爷即吩咐："也带本部人马，同尚师徒前去会擒反贼。"应道："得令。"新文礼同尚师徒各带人马，来到宇文成都营中。军士报进，成都出营接见，二将下马，携手同进营中。三人相见已毕，新文礼与尚师徒一同开口问道："宇文将军治军劳神了。"成都道："二位将军于远路来，鞍马劳顿了。"吩咐军士摆酒接风，一夜无话。

再说伍爷坐在衙中，想起宇文成都勇猛，心中十分忧闷，忽听军士报进道："韩擒虎调临潼关总兵尚师徒、红泥关总兵新文礼，带领人马，围住南北二城，宇文成都围住西城，韩擒虎围住东城，好不厉害。"伍爷闻报，好不着急，只得亲督将士，巡守四城，安摆火炮、擂木、弓箭。宇文成都率兵攻城，城上炮石箭矢势如雨下。那隋兵折了许多人马，只得吩咐暂退三里，候元帅军令定夺。此话不表。

再说南阳军士报知伍爷说："隋兵退下三里之外。"伍爷上城一看，果然退去有三里远近。细看隋兵兵士如蝼蚁之密，军马往来不住，伍爷放心不下，早晚上城巡视数回。一到夜来，隋营灯火照耀，犹如白日，只得吩咐城上众将尽心把守。伍爷下城来，与众将道："隋兵如此之多，将帅如此之勇，如何是好？"统制官焦方上前道："主帅勿忧，自古道：'兵来将挡，水来土掩'。明日待小将同主帅杀入隋营，斩其将帅，隋兵自然退去，主帅意下如何？"伍爷道："将军有所不知，那隋兵之多，将帅之众，俱不在本帅心上，唯有宇文成都勇猛无敌，我南阳诸将并没有强似他的，倘杀出去，徒送性命。我有一个族弟，名唤伍天锡，身长一丈，腰大数围，红脸黄须，两臂有万斤气力，使一柄混天铛，重有二百多斤。他在河北沱罗寨落草，手下喽啰数万，猛将也不少。若有人前去，勾得他领兵到此相助，方能敌得住宇文成都之勇。"焦方道："既有主帅令弟将军如此之勇，待末将前往河北沱罗寨，请他领兵前来相助便了。"即提枪上马，出了营门，望北城而出，放下吊桥，回马大叫道："吩咐紧守城门。"军士应道："是。"

焦方离了南阳，行得一里，只见埋伏军士向前大叫道："嗤！反贼，你往哪里走？"焦方匹马单枪，只是不应。军士围将拢来，焦方大喝道："来来来！你们来一个杀一个，来一双杀一双。"军士大怒，各执兵器前来。焦方大怒，把枪一滚，上前的俱被枪刺死。军士不怕不喊，复围上来。焦方又拔刀在手，左手提枪，右手执刀，枪到处人人皆死，刀着处个个皆亡。焦方杀出重围，往前飞走。那败兵报进营中："启爷，不好了！城中一将杀出重围，望北去了。我这里军士被他伤了无数。"新文礼闻报大怒，提刀上马，赶出营来。那焦方已去得远了，只得回马进营，唤过队长喝道："你怎么不来早报于我？拿去砍了，以警将来。"此话不表。

第十八回　焦方借兵沱罗寨　天锡救兄南阳城

焦方到了沱罗寨，把杨广弑父篡位，又差韩擒虎带领宇文成都前来捉拿主帅，细细说了一遍。伍天锡大怒，骂道："我把这个昏君碎尸万段，才好出气。既是奸臣之子宇文成都这狗头厉害，待俺去擒来作醒酒汤。"当下两英雄谈论饮酒，直饮到天明，吩咐头目拔营，前去救取南阳，以擒宇文成都。即点数千喽啰，拔寨起行，众头目相送，伍天锡对头目道："俺此去擒了宇文成都，救了南阳，不日就回。你们与我把守三关，紧闭寨栅，各路须要小心，不得有违。"众头目打拱道。"是。"伍天锡离了沱罗寨，晓行夜住，非止一日，来到太行山。吩咐扎营埋锅造饭，众喽啰应声道："是。"这且不表。

且说那南阳伍云召升坐帐中，忽军士报道："元帅不好了，隋将宇文成都围住西门，攻打甚急，金鼓之声不断，炮响之声不绝；南城尚师徒亦然，攻城甚急；东城韩擒虎，北城新文礼两处亦然攻打，四面围得水泄不通，怎生是好？"伍爷听报大惊，上马提枪，同众将上城观看。城外隋兵十分凶勇，大刀阔斧，云梯炮石弓箭，纷纷打上城来。喊声不断，炮响连天，把城池围得铁桶相似。伍爷无计可施，想此城料难保守，只得退下城来，上马回转辕门，下马进私衙。

只见众将纷纷然大叫："主帅怎么处？"伍爷吩咐："伍保，你去西城，挡住宇文成都。"伍保答应一声："得令。"手拿二百四十斤一柄大铁锤，带了人马径往西城。到西城只见数万人马，拥入城来，伍保大怒，把铁锤乱打。那伍府中马夫伍保，一身却有千斤蛮力，不会武艺，见人也是一锤，见马也是一锤，人逢锤，打为齑粉；马逢锤，打为泥糟。伍保一路把锤打去，只见人亡马倒，众隋兵发喊一声道："不好了啊，大铁锤过来了！"各各乱跑，跑不及都被打死。军士报与成都说："反贼手下有一将，勇不可挡，使一柄铁锤，其大无比，打死了军马无数，将军快去迎战。"宇文成都大怒，把马加上几鞭，那马飞跑进城来，正遇伍保。伍保抬头一看，只见一个长大的人来了，那宇文成都人又长马又高，伍保是个莽夫，大喝道："长大的人，休来送命。"宇文成都一看，也大喝道："来将何名？休夸大口。"伍保道："俺不晓得什么河名井名！"说罢，就将这柄大铁锤，劈面一锤打将下来。那成都把镏金镋一迎，将这铁锤倒打转来，把伍保自己的头打碎了，身子望后跌倒。成都吩咐军士，斩首号令。可怜伍保死于非命！

再说那伍云召杀出南城，正遇着临潼关总兵尚师徒把守，尚师徒看见城里杀出伍云召来，向前拦住。

第十九回　伍云召弃城败走　勇朱粲杀退师徒

那尚师徒拦住云召，喝道："哇！反臣，你要往哪里走？"伍云召睁开怪眼，怒目扬眉，大叫道："我有大仇在身，尚将军不要阻我。我此去少不得后会有期，也见你的情分。"说罢，提枪撞阵便走。尚师徒拍马追来说："反臣哪里走！"照后背一枪搠来。云召叫声："不好！"回转马头也是一枪刺去。两下双枪相接，大战八九个回合。尚师徒哪里战得过，竟败下来了，云召也不追，回马往前而走。那尚师徒又赶上来了。这伍云召的马，是一匹追风千里马，难道走不过尚师徒这马么？原来尚师徒这匹马是龙驹，名曰"呼雷豹"，其走如飞，快似千里马一般。

尚师徒到底战不过，只得将马头上这把黄毛一拔，那呼雷豹嘶叫一声，口中吐出一阵黑烟。只见云召坐的追风马也是一叫，倒退了十余步，便屁股一蹲，尿屁直流，把云召从马上翻跌下来。

尚师徒把提炉枪刺来，只见前面有一个人，头戴毡笠帽，身穿青布短衫，脚穿蒲鞋，面如黑漆，两眼如铜铃，一脸胡须，手执青龙偃月刀，照尚师徒劈面砍来。尚师徒大惊，便说："不好了，周仓来了！"带转马头，往后飞跑而去。那黑面大汉步行，哪里赶得上，云召在后面大叫道："好汉，不要去赶。"那人听得，回身转来，放下大刀，望云召纳头便拜。云召连忙答礼道："救我的好汉是谁？请通名姓，后当相报。"那人叫道："恩公听禀，小人姓朱名粲，住居南庄。我哥哥犯事在狱，亏老爷救释，此恩未报。小人方才在山上打柴，见老爷与尚师徒交战，小人正要相助，因手中并无寸铁，只得到寿亭侯关王庙中，借周将军手中执的这把刀来用用。"伍爷大喜道："那寿亭侯庙在哪里？"朱粲道："前面半山中便是。"伍爷道："同我前去。"朱粲道："当得。"

伍爷上马，同了朱粲来到庙中，下马朝寿亭侯拜了几拜，祝告道："先朝忠义神圣，保佑弟子伍云召无灾无难。云召前往河北，借兵复仇，回来重修庙宇，再塑金身。"祝罢，抬身对朱粲道："恩人，我有一言相告，未知肯纳否？"朱粲道："恩公有何见谕，再无不允，请道其详。"伍爷道："恩人，我有大仇在身，往河北存亡未保。"说罢，把袍带解开，胸前取出公子，放在地下，对朱粲道："我伍氏只有这点骨血，今交托与恩人抚养，以存伍氏一脉，恩德无穷。倘有不测，各从天命。"便跪下去道："恩人，念此子无母之儿，寄托照管。"朱粲连忙也跪下地来说："恩公老爷请起，承蒙见托公子，小人理当抚养。倘服侍不周，望乞恕罪。"伍爷道："不敢。"

拜罢，一同起身，只见公子在地下啼哭，朱粲即忙抱在手中。伍爷道："我儿不要啼哭，你父有大仇在身，这叫作你顾不得我，我顾不得你。"伍爷一头说，一头止不住两泪交流："儿啊，倘蒙皇天保佑，祖上有灵，或父子还有相见之日，也未可知。"又对朱粲道："恩人领了去。"朱粲道："请问老爷，公子叫什么名字？后来好相会。"伍爷道："今日登山，在寿亭侯庙内寄子，名字就叫伍登罢。"二人庙中分别，朱粲将刀仍放在周将军手内，将公子抱好，出了庙门，说道："老爷前途保重，小人去了，后会有期。"伍爷道："恩人请便。"说罢，提枪上马，匆匆前去。

伍云召路上遇见前来救援的伍天锡，又遇到下山打劫的雄阔海，于是三人上马，带领二寨喽啰，到太行山聚义堂前下马，阔海请二位哥哥坐定，吩咐摆酒接风。云召将最近发生的事细细地说了一遍，不觉两泪交流。雄阔海大怒道："哥哥请免悲泪，待兄弟起兵前去，与兄复取南阳，以报此仇。"天锡道："雄大哥说得极是，且待我告禀哥哥得知。自从哥哥差焦方来兄弟处取救，兄弟随即起兵前来。"

云召摇手道："二位兄弟且慢，你们二人但知其一，不知其二。昔日愚兄在南阳镇守，有雄兵十万，战将数百员，尚不能保守。今城池已破，兵将全无，二弟虽勇，若要恢复南阳，岂不难哉！况宇文成都与尚师徒、新文礼三人为将，韩擒虎为帅，急切难于摇动。明日我往河北寿州王李子通那里，去投奔他。他永镇河北，地方广大，粮草充足，手下有雄兵百万，战将千员，自立旗号为寿州王，不服隋朝所管；又与我姑表至戚，我去那里借兵报仇。二位兄弟，可守本寨，招军买马，积草屯粮。待愚兄去河北借得兵来，与二位兄弟一同出兵报仇便了。"雄阔海苦劝云召，不要往河北去，就在这里起兵，云召哪里肯听。次日，云召上马提枪出寨而去。天锡随行，阔海送出关外，两下分手。

天锡同云召在路，非止一日，来到沱罗寨。焦方等接着，天锡请哥哥到山中去歇马。

云召坐在书房，吃茶已毕，闷闷不悦。立起身来，开窗一看，只见明月当空，银河皎洁。云召步出天井，对月长叹："我生不能报父母之仇，枉为人也。"想起夫人贾氏，凄然泪下。

次日天明，天锡早已起来，到了书房门首一看，说："哥哥还没有起身。"等了一会，叫一声："哥哥，昨晚好睡否？"云召应道："好睡呢。"开了书房，走出来，弟兄同到厅上吃茶。用过早膳，云召作别起身。天锡苦留不住，说道："哥哥几时起兵？"云召道："兄弟，只在一二年之间，你同焦方在此操演人马，助为兄一臂之力。"天锡道："这个自然。但是一二年工夫，叫兄弟等得好不耐烦。"云召道："兄弟不要心焦，待愚兄去看，少不得有信来通知你的。"说罢，天锡自回山寨，云召取路前往。

先表那李子通坐镇寿州，掌管河北一带地方数千余里，手下有雄兵百万，战将千员，各处营寨俱差兵将把守，粮草充足，因此，隋文帝封他为寿州王，称为千岁。那日早朝，两班文武朝参已毕，侍立左右，李千岁道："孤家想隋王杨广弑父奸母，缢兄欺嫂，搅乱国政，荒淫无道，以致当世英雄各据一方，孤欲自立为王，不受隋制，不知众卿以为如何？"

第二十回　韩擒虎取兵复旨　程咬金逢赦回家

云召来见李子通（李千岁），把从前老父被害，成都骁勇，打破南阳的事情，细细说了一遍。说罢，放声大哭。李千岁道："我表叔一门遭此大变，深为可叹！表弟且免烦愁，待孤家与你复仇便了。"云召跪谢道："多蒙千岁垂怜。"军师高大材奏道："大王正缺元帅，伍老爷今来相投，可当此任。"李千岁大喜，便封伍云召为都督大元帅，掌管河北各路兵将。立刻吩咐起造帅府，候元帅到任。云召拜谢。

且说韩元帅在营，闻报得宇文老爷打破西城，特候元帅，韩擒虎大喜，带领三军，径进东门。

韩爷差官查盘仓库，点明户口，养马五日，发炮回军，得胜班师。韩爷吩咐尚师徒带领本部人马，回临潼关把守。又令新文礼带领本部人马，回红泥关去。新文礼得令一声，也带本部人马，自回红泥关去。韩爷同宇文成都大队人马往长安进发。南阳百姓跪送登程。韩爷委官把守，不许残虐百姓，众百姓欢呼称谢。

韩爷离了南阳，行过长平冈战场，凄然泪下：可怜数万军士，死于此地。一路无话。你看三军浩荡，旌旗遮道，正是："鞭敲金镫响，齐唱凯歌声。"班师回朝，好不威风！文官红袍纱帽相迎，武官戎装披挂相接，逢州过府，非止一日，来到长安。吩咐扎住三军于教场之内，自同宇文成都、麻叔谋三人进长安城。来到朝门，正值早朝，炀帝还未退朝，黄门官启奏道："国公韩擒虎得胜班师，朝门外候旨。"炀帝闻奏，大悦道："传旨宣进来。"韩爷进殿，俯伏奏道："臣韩擒虎见驾，愿我皇万岁。"山呼已结，炀帝道："卿路上鞍马劳顿，南阳已平，赐锦墩对坐。"韩擒虎谢过恩，便将平南阳表章上达。炀帝展开一看，龙颜大悦，封国公韩擒虎为平南王，宇文成都为平南侯，麻叔谋为都总管，其余将士各皆封赏，在朝文武各加三级，设太平宴，赐饮文武群臣。又出赦书，颁行天下，除犯十恶大罪、谋反叛逆不赦，其余流徙笞杖等，不论已结案未结案，已发觉未发觉，俱皆赦免。

赦书一出，赦出一个横虫来。此人非比寻常，乃是卖私盐狠汉，十分闯祸，人人怕他。那人生得身长力大，勇不可挡，因卖私盐，打死了巡捕官，问官怜他是一条好汉，审作误伤，问成流徙，监在牢内。得此赦书，他却赦了出来。此人十分厉害，住在山东济南府历城县管辖的一个乡村，名唤班鸠店镇上，姓程名咬金，字知节。他身长八尺，虎体龙腰，面似青泥，发似朱砂，勇力过人，十分凶恶。父亲叫作程有德。他七岁时父就没了，单依母亲看养。不料文帝下兵北齐，连遭兵火，程太太却与人做些生活苦守着。他九岁上，即与秦叔宝读书，到大来却一字不识。后来长大，各自分散，母亲叫他做些买卖，却没本钱。因有几个无赖，合他去卖私盐，倒也赚钱供母。因他动不动与人厮打，十分闯祸，个个怕他，都叫他做"程老虎"。不料一日，偶然撞着一个新充盐捕的，相打起来，咬金性发起来，早把这伙巡盐捕快打死了两个。地方差人拿捉凶身，他恐连累别人，自却挺身到官，认了凶身，问成大辟。问官怜他是个直性汉子，缓决在狱，已经三年。时逢炀帝登基，将他也赦在内。

咬金一径往家中奔来，一到家中，可怜母子三年不见，抱头大哭一场。

第二十一回　俊达有心结勇汉　咬金不意得金盔

　　晚上，程太太削起竹来，叫咬金去睡，咬金道："母亲在此辛苦，孩儿怎生睡得，心内何安？"连打发几次，咬金只是不肯去睡，陪母亲直做到四更天，做成了十个柴笆，方才去睡。未到天明，程太太起来煮好饭，叫咬金起来吃了。程咬金问道："母亲，这笆要卖多少价钱一个？"程太太道："一个笆要讨五分三分就好卖了。"咬金答应，背了柴笆，一直往市镇上来。

　　谁想镇上这些人，都知道他的厉害，谁敢来买？还有这等人，身上穿得华丽的，远远见了就远避了去，犹恐他看见，扯住诈人。所以无人理他。咬金从早上直立到下午时分，不见有人来买。心中一想："再等一个体面的人来，扯住他买。"主意已定，又等了一回，再不见个人影，肚中饿得很，想道："且去酒店内吃他一顿，再作计较。"背了柴笆，要往酒肉店内去，谁知这些店家都吃过他的亏，因此大家店都不开，门儿紧闭。一直来到市梢尽头，却有一所村酒店。原来那店中老儿老婆两个，是别处新移来居住的，他们哪里知道？一见程咬金走进店来，便问道："官人吃酒么？有好状元红在此。"咬金放下柴笆，向一处坐头坐下，便说："有好酒取十斤来，黄牛肉切五斤来吃了，一总算钱把你。"那老儿连忙取酒与婆子暖起来，自去切了一盘牛肉，拿一双箸、一只碗，放在咬金面前。然后掇过牛肉，婆子送酒过来，咬金放开大嘴，只顾吃。不一时，把这十斤酒、五斤牛肉吃得干干净，抹抹嘴，取了柴笆，望外便走。老儿道："啊呀，官人吃了酒，酒钱呢？"咬金说道："今日不曾带得来，明日还你罢。"望外就走。老儿连忙赶出来，一声喊，一把扯住，将他旧布衫扯开。咬金大怒，抛下柴笆，扭回身子一掌，把那老儿打得一个发昏，直跌入里边去了。那老婆着慌，便大声叫屈，惹得咬金性发，蹬地一脚，把锅灶踢翻，双手一掀，把架上碗盏物件一齐打碎，径入内来。老儿老婆两口见不是路，没命地奔上楼去，将扶梯扯了上去，大叫："地方救命！"此时外边的人聚拢来，见是程咬金撒泼，谁敢上前来劝？咬金把店内桌凳打个罄尽，喝一声："入娘贼，你不下来，我把这间牢房打碎，不怕你不下来！"噔的一脚，踢在中庭柱上，把房子震得乱动，老儿老婆两口在楼上吓慌，大叫："爷爷饶命！"

正打之间，只见远远来了一个英雄，他生得来身长九尺，面如满月，目若寒星，骑着一匹高头大马，跟随着十多个家丁走来。见满街人挤着，便带住了马，望内一看，只见咬金在内大喝："你不下来，我就掀翻你这间牢房！"又是一脚，向右边庭柱上蹬来，这房子格格格地响，摇上几摇，几乎坍了下来。这英雄一见，连忙下马，分开众人赶入门内，叫一声："好汉，请息怒，有话好好地说，不必动手。"咬金回身喝道："你敢是替他赔还我这布衫的么？"那人道："非也，布衫小事，还要请仁兄到敝庄，小可另有话说。"咬金把这人上下相了一回，像个好汉，便叫道："若非老兄解劝，我就打死了这入娘贼，方肯干休。"那人叫老儿老婆放好扶梯走下来，赔了咬金的礼，叫家丁身边取了十两银子与了他。那人挽了咬金的手要走，咬金道："我还有十五个柴笆拿了去。"那人道："赏了这老儿罢。"咬金道："便宜了他！"二人挽手出了店门，步回庄上。

咬金抬头看时，只见四下里人家稀少，团团都是峻岭高山，树木丛茂。庄前一条大溪，溪边一带垂杨大柳。入得庄门，到了堂上，那人吩咐家丁："且请好汉去香汤沐浴，换了衣巾，请来见礼。"又吩咐摆酒。咬金并不推辞，同了家丁来至浴堂内洗了澡，家丁送了罗衫、罗裤、新鞋、新袜，服侍他穿好了，又送一顶二三瓜头巾，广纱道袍。穿戴齐整，来至中堂，二人见礼，分宾主坐定。那人问道："不知长兄尊姓大名，家住何处，府上还有何人？今日小弟偶遇，三生有幸。"咬金说："小可姓程，名咬金，字知节，本县班鸠镇人也。自幼丧父，只有老母在堂，家业凋零，卖私盐打死了巡捕，问成大辟，因在牢中。今遇皇恩得放，回家卖些柴葩。今蒙我兄相照，请问高姓大名？"那人道："小弟姓尤，名通，字俊达，祖居此地，向来出外以卖珠宝为业，近因年荒世乱，盗贼颇多，因此许久不曾出门。目下意欲行动，正少一个有勇力的做伙计。今见我兄如此英雄，故敢相请，意欲合兄做个伙计，去卖珠宝，不知我兄意下如何？"咬金闻言，立地起身就走。尤俊达忙扯住道："兄长为何不言就走？"咬金道："你真是个痴子，可知道我卖葩的有甚大本钱，与你合伙去卖珠宝？"俊达笑道："原来兄长不知，小弟哪里要你出本钱，只要你出身力。"咬金道："怎么出身力？"俊达道："兄且坐下，待小弟慢慢说与兄听。"咬金坐下道："快说快说。"俊达道："小弟出本钱，只要兄同去，一路上恐有歹人行劫，不过要兄护持，不致失误。卖了珠宝回来，除本分利，这个就是合伙了。"咬金道："啊，原来如此，这个也还使得，只是我的母亲独自在家，如何是好？"俊达道："这不难。兄今日回去，与令堂老伯母说知，明日请来敝庄同居如何？"咬金听说大悦道："妙啊！妙啊！这个伙计便合得成了。"

次日天明，尤俊达差了十余个家丁并轿马，到门相请，程太太即便端正上轿，咬金上马。家中并无贵重物件，略略收拾，锁好了门，一行人径奔武南庄上来。俊达妻子出来迎接程太太进入内堂，见礼一番，早已端正酒筵，内外摆酒。二人同吃酒饭，说了些闲话。俊达叫家丁服侍咬金在侧厅耳房中歇了，自己入内去睡。

　　且说咬金方才合眼，只见一阵香风过处，远远来了一个老人，叫一声："土福星官快些起来，我教你的斧法。你这一柄斧头，后来保真主，定天下，取将封侯，披蟒腰玉，还你一生荣华富贵。"咬金看那老人举斧在手，一路路使开，把六十四路斧法教会了，叫一声："土福星官保重，我去也。"说罢，忽然又是一阵香风过处，那老人就不见了。咬金大叫一声："有趣。"醒将转来，却是南柯一梦，叫："且住，待我演习演习，不要忘记了。只是没有马骑，使来不甚威武。啊！有了，何不就将这条板凳做马，坐了使起来，自然一样的。"遂走将起来，开了门，走至厅上，取一条索子，一头缚在板凳上，一头缚在自己颈上，骑了那条板凳，双手抡斧，满厅乱跑，使将起来。

　　这厅上是用地板铺满的，他骑了板凳，使起这柄斧头来，震动一片声响。尤俊达惊醒，只见外边什么响，连忙起来，走至厅后门缝内一张，只见月光照人，如同白昼一般，那个程咬金却在那里使这柄宣花斧，甚是奇妙，便走将出来，大叫道："妙啊！"这一声竟冲破了他，后边的路数就不会了，只学得三十六路斧头。就是这三十六路斧头也了不得，十分厉害，后来不知击走了多少好汉。

　　家丁摆下酒肴，二人吃到天色微明。咬金起身，牵马出庄，翻身上马，加上两鞭，那马唬哩哩一声嘶吼，四足蹬开，望前就跑，犹如腾云驾雾一般，十分迅速，耳内只闻风吼之声。顷刻之间，跑上数十余里，到了一座土山边立住不走。咬金定睛看时，只见山面前有座石碑，碑上刻就三个大字，却是"老人山"。咬金哪里识得出，单单认得一个"人"字，心中想道：不知是什么人？

第二十二回　众捕人相举叔宝　小孟尝私入登州

那咬金正念之间，只见乱草中簌的一声响，走出一只兔来，向马前一扑，回身便走。咬金大怒，拍马赶来。那兔儿转过了几个山湾，向一个石壁内钻了进去。咬金便跳下马来，上前一看，原来石壁上有一个大洞，忙伸手向洞中一摸，摸进去却摸着了一件东西，扯出来一看，却是一个黄包袱。打开一看，却是一顶镔铁盔，一副铁叶黄花甲。心中奇异，忙将铁盔向头上一戴，正好；又把这身甲来向身上一披，也正好合适。咬金大喜，翻身上马，一直奔回庄上。下马入厅，细言其事，俊达大喜，说道："事已停当，明日就要动身。今日与你结为兄弟，后日无忧无虑。"咬金道："说得有理。"吩咐快排香案，二人结为生死之交。咬金小两岁，拜俊达为兄，大设酒筵，直吃到晚，各自睡了。

次日起来，俊达请程老夫人出来，拜为伯母；咬金请俊达妻子出来，拜为嫂嫂。拜毕，各人说些闲话，入内去了。吃过了饭，咬金说道："好动身了。"俊达道："尚早哩，且到晚上动身。"咬金说："咦，这句话倒有些奇哩！又不去做什么强盗，日里不走，要到晚上动身。"咬金只管问："不知兄长却是为何？"俊达道："你有所不知，只为当今盗贼甚多，我卖的又是珠宝，日里出门，岂不露人耳目？故此到晚方可出门。"咬金道："原来如此。"到晚，二人吃了酒饭，俊达吩咐家丁，把六乘车子上下盖好，叫声："兄弟，快些披挂端正，好上马走路。"

咬金道："咦！这句话又来得奇哩，又不去打仗上阵，为何要披挂起来？"俊达说道："兄弟，你又不在行了，黑夜行路，当防盗贼，自然要披挂了去。"咬金道："也罢，就披挂了去。"二人披挂端正，上了马，押着车子，从后门而去，径往东北路而来。

彼时走了半个更次，来到一个去处，地名"长叶林"。远远的只见号灯有数百来盏，又有百十余人，都执兵器，齐跪在地，大声道："大小喽啰迎接大王爷。"程咬金大叫道："不好了，响马来了。"俊达连忙说道："不瞒兄弟说，这班不是响马，他们都是我手下的人。愚兄向来在这个所在行劫，近来许久不做，如今空闲不过，特领兄弟来做伙计，若能取得一宗大财物，我和你一世受用。"咬金听说，把舌头一伸，说道："不好了，上了你的当了。我方才原说道，做生意日里出去，不该夜里出门，你有这许多噜噜苏苏，原来是做强盗，那强盗可是做得的么？"俊达道："兄弟不妨，你是头一遭，就做出事来，也是初犯，罪是免的。"咬金道："啊唷，妙啊，原来做强盗头一次不妨得的么？"俊达道："不妨得的。"咬金说："也罢，就做他娘一遭便了。"尤俊达大喜，两个带了喽啰，一齐上山。那山上原有厅堂舍宇，一应房屋俱备。二人入厅坐下，众喽啰参见已毕，分列两边。俊达叫一声："兄弟，你还是讨账呢，还是观风呢？"咬金想道："讨账一定是杀人劫财，观风一定是坐着观看。"算计定了，便说道："我去观风罢。"俊达道："既如此，还是带多少人去行劫？"咬金说："啊呀，我是观风，为何叫我去行劫起来？"俊达笑道："原来兄弟此道行中的哑谜都不晓得。大凡强盗见礼，为之'剪拂'，见了客商为之'风'，来得少为之'从风'，来得多为之'大风'，若是杀不过为之'风紧'，好来接应。'讨账'是守山寨，问劫得多少。这行中哑谜，兄弟不可不知。"咬金道："原来如此。我就去观风，只是人多使翻了船，只着一人引路便了。"俊达大喜，便着一个人去引路下山。

当下咬金提斧上马，带了一个喽啰下山，往东路口。等了半夜，心中想道："不要说大风，就是小风也没有一个。"十分焦躁。看看天色微明，小喽啰道："这时没有是没有的了，程大王上山去罢！"咬金喝道："放你娘的屁，凡事要个顺溜，第一次难道空手回山不成？东边没有，待我到西边去看。"小喽啰不敢言语，只得引到西路。方得到西边，只见远远的旗幡招扬，剑戟光明，旗上大书"靠山王饷杠"。一支人马，滔滔而来。

原来这镇守登州靖海大元帅靠山王，乃当今炀帝嫡亲王叔，文帝同胞兄弟，名唤杨林，字虎臣。大隋朝算他第八条好汉。近因未逢敌手，自道天下无对。

杨林因炀帝初登大宝，故此差继大太保卢方，二太保薛亮，解一十六万饷银，龙衣数百件，入长安进贡。路经长叶林，程咬金一见叫声："妙啊，'大风'来了！"小喽啰连忙说道："程大王，这是登州老大王的饷银，动不得的。"咬金喝道："放屁，什么老大王不老大王！等了一夜，等得一个风来，难道放了他去不成？"拍动铁脚枣骝驹，双手抡斧大叫道："过路的留下买路钱来！"小校一见，忙入军中报道："前面有响马断路。"卢方闻报叫声："奇怪，难道有那样大胆的强人，白日敢出来断王杠？待我去拿来。"上前大喝一声说："何方贼盗，岂不闻登州靠山王的厉害，焉敢在此断路？"咬金并不回言，把大斧一举，当的一斧盖下来。卢方举手中枪，往上一架，当的一声响，把枪折为两段，叫声："啊呀！"回马便走，薛亮忙拍马来迎，咬金顺手一斧，正中他的刀口，当的一声，震得双手流血，抛刀回马而走。众兵校见主将败了，一声喊，弃了银桶，四散而来。咬金放马来赶，二人叫道："强盗，银子你拿去罢了，苦苦赶我怎的？"咬金喝道："你这两个没用的狗头，休认我是无名的强盗，我们实是有名目的，我叫作程咬金，伙计尤俊达，今日权寄下你这两个狗头，迟日可再送些来。"说罢，方才回马转来。那卢方、薛亮惊慌之际，却记错了名姓，只记着陈达、尤金，连夜奔回登州去了。

登州靠山王杨林，这一日升帐，正在理事，忽报大太保、二太保在辕门候令。杨林大吃一惊："为何回来得这般快？"吩咐着他进来，二人来至银安殿上，俯伏阶前叫道："父王，不好了！王杠银子被响马劫去了！"杨林喝道："怎么说？"二人一齐叫声："父王，臣兄弟该死，失去王杠银子。"杨林这番听得分明，不觉海下银须根根倒竖，两眼突出，大喝一声："好畜生，焉敢失去王杠！与我绑去砍了！"两旁军校一声答应，将二人绑下。二人哀叫："父王啊，实是响马厉害无比，他还通名道姓哩！"杨林喝道："强盗叫甚名字？"二人便叫："父王啊，那强盗一个叫陈达，一个叫尤金。"杨林听说，心中想一想道："畜生，我问你失去王杠，在何处地方？"二人道："父王啊，是山东历城县地方，地名长叶林。"杨林道："既有地方名姓，这响马就好拿了。"吩咐将二人松了绑，死罪饶了，活罪难免，喝道："拿下去打。"把二人捆打了四十棍。一面发下令旗令箭，差官奔往山东，限一百日之内，要拿长叶林断王杠的响马陈达、尤金。百日之内如拿不着，府县官员俱皆岭南充军，一应行台节制武职尽行革职。

这令一出，吓得济南大小文武官员，心碎胆裂。济南知府盛天期，行文到历城县，县官徐有德即刻升堂，唤到马快樊虎、步快连明，当堂吩咐道："不知何处响马，于六月二十二日在长叶林地方，劫去登州老大王饷银一十六万，临行又通了两个名姓。如今老大王行文下来，取百日之内，要这陈达、尤金两名响马。如若百日之内没有，府县官员俱发岭南充军，合省文武官员俱要吊问。自古道：'上不紧则下慢'。本县今限你一个月之内，要这两名响马。每逢三、六、九听比，若拿得来重重有赏；如拿不来，休怪本县。"

二人领了牌，出了衙门，各带公人，四下去寻踪觅迹，并无影响。到了比期，二人重打三十板，徐有德喝道："如若下卯没有响马，每人重打四十板。"二人出来，会齐众公人商量道："这两个响马，一定是过路的强盗，打劫了自去他州受用，叫我们却到哪里去拿他？况且强盗再没有个肯通名姓的，这两个名姓，一定是假的。"众人说道："如此说起来，难道我们竟比死了不成？"樊虎道："我倒有一计在此，到下卯比的时节，打完了不要起来，只求本官把下次比板一总打了罢。本官一定问是何故，我们一齐保举秦叔宝大哥下来。若得他下来，这两个响马就容易拿了。"连明道："只是秦大哥现为节度旗牌，他如何肯下来；就是他肯来，节度爷也不肯放他。"樊虎道："这倒不难，只消如此如此，他自然下来了。"众人大喜，各自散去。

不几日又到比期，徐有德升堂，唤众捕人问道："响马可拿到了么？"众人道："并无影响。"徐有德道："如此说，拿下去打。"左右一声呐喊，扯将下来，每人打了四十大板。徐有德喝道："若下卯没有拿到，抬棺来见我！"众人都不起来，一齐说道："求老爷将下次的比板一总打了罢！就打死了小的们，这两个响马，端的没拿处的。"徐有德道："据你们如此说起来，这响马一定拿不成了，难道本县竟往岭南充军不成？"樊虎道："老爷有所不知，这两名强人一定是别处来的，打劫了他自往他州外府去了，却如何拿得他来？若要这两名响马，除非是秦叔宝，他尽知天下的响马出没去处，得他下来，方有拿处。"徐有德道："他是节度使大老爷的旗牌，如何肯下来追缉响马？我若去请，大老爷岂不要着恼的么？"樊虎道："此事定要老爷亲自去见大老爷，只须如此如此，这般这般，大老爷一定肯放他下来了。"徐有德闻言，沉吟了半晌，说道："倒也讲得有理，待本县自去。"徐有德即刻上马，径投节度使衙门而来。

到了辕门，尚未升堂。徐有德下马等了半日，只听得辕门上发了三通鼓，吹打了三次，不多时，三声炮响，大开辕门，唐璧升堂。两个中军参见过，旗牌叩见毕，然后五营四哨一齐参见，分班而立。那徐有德双手捧了禀折，跪在辕门。传宣官接了禀折，传与中军，中军接上："启老爷，今有历城县知县要见。"唐公吩咐，令他进来。徐有德趋至滴水檐前，跪下拜见。唐公吩咐:"免了,赐座。"徐有德道:"如此卑职告坐了。"唐公道:"本藩正要来传贵县,问断王杠的响马可有消息,却好贵县到来,不知有何事故?"徐有德道:"卑职正为此事,前来告禀大老爷,若说这两个响马,正无消息。卑职素闻贵旗牌秦叔宝的大名,他当初曾在县中当过马快,不论什么奇雄响马,手到拿来。故此卑职前来,求大老爷将秦旗牌发下来,拿了响马,再送上来。"唐公闻言,大喝道:"咳!狗官,难道本藩的旗牌与你当马快的么?"徐有德慌忙跪下说道:"既然大老爷不肯,何必发怒?卑职不过到了百日限满之后,往岭南去走一遭,只怕大老爷也未必稳便,还求大老爷三思,难道为一旗牌而弃前程不成?"唐公听说,想了一想:他也说得是,前程要紧,秦琼事小。便道:"也罢,本藩且叫秦琼下去,待拿了响马,依先回来便了。"徐有德道:"多谢大老爷,但卑职还要禀上大老爷,自古道:'上不紧则下慢'。既蒙发下秦旗牌来,若逢比限不比,决然怠慢,这响马如何拿得着?要求大老爷作主。"唐璧道:"既发下来,听从比限便了。"唐公吩咐:"秦琼同徐知县下去,好生在意,获贼之后,定行升赏。"秦叔宝见本官吩咐,不敢推辞,只得同了徐有德,出了节度使衙门,径往县中来。

徐有德下马坐堂,叫过秦琼,吩咐道:"你向来是节度使旗牌,本县岂敢得罪你,如今既请下来,权为马快,必须用心拿贼。如三、六、九比期没有响马,那时休怪本县无情。"叔宝说道:"这两名响马要出境去缉拿,数日之间,如何得有,还要老爷宽限才好。"徐有德道:"也罢,限你半月之中要这两名响马,不可迟怠。"叔宝领了牌批,出得县门,早有樊虎、连明接着。叔宝道:"好朋友啊,自己没处拿贼,却保举我下来,倒多谢你了。"樊虎道:"小弟们向日知仁兄的本事,知道这些强人的出没,一时不得已,故此请兄长下来救救小弟们的性命。"叔宝道:"你们可四下去察访,待我自往外方去寻便了。"

第二十三回　杨林欲嗣秦叔宝　雄信暗传绿林箭

　　当下叔宝别了众友，回家见了母亲，并不提起这事，只说奉公差出。别了母亲、妻子，带了双锏，翻身上马，出得城来。

　　叔宝前往登州打探消息。杨林自从失去这宗饷银，虽着历城县缉拿，却也差下许多公人，四下打听。这日早上，众公人方才出城，遇见叔宝气昂昂跑马而来。众公人疑心道："这人来得古怪，马鞍上面又有两根金装锏，莫非他就是断王杠的响马也未可知。"大家一齐跟了走来。

　　叔宝到了一所酒店门前，翻身下了马，叫道："店小二，你这里可有僻静所在吃酒么？"店小二道："楼上极僻静的。"叔宝道："既如此，把我的马牵到里边去，不可与人看见。酒肴只顾搬上楼来。"店小二便来牵马到里边去，叔宝取了双锏，上楼坐下。当下众人一路如飞，直至王府前，正值杨林在殿理事，即忙通报。杨林却差百十名将官，带了兵丁，飞也似一般来至酒店门前，直到前后门团团围住，鸣锣击鼓，齐声呐喊，大叫："楼上的响马快快下来受缚，免得爷爷们动手！"叔宝正中心怀，提锏在手，跑下楼来，把双锏一摆，喝道："今日是我自投罗网，不必你等动手；若动手时，叫你来一个死一个，来一双死一双。待我自去见老大王便了。"众将道："我们不过奉令来拿，你既肯去，却与你做什么冤家？快去！快去！"

　　大家围住叔宝，径投王府而来。到了辕门，众将飞报入内。杨林喝令："抓进来！"左右一声答应，飞奔出来，拿住叔宝要绑。叔宝喝道："谁要你们动手？我自进去便了。"遂放下了双铜，一步步走入辕门，上丹墀来。杨林远远望见，赞道："好一个响马，是条好汉，所以失了王杠。"那叔宝来至殿阶，双膝跪下，叫一声："老大王在上，山东济南府历城县马快秦琼，叩见大王，愿大王千岁千岁千千岁！"杨林闻言，只把众将一喝："有你这班该死的狗官！怎的把一个快手当了响马，拿来见孤？"众将被喝，慌忙跪下道："小将们去拿他的时节，他自己还认是响马，所以拿来的。"其时卢方在侧，跪禀道："父王啊，果然不是劫饷银的强盗，那劫饷银的强盗，青面獠牙的，形容十分可怕。不比这人相貌雄伟。"

杨林便叫："秦琼，你为何自认作响马？"秦叔宝道："这是小人欲见大王，无门可见，故作此耳。"杨林点头，仔细将叔宝一看，面如淡金，三绺长须飘于脑后，跪在地下还有八尺来高，果然雄伟。便问道："秦琼，你多少年纪了，父母可在否？面有黄色，莫非有病么？"叔宝道："小人父亲秦理，自幼早丧，只有老母在堂，妻子张氏，一同三口，小人从无病症，生相是这等面庞，今年二十五岁了。父亲存日亦当马快。"看官，你道叔宝为何不说出真面目来？只因昔日杨林兵下江南，在马鸣关枪挑了秦彝，若说出来，岂非性命不保？故此说假话回对。杨林又问道："你可会得什么兵器？"叔宝说："小人会使双铜。"杨林道："如此说，取铜来使与孤家看。"众将忙抬叔宝的双铜进来放下。叔宝道："既蒙大王吩咐，小人不敢推辞。但盔甲乃为将之威，还求大王赐一副盔甲，待小人好演武。"杨林道："是啊。"吩咐左右："取孤家的披挂过来。"旗牌一声答应，连忙取与叔宝。杨林道："这副盔甲原不是孤家的，向日孤家兵下江南，在马鸣关杀了一名贼将，叫作秦彝，就得他这副盔甲，并一支虎头金枪，孤家爱他这副盔甲，乃赤金打成的，十分细巧，故此留下。今日就赏了你罢。"叔宝闻言，心中凄惨，不敢高叫，谢了一声，立起身来。杨林吩咐左右，与秦琼披挂起来，果然又换了一个人物，满身上下，犹如金子打成一般，像一座金宝塔。

　　叔宝提锏在手，摆动犹如金龙戏水，一似赤帝施威。起初时，还是人锏分明；到后来，只见金光万道，呼呼的风响逼人寒，闪闪的金光炫耳目。这回锏使将起来，把个杨林欢喜得手舞足蹈。众将看得目乱眼花，人人喝彩，个个称扬。不一时，把五十六路的锏法使完了，跪下道："禀大王，锏法使完了。"

　　杨林见叔宝这样人才，又有如此本事，心中大喜，说道："孤家年过六旬之上，尚无子息，虽有十二太保过继为子，他们的本事，哪里如得你来。如今孤家欲过继你为十三太保，不知你意下若何？"叔宝心中一想："他是我杀父仇人，不共戴天，如何反拜他为父？"忙推却道："小人一介庸夫，焉敢承当太保之列？决难从命。"杨林闻言，二目圆睁，喝道："胡说！孤家继你为子，有何辱没于你，擅敢将言推托，如若不从，左右看刀！"叔宝连忙说："小人焉敢推托，只因老母在堂，放心不下。若大王依得小人一件，即便允从；如若不允，甘愿一刀，决难从命。"杨林道："你说来是哪一件？"叔宝道："小人回转山东，见了母亲，收拾家中，乞限一月，同了母亲前来便了。"杨林道："这是王儿的孝道，孤家岂可不依。"叔宝无奈，只得拜了八拜，叫声："父王啊，儿臣还有一句话要求父王依允。"杨林道："王儿有何话说？"叔宝道："就是失饷银一事，要求父王宽限，令那些官儿慢慢访拿。"杨林道："孤家只待限满之日，将这些狗官一个个拿来重处。既是王儿说了，看王儿面上，中军官着发令箭下去，吩咐大小官儿，慢慢拿缉便了。"当下吩咐了十二太保、大小众将送秦琼出城。

　　叔宝拜辞了杨林，上马便行。十二太保、大小将官送出了登州城，然后各自回来。叔宝回转济南，坐在家中，也不去做旗牌，也不去当马快，是一个爵主爷爷了，哪个官儿还敢去叫他？光阴迅速，不觉看看一月已过，杨林不见叔宝到来，心中焦躁，依先发下令箭，催拿这两个响马。薛亮却吩咐差官到历城县，着县官依先叫秦琼拿贼。徐有德这次却变了脸，到三六九没有响马，从重比责，叔宝却受了若干板子，这也不在话下。

且说少华山王伯当，对齐国远、李如珪道："叔宝母亲九月一十五日是七旬寿诞，日期将近，咱要到潞州知会单二哥，招各处好友们，前去拜寿。你二人消停几天，动身山东相会便了。"二人应允。王伯当即便动身，别了二人，下山径投山西潞州府二贤庄而来。

不一日，到了二贤庄。单雄信闻报，连忙出迎，入庄礼毕坐下。雄信道："多时不会我兄，甚风吹得到此？"伯当道："九月一十五日乃叔宝兄令堂老伯母寿诞，小弟特来知会吾兄前去祝寿。"雄信道："原来如此，小弟却一些也不知道。如今事不宜迟，速即通知各处弟兄，好来恭祝。"说罢，即忙取出绿林中号箭，差数十个家丁，分头知会众人，限于九月十四日在济南府东门会齐。如有一个不到，必行重罚。一面吩咐打点金八仙各样贺礼，择日自同王伯当往山东进发。

且说各处好汉，得了单雄信的号箭，各自动身不表。单讲河北冀州燕山靖边侯罗元帅，一日退堂进来，只见秦氏夫人说道："妾身有句话说，不知相公肯允否？"罗公道："夫人之言，下官焉敢不听？"夫人道："九月一十五乃家嫂的寿诞，我已备下寿礼，今欲叫孩儿前去认认舅母，望望表兄，不知相公意下若何？"罗公道："这是正理，明日下官差孩儿前去拜寿便了。"夫人闻言大喜。这信一传出来，早有外边中军张公瑾、史大奈、白显道、尉迟南、尉迟北、南延平、北延道七人皆要去拜寿，都来相求公子点拨同行。罗成依允道："容易。"就在父亲面前，点了他七人随往。一到次日，罗成辞别母亲，收拾盔甲兵器，带了七人，投济南而来。

列位，你道出门上路的为什么顶盔贯甲起来？只因炀帝登极之后，天下大荒，盗贼遍处成群，河东山陕之间，白日杀人放火，所以出门上路的俱带盔甲、兵器，以防不测。

第二十四回　秦叔宝劈板烧批　贾柳店刺血为盟

且说武南庄尤俊达得了雄信的令箭，见寿期已近，吩咐家将打点贺礼，要赶十四日赴约，十五日拜寿。程咬金看见，便问道："你去拜谁的寿？"俊达道："去拜一个朋友的母亲。"咬金道："既如此，我也去走遭。"俊达道："我与他至友，所以要去。你却与他从来不熟，如何去得？"咬金道："你且说这个姓甚名谁？"俊达道："这人乃山东第一条好汉，天下哪一个不知道的！他叫小孟尝、赛专诸，姓秦，名琼，双字叔宝，你却何曾与他熟识？"咬金闻言，跳起身来，拍手大笑道："这人是我从小相识，如何不熟？我还是他的恩人哩！"俊达道："怎见得你是他的恩人？"咬金道："他父亲叫作秦彝，乃陈后主驾前大将，官拜伏虏将军，镇守马鸣关，被杨林杀了。他那年方三岁，乳名太平郎。母子二人与我母子同居数载，不时照顾他。后来各自分散。虽然多年不会，难道就不是恩人了？"俊达道："原来有这段缘故，去便同你去，只是你我心上之事，酒后切不可露。"咬金道："晓得。"二人收拾礼物，各带兵器，领了四个家将，出门上马，望济南而行。

各路英雄将近济南，找了一家叫贾柳店的酒楼饮酒。叔宝听说后连忙叫樊虎、连明，同了顺甫，奔出城来。到了店中，叔宝当先入内，逐一相见行礼。

到那咬金面前，叔宝却不认得，竟作一揖，不问寒温，又与别人行礼。

尤俊达将咬金扯了一把，低低说道："你说与他自小认得的，却如何不与你叙话？倒像个从不识面的。"咬金听说大怒，气得两眼突出。叔宝又一个个叙阔别之情，回转身来，正要问咬金尊姓大名，早被咬金一把扯住道："咄！瞎眼的势利小人，为甚的不睬我？"叔宝连忙赔笑道："小可实不曾认得，仁兄休怪！休怪！"咬金大喝道："太平郎，好啊！你这等无恩无义了，可记得当初在班鸠镇上，我母子怎样看顾你？你今日一时发迹，就忘记了我程咬金么？"叔宝闻言，叫声："啊呀！原来你就是程一郎哥，我的大恩人！一时忘怀，多多有罪！"索的一声，跪将下去。咬金哈哈大笑道："尤大哥，如何？我不哄你么！"连忙扶起叔宝道："折杀！折杀！"又重新行礼，问起一向作何事业，令堂可好。咬金道："我为卖私盐，打死了人，问成死罪，遇赦出来，尤员外和我……"俊达连忙接口道："是小可接他母子在庄上同住的。"叔宝道："这也难得。"当下重添酒肴。叔宝叫贾柳二人一齐上来吃酒。酒至数巡，叔宝起身劝酒，劝到单雄信面前，回转身来，在桌子脚上撞了疼处，叫声："啊唷！"把腰一曲，几乎跌倒。众人齐吃一惊。

当下雄信扶起叔宝，忙问："为何缘故，痛得如此厉害？"樊虎接口道："不要说起，不知哪个没天理的狗男女，在六月二十二日，于长叶林劫了靠山王饷银一十六万，龙衣百件。杨林着历城县知县要这两个响马，可恨这两个狗男女，临阵通名，叫作什么陈达、尤金。小弟自道力量不能，一时浅见，在本官面前保着叔宝兄，指望拿得此贼，为万民除害。谁想缉访数月，杳无踪迹，反害叔宝兄受了几回比板，两腿溃烂。所以方才撞了痛处，几乎晕倒。"单雄信道："真正没天理的，入他家两个娘娘！"大家一齐骂道："正不知是哪个狗入的，劫了王杠，却累叔宝兄受苦。"此时尤俊达脸上泛出青红，心内突突地跳，忙在咬金腿上扭。咬金大叫道："扭不扭，我是要说的。"便道："列位不要骂，那劫王杠的不是什么陈达、尤金，就是我程咬金、尤俊达两个。如今听凭叔宝兄拿我两个去，省得害他比较。"叔宝闻言，大吃一惊，忙把咬金的口掩住道："恩兄何出此言？倘被外人听见，不当稳便。"咬金道："不妨，我是初犯，就到官去也无甚大事。"李如圭道："快将索子来绑了。"咬金道："凭你绑去。"叔宝道："恩兄，小弟虽然鲁莽，那情理两字也略知一二，怎肯背义忘恩，拿兄去受罪？"大家一齐道："好朋友，这个才算做好汉！"茂公道："只怕叔宝兄口是心非。"叔宝道："茂公兄何故小觑不才？自古道：'为朋友而死，死亦无恨。'如兄不信，小弟有个凭据在此，请他做个见证，以明再不食言之意。"说罢，在怀中取出捕批牌票，将佩刀一劈，破为两半，就在烛火上，连批文一齐烧个干净。大家一齐吐舌惊讶。茂公道："这才算做个重义的豪杰。既是叔宝兄如此仗义，小弟倒有一言在此，相告列位。"众人道："请教。"茂公道："今日众英雄齐集，也是最难得的。何不就在此处，摆设香案，大家歃血为盟，以后必须生死相救，患难相扶，不知众位意下如何？"众人齐声说道："是！"就于楼上，摆下香案，一个个写了年纪，茂公写了盟单，众人一齐对天跪下。茂公将盟单高声念道：

维大隋炀帝二年，九月十四日，有徐茂公、魏征、秦琼、单通、张公瑾、史大奈、尉迟南、尉迟北、鲁明星、鲁明月、南延平、北延道、樊虎、连明、白显道、金甲、童环、屈突通、屈突盖、齐国远、李如圭、贾顺甫、柳周臣、王伯当、尤俊达、程咬金、梁师徒、丁天庆、盛彦师、黄天虎、李成龙、韩成豹、张显扬、何金爵、谢应登、濮固忠、费天喜、柴嗣昌、罗成等三十九人，歃血为盟。不愿同日生，只愿同日死。有荣同享，有难同当，吉凶相爱，患难相扶。如有异心，天神共监。

次日清晨，叔宝先去后边一个土地庙中，吩咐庙祝在殿上打扫，好等众人在殿上吃酒。你想：这班人可在自家厅上久坐的么？万一有衙门中人来撞见，如何使得？所以预先端整，一等拜完了寿，就在土地庙中吃酒。早饭方完，众人到了。厅上摆满了寿礼。罗成是银八仙八尊、寿衣十副、寿簪一对、白银一千两、丝缎一百端。罗夫人另外又送礼，与嫂嫂庆寿，也是绝盛一副盛礼，不必细表。那柴绍送上唐公礼单，是黄金千两、白银十万。柴绍自己的，乃是白银一千两、玉八仙一座、寿衣一百套。单雄信是金八仙寿杯百盏、赤金一千两、白璧二十双。其馀众人，各具盛礼，不必细说。大家先与秦琼见了礼，然后齐声说道："请老伯母出来拜寿。"叔宝道："不消，待小弟说知便了。"大家一定要请见，叔宝只得请老母出房。老母刚走到门边，在屏风后一张，啊唷唷！你看这班人：也有青脸的，也有红脸的，也有紫脸的、蓝脸的，还有瓜皮绿脸的，朱发红髯的，还有巨口獠牙的。老太太见此异相，不觉心惊，立住了脚，不肯出来。叔宝在屏风后低声指道："那青脸的，就是潞州单二员外。这蓝脸的，就是程一郎。这一个是秀才柴绍，乃唐公郡马，其余众人，都是好朋友，出去不妨。"

正在说话，外边单雄信是个性急的，叫道："叔宝兄，快请老伯母出厅，待我们拜祝千秋。"里面只是延挨，程咬金道："不相干，是这样请法，再不肯出来的，我是自小见过，待我进去请来。"一头说，一头径走入内来，见了老太太唱个喏，叫声："老伯母在上，小侄程咬金拜寿！"索的一声，跪将下去。老太太用手忙扶，便问秦琼："这可就是方才说的程一哥？"叔宝道："正是。"老太太道："啊哟！原来是恩人之子。令堂近日可好？"咬金道："多谢伯母。家母近来饭也要吃，肉也要吃。叫侄儿致意，无物相送，只有元宝两个，聊为寿礼。"说罢，就向怀中摸出两个大锭。叔宝看见，恐是王杠内的元宝，倘有字在上面，老太太又是识字的，万一看见不当稳便，连忙接了两锭银子，说道："母亲，待我拿去藏着，你自打点出去。"当下咬金扯扯拽拽，不容老太太不肯，竟将老太太抱了出来。

第二十五回　群贤拜寿华封祝　二劫王杠虎被擒

　　当下咬金抱扶老太太出厅，对众人道："我是拜过寿的了，你们大家一总拜了罢。"大家一齐说道："有理。"齐齐地跪下。老太太却要回礼，被咬金一把按定，哪里动得？只得说道："折杀老身！"叔宝在旁，连忙回礼。拜罢起身，叔宝又跪下去，拜谢众友。老太太又致谢单雄信往日之情，单雄信回称："不敢。"老太太又向众人谢道："小儿屡蒙诸位高情照管，感谢不尽。今虽老身贱降之辰，何德何能，敢劳列位远来惠赐厚礼，叫老身何以克当？"众人齐声应道："老伯母华诞，小侄辈礼当奉拜，些许薄礼，何足挂齿？"彼此礼毕，老太太入内去了。

　　叔宝请众人出了门，转绕到土地堂内。进得山门，却是一块平坦空地，方圆数里，两旁却是绿槐金柳。众好汉上了阶坡，走入正殿。酒席早已摆设端正，一齐坐下吃酒。饮至数巡，食供两套。大家讲武论文，十分高兴。只见秦安来说："有节度使衙中众旗牌爷，在家拜寿，请大爷暂回去。"叔宝忙起身说道："家下有客，不得奉陪。烦咬金兄弟，代我相劝众兄弟，小弟去去就来。"众人道声请便，叔宝径自回去了。

　　饮酒中间，咬金想道："在席的众友，看起来唯有单雄信这强盗头儿与那罗成这小伙子厉害，待我哄他二人打一阵，看看有何不可！"想罢，立起来劝酒。劝到雄信面前，叫声："二哥吃酒。"雄信连忙来接。咬金低低说道："我通个信与你，罗成要打断你的踝子骨哩！"雄信吃惊道：

"他为什么缘故呢？"咬金道："他骂你坐地分赃的强盗头儿，倚着财主的势，不放他靖边侯公子在眼内。'把他踝子骨都打断'，他的这句话，我是听见了，好意来通知你，你须小心防备。"雄信大怒道："有这等事？也罢，打起来看。"咬金搬罢是非，复回转身来，一个个劝过。劝到罗成面前，轻轻叫声："罗兄弟，你可晓得么？单雄信要搂出你的乌珠哩？"罗成笑道："程大哥哄我，他为甚要搂我的乌珠？"咬金道："有个缘故，他道你仗着公子的势，不放他老大在眼内，要寻个事端，把你的乌珠都搂将出来，才见他单雄信的手段。你须小心，我是断不哄你的。"罗成哈哈大笑道："叫他不要讨苦吃。"咬金连忙坐下，照前饮酒。那边罗成越想越恼，气昂昂睃着雄信。这边雄信竖起双睛，横睁怪眼，看着罗成。两下都怀了打的念头，只有咬金暗暗好笑，众人哪里得知。

少时换席，众英雄下阶散步。罗成在空地上走了一圈，转身走上阶坡。雄信却步出殿门，两下在肩头上一撞，罗成力大，雄信噗的一声，仰后一交，直跌入殿内去了。众人吃了一惊，不知就里。雄信大怒，爬起身来骂道："小贼种，焉敢跌我！"罗成道："青脸贼，我就打你，便怎的？"奔上坡来。雄信飞起脚，一脚踢来，早被罗成接住，提起一丢，犹如小孩子一般，噗通一声响，撩在空地上去了。众人齐上前解劝，程咬金大叫："不要劝，凭他打罢！"罗成奔下坡来，王伯当叫声："不要动手！"赶上前，连腰抱住罗成。雄信在地下爬起，奔将过来，张公瑾叫声："使不得！"一把抱住雄信。雄信摆不脱，回转头来喝道："你敢倚着本官的势力，来强劝么？"这句话公瑾当不起，只得放了手。雄信径奔罗成，罗成叫声："王伯当放手！"伯当哪里肯听。罗成大怒，将两手一绷，把王伯当直摔到殿槛上去了，便赶上一步，一把抓住雄信，按倒在地，挥拳便打。

早有家丁飞报叔宝，叔宝大惊，如飞赶入庙中，喝开罗成，扶起雄信。雄信道："好打！好打！我把你这小畜生，不要慌，少不得在我手里！"罗成道："我倒怕你这个坐地分赃的强盗头儿？"叔宝喝道："胡说，还要放屁！"罗成见表兄骂他，回身就走。径到家中拜别了老太太，撇了张公瑾等七人，上马回河北去了。老太太摸不着头路，扯又扯不住，叫又叫不转，连忙打发秦安来通报叔宝。叔宝大惊道："如此一发成仇了。哪一位兄弟去追他转来？"咬金道："我去，我去。"带了斧头，上马而去。

茂公道："程咬金一去，罗成决不回来了。"叔宝忙问道："这却是何缘故？"茂公道："只须问单二哥，方才为何打起，就知明白。"雄信道："方才是咬金对我说，罗成骂我是强盗头儿，不放他靖边侯公子在眼内，要打断我的踝子骨。因此打起来的。"尤俊达道："那个程咬金，一味惯要说谎的，你如何听他起来？"茂公道："所以说，咬金追去，罗成决不转来。"叔宝道："何以决不转来呢？"茂公道："他方才在内做鬼，追了罗成转来，岂不对出是非？所以他追去，是催他走了。"尤俊达道："待我再追去。"茂公道："尤兄弟追去，妥当得紧。只是要换了兵器去。"列位，你道为何要尤俊达换了兵器去呢？只因这徐茂公算定阴阳，要大反山东，所以如此。当下尤俊达丢了杆棒，取了双股托天叉，飞身上马，随后赶来。

单表这程咬金追到了黄土岗，不见罗成，倒见王杠银子来了。原来靠山王杨林，又起了十六万王杠，恐路中有失，却带了十二家太保，亲自解来。这冒失鬼程咬金，哪里知道靠山王不是儿戏的，一见王杠，便大声叫道："妙啊，'大风'来了！"也不量力，竟拍马摇斧，高叫道："咦，来的留下买路钱来！"这边卢方在前开路，一见认得，飞报老大王道："启父王，昔时长叶林断王杠的那个响马又来了！"那老大王一闻此言，不觉大怒："这省会之地，响马如此大胆，敢来行劫！"说罢，催开坐骑，把那根囚龙棒提起，飞马出来，喝问："响马，敢说是陈达、尤金么？"咬金哈哈大笑道："我乃卖私盐、专断王杠、劫龙衣的程咬金，伙计尤俊达，不是什么陈达、尤金，你可是王杠？快快送过来，免得程爷爷动手。"杨林笑道："好贼人，焉敢无礼！可晓得登州靠山王么？"咬金道："我哪里知道什么靠山王、靠水王，照爷爷的大斧罢！"不分皂白，举起宣花斧，照杨林头上劈来。杨林大怒，把囚龙棒一架。光的又是一斧，当当当一连三斧，把个老大王砍得盔甲歪斜："好厉害的响马，怪不得前番失了王杠。"咬金又是一斧，却被杨林把手中囚龙棒紧一紧，当的一声拦开，伸过手来，一把扯咬金的围腰带，叫声："过来罢！"一提提过马来，抛在地上，叫左右绑了。随后尤俊达赶到，见程咬金被拿，叫一声："罢了！"催开马，摇动叉，直奔上前。被杨林拦开叉，一把也拿了过来，抛下绑了。老大王吩咐："就此安了营罢！"左右一声答应，安下营寨。老大王便问："这是什么地方管的？"左右禀上："这里地名黄土岗，乃济南府管的。"老大王便一支令箭，传山东一省行台，州县大小官员，并众马快手，前来听令。差官得令，飞奔进城，径到节度使唐璧衙门传鼓。唐璧连忙传齐大小将官出来，又差官通传合省府县大小官员。秦叔宝闻知，同众快手忙出城来。这里单雄信等三十六人，也出城住在贾柳店内打听消息，我且慢表。

单讲这些大小官员，一齐到了黄土岗营外候令。老大王吩咐单唤节度使唐璧、历城县徐有德进营，其余在外候令。二人入内，参拜了大王，大王传命赐座。唐璧、徐有德告坐。老大王却不问起响马情由，先问："马快手可有一个秦叔宝么？"徐有德道："马快秦叔宝有的，奉大王钧旨，现在营外候令。"杨林道："吩咐令秦叔宝进来！"左右一声答应，传令出营。秦琼慌忙进见，跪于帐下。老大王叫一声："秦琼，你请母亲，缘何直到如今，还不前来见我？孤家承继你为子，难道辱没了你么？"

叔宝俯伏在地道："小人因家母偶然得病，所以违了千岁之令。"那程咬金绑在旁边，却待要叫，叔宝把头只管摇，咬金便不作声了。当下杨林道："孤今把你为子，你就跟随孤家上京。回来之日，接你母亲去登州便了。"叔宝不敢违拗，只得拜谢。杨林便问道："你的披挂、兵器、马匹，可曾带来么？"叔宝道："因军令促迫，未曾带来，容臣儿前去取来便了。"杨林道："不必自去，可写下书与你母亲，我这里差官去取来便了。"叔宝无奈，退出帐外，索了纸笔，于无人之处，写了二封书进来。杨林早已差下一个官儿，叔宝道："这一封书到西门外，有个贾柳店中投下；这一封书到我家中取东西，不可错了。"那差官接了，飞马而去。

杨林吩咐带过两个强人，查问是何处响马。咬金大叫道："我们是太行山的好汉，还有十万余个在那里。"杨林道："不要管他多少响马，我这里只要拿一个斩一个。"吩咐拿去斩了。两旁正要动手，叔宝连忙上前叫声："父王，这两个人未可杀他，可交与济南府，下在牢中。待父王长安回来，那时追究前赃明白，诛灭余党，然后斩他未迟。"杨林道："我儿说得有理。"吩咐左右，将两名响马交与济南府监候，令众官退去。大小官员拜辞回去。少时，差官取到叔宝的盔甲、兵器、马匹，杨林却取了卢方、薛亮的先行印，与叔宝挂了，拔营起行，自往长安去了。

且表三十六个人，在酒楼中接了叔宝的书，拆开一看，方知前事，叫众人设计救出二人。徐茂公道："这二人秦大哥自然保全他性命，下在济南府牢内，却叫我们救他。若要救这二人，除非去大反山东，把一济南城变为尸山血海，方能救得二人出狱。但我众人都要保全妻子，焉肯替朋友出力，救此二人。"单雄信道："老大，你此言差矣！自古道，为朋友者生，为朋友者死，方是义气豪杰。那些财帛无非身外之物，妻子没了再讨得了，这朋友没了却哪里再讨得来。我们大家反罢！"徐茂公道："兄弟，今日你自家说的，后来却不埋怨我便好。"雄信道："谁来埋怨你！"茂公道："既是这般说，愚兄定计救他便了。但是济南府这些官府，因牢中监着这两个响马，内城门上必要严紧盘查，我们这些大小兵器，如何进得城去？"众人道："这便怎么处呢？"茂公道："我已定下计策在此，众兄弟必须听我号令方好。"众兄弟道："谨遵大哥号令，如有违逆者，军法从事。"徐茂公道："如此齐心，事必济矣！只是柴郡马在此不便，倘有人认得，倒是不安，可收拾回去。"柴绍即忙带了家将，回太原去了。徐茂公道："单二哥扮作贩马客人，将众兄弟的马匹赶入城去，到秦家等候。"雄信领计而去。茂公又问贾、柳二人取了十来个箱子，内中放了短兵器，贴上爵主的封皮，着几个兄弟抬入城去，在秦家相会。再取长毛竹数根，将肚内打通，藏了长兵器，拖进城中，也在秦家相会，其余盔甲，都藏于箱子内。众兄弟陆陆续续进城中住了。

第二十六回　因劫牢三挡杨林　赚潼关九战文通

　　当下鲁明星、鲁明月弟兄二人，扮作乞丐，在街上闲行，篮内藏着西瓜炮，走来走去。到了黄昏时分，二人径到城东来。微有月光，早见一座玲珑宝塔直耸云霄。二人手脚伶俐，见无人行走，便轻轻走上宝塔。顶上淡月照来，那第七层上有一块蓝匾额，上书"翠云塔"三个金字。其时人静更深，他二人便取出西瓜炮，把火石打出火来，点着药线，往空中一抛。那号炮虽小，却十分响亮，哄天一声炮响，四下里一齐动手。屈突通、屈突盖城南施火，尉迟南、尉迟北城北放火，南延平、北延道城东放火，四下里数十处火起，城中鼎沸，号哭之声，震动山岳。那张公瑾、史大奈、樊虎、连明四人，乘乱打入狱中。

　　尤俊达听见炮响，便与程咬金说知，二人挣断铁索，大声喊叫："众囚徒，要命者随我们一齐反出去罢！"那些囚徒，老老少少，一齐答应。只听哄的一声，打出牢来，也有缚着手的，也有锁着脚的，乱跳乱叫，叮叮当当，窸窸窣窣，大开牢门，打入库中。又遇众好汉前来接应。尤俊达与程咬金取了披挂、马匹、兵器，劫了钱粮。

　　单表单雄信粗心大胆的守着黄土岗坐定，只见天色已明，但觉人马困乏。那城内节度使唐璧，合齐大小将官，领兵追出城来。

　　官兵追到黄土岗，雄信大喝一声："驴囚入的，不要来罢，照罗子的家伙！"说罢，使开金顶枣阳槊，拍马来迎。唐璧吩咐道："拿这贼人，不可放走了。"那大小将官，发一声喊，团团围住。那单雄信使开这杆槊，左拦右挡，前遮后护，极力死战。

且表徐茂公，到了小孤山，只见好汉前后到齐，徐茂公叫王伯当："你可前去黄土岗，救应单雄信，退节度唐璧的追兵，速速回来见我。"伯当应声"得令"上马就行匆匆早到黄土岗，远远见许多官兵围住单雄信厮杀，正在十分危迫。王伯当连忙催开银鬃白马，把手中银剪戟捻一捻，大叫一声："单二哥，不要惊慌，俺王伯当来也！"轰一声响，冲入重围，招呼雄信，两马一夹，噗的杀将出来。那府尹孟洪公逞勇，拍马执刀追来。伯当按下银戟，随身袋内取弓，壶中拔箭，叫一声："不要来罢！"噎的一箭，正中咽喉，翻身跌下马去。随后又有几个将官赶来，也是一箭一个，断送了性命。余者哪里还敢上来，一齐退入城去。单雄信、王伯当见无追兵，即便来到小孤山缴了令。徐茂公即令众人私下回去取了老小。

徐茂公在小孤山，不多日，招兵一万余人。

再讲靠山王杨林，到了长安，面了君，把秦琼封为十三太保爵主之称，虽在长安，却也有爵主之府。杨林日日在教场中演武，把叔宝的金锏，用六斤金子镀得如真金打的一般。

不几日，有人报与杨林众人劫牢之事，旁边卢方说道："这都是秦琼知风，召他到来，一顿乱刀砍死了他罢！"杨林闻言，便取一支令箭，差一个旗牌官唤作尚义明的去相召。

这秦叔宝演武回来，方才卸得盔甲，在府中吃午饭。忽报有差官到府，连忙出来相见。尚旗牌叫声："恩公！"——你道他因何叫叔宝恩公，只因尚旗牌前番有罪该斩，秦叔宝极力保救，所以称为恩公。当下尚旗牌叫声："恩公爵主爷，大王有令，叫爵主爷即刻前去。"叔宝道："既如此，快些备马，要上马前行。"

叔宝同尚旗牌来到一庙前下马，牵马入庙。却喜庙中四顾无人，尚旗牌方敢叫声："恩公，向蒙救了小人，今日恩公有大难临身，小人焉敢不以实告？只为方才唐璧有文书到来，说响马大反山东，劫牢抢库，那响马盟单上面，却有恩公名字在上。因此，大王狐疑，差小人前来相召。此去决无好兆，我劝恩公倒不如走了罢。"叔宝一闻此言，犹如空中打下一个霹雳，吓得目定口呆，半晌不能言语。尚旗牌叫声："恩公，事不宜迟，快些走罢！"叔宝道："承蒙吩咐，但此去出长安不打紧，只恐有潼关之阻，难以逃脱。"尚旗牌说："小人无妻小在京，愿随恩公逃走。有令箭在此，赚出潼关便了。"叔宝大悦，二人连忙出庙，飞身上马，出了长安，径奔潼关而去。

这杨林坐在殿上，直等到了下午，还不见叔宝到来，心中好不疑惑，只得又差官前来催取。少停，回报说："有人看见，二人飞马跑出东门去了。"杨林闻言大惊，卢方乘机又说道："他若不虚心，焉敢走了！这尚旗牌受过秦琼活命之恩，所以同他走了。"杨林道："带孤家的脚力过来。"左右立刻备马。那老大王戴一顶闹龙扎巾，后边两根冲天金翅，穿一件淡黄战袍，取困龙棒上马，独自一个赶来。

若说叔宝的黄骠马行走甚快，杨林是赶不上的，却有尚旗牌骑的是四川马，行走不快。叔宝在前走，他在后边叫："恩公，住住马同走。"叔宝却又不好抛他，只得等了同走，以此慢了。日将下山，后边杨林赶到了。此处虽是潼关之内，却都是荒郊野地。杨林在后大叫："王儿住马！"发开那一骑能行马，豁喇喇追上来。秦叔宝只得叫一声："如何是好？"尚旗牌叫声："恩公，必须要去挡一挡，待小人赚得开潼关，二人方有性命。"叔宝只得带回马来，把枪按在马鞍上，说："老大王在上，小将甲胄在身，不能全礼，马上打拱了。"杨林道："王儿，你缘何不叫父王，反称老大王，是何礼也？你却要往哪里去？"叔宝道："我因思念母亲，故尔自回山东。"杨林道："明日回登州，自然接你母亲相依，如今不必前去，快同孤家回转长安。"叔宝道："啊，杨林，你要我转去么？今生休想了。"杨林怒道："啊唷唷，好畜生，怎么叫起孤家名字来？既不肯转去，照孤家的家伙罢！"因龙棒一举，当的一棒。叔宝把虎头枪一架。当的又是一棒。叔宝尽着平生的气力，哪里招架得住？双膝一夹，回马就走，看看前头那尚旗牌，还在那里跌摺跌摺地走，杨林在后发马赶来，叫声："王儿，方才与你取笑，快转来同孤家去罢！"

此时已是黄昏时分，月亮却是模糊的，不十分大亮。叔宝心中想一想道："省得他放心不下，不如待我回复他罢。"重又带转马来，放下了枪，取双铜在手，叫声："老头子。"杨林道："啊唷唷，这畜生讲来一发不是了！"叔宝道："老狗囊，你道我是何人？"杨林道："畜生，你不过是马快的儿子。"秦琼道："咍！你知道我父亲是哪一个？"杨林道："你父亲就是你说当马快的马快了。"秦琼道："啊——呸！我父亲非是别人，乃陈后主驾前官拜伏虏大将军秦彝，被你这匹夫枪挑而亡，我与你有不共戴天之仇！拜你为父，非为别的，正欲乘空斩你驴头，报父之仇。不料，不能遂意，且饶你再活几时。"杨林一听此言，不觉胸中大怒，火高有三千丈，海下银须根根竖起，说道："啊唷唷，我却关门养虎了！"这靠山王一发大怒，举起囚龙棒就打叔宝。那叔宝忙举双铜招架，被杨林一连七八棒，把叔宝两臂震得酸麻，拦挡不住，回马便走。杨林叫声："你要往哪里走？"拍马赶来。后面十二家太保，带了兵马，高执灯火又追来。

此时已有二更时分，叔宝一马跑来，见前面有一座桥，名曰"霸陵桥"，却不十分高大。叔宝一马走上桥顶，带转马头，立在桥上，心中想道："不要被他占了上风。"两下一看，原来周围是一条大溪河，并无船只。那杨林一马跑近桥边，叔宝取弓搭箭，喝声："咍，杨林看箭！"耍一箭，把老大王头上白绫闹龙扎巾射脱，连头发也削去一把。杨林倒吃一惊，不敢上来。叔宝叫声："杨林，昏夜之间，我在上边望你下面是清的；你在下面望我上边是看不见的。你若不怕，上来，就送你上路！"杨林听说，大叫一声："秦强盗，你下来，孤与你厮拼！"秦叔宝也叫道："老匹夫，你上来，俺与你战！"两下正骂得高兴，后边十二家太保兵将赶到了。

第二十七回　伯当射箭救好友　叔宝走马取金堤

杨林道："大家过桥去。"众将方上得几级阶坡，被叔宝连发几支箭，一连射死了七八个。大家喊一声，退下去两三箭路。杨林说："作怪哩！这强盗难道有许多箭在身边？不要管他，料他出不得潼关，只要天一明，就好拿他了。"

这秦叔宝在桥上想一想，此时已有五更天气了，料想尚旗牌已到潼关，此时不走，更待何时？却恐杨林追来，便把马头上九个金铃取下来，挂在桥栏杆紫藤上。微风略动，那金铃嘡嘡地响。叔宝却轻轻地一步步退下了桥，加上两鞭，飞马径奔潼关。

话说尚旗牌到了潼关，径至帅府，把鼓乱敲。魏文通连忙起身，众将俱到，大开府门，出来迎接。尚旗牌递过令箭，说道："老大王得报，反了山东，连夜差十三太保匹马先行，后军就到。吩咐你给与干粮盘费，速开潼关，候十三太保出关。我先要前行，你且快开了关，放我出去前面公干，后边十三太保将到了！"魏文通取过令箭看时，果然是一支金批令箭，一边发钥匙开关，一边设干粮酒席。尚旗牌一马先出关去，少时叔宝到来，魏文通率同众将，上前报称道："潼关守将魏文通，带领五营四哨大小将官，迎接爵主爷。"叔宝却住马道："将军免了罢，潼关可曾开放了么？"魏文通道："早已开了。爵主爷因何独自单行，一个军兵也不跟随？"叔宝道："父王令旨紧急，我的马快，大兵在后，就快来了。"魏文通又问道："缘何爵主没有辔铃？"叔宝道："因一时性急，不曾带得。"文通道："马无辔铃是没威风了，小将有一副金铃，送与爵主爷。"叔宝道："多蒙贤藩厚意，可就与我挂了。"魏文通把自己马上金铃取下来，与叔宝系在马上。说道："爵主爷，请用酒去。"叔宝道："这倒不消了，有干粮取些来。"文通应道："有。"吩咐左右，奉上两盘。叔宝吃了些，与马也吃了些，多的包了放在鞍上。叫声："贤藩将军，你去接大王罢，此时也便快来，我要紧先出关去。"文通应道："是。"叔宝一马先出关去。他赚出潼关，飞马而去不表。

再讲那杨林在桥下停了一会，叫众将上来。到得桥边，听得那铃儿嘟嘟地响，众人一声喊，又退了转来。直到天明，方知秦琼走了。杨林大怒，与众将径赶潼关而来。只见魏文通率领众将迎接。杨林道："秦强盗呢？"魏文通道："强盗大反山东，十三太保去追寻去了。"杨林喝道："哇！就是秦琼这强盗哪里去了？"文通道："十三太保出潼关去了。"杨林大怒道："哇！好大胆的狗官，焉敢放走强盗！"喝声手下："拿去绑了！"左右一声答应，就将魏文通绑起来。魏文通大叫道："千岁爷啊，方才因有千岁爷令箭到来叫关，故此小将方敢开关。"杨林道："哇！放屁！孤家何曾有什么令箭前来？"卢方从旁说道："就是父王与那尚旗牌的令箭，他就将来，假传令旨叫关。如今秦琼已赚出关去，父王杀这魏文通也无益，叫他去捉秦强盗便了。"杨林吩咐："松了绑，快快去拿了秦强盗回来，将功折罪。若没有秦强盗的首级，抬棺木见孤。"魏文通一声答应，即忙顶盔贯甲，上马提刀而去。

话说这魏文通，乃是隋朝第九条好汉，名为"赛关爷"，因他面庞似关爷模样，故呼此名。当下赶出潼关，心中一想："他必往小路而走，径往小路追去便了。"

少表魏文通前来追赶，再讲叔宝出得潼关，只见尚旗牌在大路上相等，两个说了些闲话。尚旗牌说："恩公往哪里去？"叔宝道："我如今且往山东左近，去打听这些朋友在哪里，前去投奔。不知兄往哪里去？"尚旗牌说："我有个母舅在曹州，叫作孟海公，如今思想到那里去投奔他。"叔宝道："既如此，后会有期。你往曹州从大路上去，我往小路去了。"两人分别。

　　叔宝一面行路，心中感念尚旗牌之情。正行之间，只见后面魏文通大叫："咦，秦强盗，不要走！"叔宝回头一看，见是魏文通，忙带转马，捻枪在手，满面堆笑道："啊呀，将军到此何干？"魏文通大喝一声："好强盗，方才的威风到哪里去了？不要走，照爷爷的刀罢！"青龙刀一摆，拦头就砍。叔宝架开刀，只叫一声："将军，人情做到底，你却何苦？"魏文通大怒，当的又是一刀。叔宝一连架过了几刀，抵敌不住，回马便走。魏文通叫声："你往哪里走？"催马赶来。叔宝只得又战，被魏文通一连又是几刀。叔宝看来杀不过，回马又走。

　　叔宝战一阵，走一阵，且战且走，一路败下去。看看到了黄河边，叔宝十分着急，心中想道："前无去路，后有追兵，如何是好？"只见岸边有一只小船，船内走出两个人来，叫声："叔宝兄，请下船来，小弟们奉徐大哥将令，在此等候多时。"叔宝见了，抬头一看，却是樊虎、连明，忙跨下坐骑，牵马上船。叔宝忙问道："小弟的母亲、妻子在于何所？"樊虎道："都在金堤关营内。"叔宝心略宽些。后边魏文通也下了一只船赶来。

　　叔宝的船到了北岸，牵马上岸。只见樊虎、连明上了岸边，也有马匹，二人连忙上马，加上一鞭，如飞而去。叔宝大叫道："二位贤弟往哪里去？"二人并不答应，径转过山坡去了。原来徐茂公吩咐二人，只许渡叔宝过河，不许助他交战。所以二人竟是去了。

　　列位，你道徐茂公为何不许樊虎、连明助叔宝交战呢？此乃徐茂公欲全叔宝的名望，使他扬名于天下，说：潼关内三挡杨林，潼关外九战魏文通。

当下叔宝上得马，魏文通亦到岸，上马赶来。叔宝只得又战一阵，料难抵敌，回马败走。魏文通紧紧追来。前走的犹如追风赶月，后走的亦似弓箭离弦。

叔宝正败之间，只见对面山谷内一个人，青脸红须，坐着青鬃马，拿着枣阳槊，口中骂道："牛鼻子的道人，却不肯周旋我们。"一头骂一头走。正在怒气如雷之时，只见叔宝飞马而来，后边一人手执大刀，紧紧追来，便大叫一声："秦大哥，不必惊慌，罗子来了！"叔宝见是雄信，心中大喜，住马观看，这单雄信抢槊催马，大叫："红脸贼，休得无礼！照爷爷的槊罢！"耍的一槊，当顶梁上盖下来。魏文通不慌不忙，逼开了槊，当的就是一刀。雄信连忙招架，被他砍五六刀，雄信抵敌不住，回马望山谷内便走。魏文通随后赶来，雄信着了急，幸亏人急计生，大叫一声："孩子们，与我拿这红脸贼。"魏文通只道山谷中有甚埋伏，恐怕中计，连忙带回马出来。只见叔宝还在那里看望，魏文通叫声："秦强盗，你上天，爷爷也跟你上天；你入地，爷爷也跟你入地。"

二人追赶，看看到了下午时分，前头一条小河，却半干不干，那边有座石桥，名曰"石龙桥"。叔宝看见到桥还有五六箭之路，自知这马本事好，不如跳过去罢。便把马加上两鞭，叫声："宝驹过去罢！"那马一声吼叫，将前蹄一纵，后蹄一起，谁知这马一日一夜，走乏了的，到得河心，身体一软，噗的跌在河中，却是没水的，把四足陷住了。

魏文通赶到河边，把刀望后一举，要砍下来。不料，对岸有一个人，身骑白马，扳弓搭箭，叫一声："魏文通，我要射你的左手！"就耍的一箭，正中文通左手。才叫得一声："啊唷！"那边又喝一声："哒，我要射你的右手了。"噔的又是一箭，果又射中右手。说道："你还不走么？

爷爷要射你心口了。"魏文通大惊，带回马头走了。他却带箭回去见杨林，此话慢表。

且说这射魏文通的，却是王伯当。三人径往金堤关来。

叔宝到了后营，秦安引入，一见母亲，连忙跪下。老太太看见秦琼两眼流泪说道："好畜生，那日我说这一班人，奇形怪状，竟像强盗。你这畜生还说这个是员外，那个是举人，这个是秀才，那个是当差的。不料，果是一班真强盗，却做出这般的事来。就是那杨林老贼，乃杀父之仇人，你这畜生，反把他继父相称。畜生啊畜生，你有何面目，还来见我？"老太太将秦琼千畜生万畜生，骂个不住。叔宝跪在地下，不敢开口。秦安来至外边，对众人道："列位爷们，我家太太将大爷骂个不住，跪在地下，不敢起来。还须是徐爷同单爷、程爷进去，劝解我家老太太息怒，好叫大爷起来。"程咬金说："我们去去去！"茂公道："你二人同我进去，要下一跪。你二人不要言语，待我对老太太说话。"

三人来至后营，秦安禀道："老太太，徐爷、单爷、程爷进来了！"老太太立起身来，三人叫一声："老伯母！"齐齐跪下。老太太慌忙叫秦琼，快扶三位起来。茂公道："求老伯母饶恕秦大哥之罪，我三人方敢起来。"老太太说："三位请起，老身有一言相告。"三人只得起来，秦琼还跪在母亲面前。老太太吩咐道："畜生起来，请三位坐下，我有话说。"秦琼起身，请三人坐了。老太太说道："三位啊，我家不幸，先夫被杨林老贼杀害，这畜生尚在三岁。抚养到今，老大年纪，不能继先人之志，弄得无家可奔，无国可投，叫我老身不能依靠，如何不着恼？"茂公道："老伯母，且自宽心，如今单等秦大哥来取了金堤关以为根本，就是有家有国了。"老太太道："前日去取金堤关，我闻说一日败了二十三人，如今不敢出战，怎说得这般容易？"叔宝站在旁边，接口说道："母亲，孩儿今日就去取金堤关，以安母心。"老太太说："畜生就去，今日取不来，休来见我！"

叔宝别了母亲，同三人来到前营，吃饱了酒饭，上马抵关讨战。叫一声：
"军士们，快报进去，叫华公义出来会俺。"探子飞报入帅府道："启爷，
外有响马讨战。"华公义闻报，披挂点将出城。一见叔宝，吃了一惊，
心中想道："难道贼人有了主么？"只因杨林继他为子，头上戴的是一
顶双龙闹珠的金盔，公义不知，只道贼人立了主，便问："来将何名？"
叔宝道："不消问得，我乃是济南秦叔宝便是。"公义虽闻他的名，却
不知杨林继他为子之事。他听见"秦叔宝"三字，不等说完，耍的就是
一戟。叔宝使枪忙迎。枪来戟去，戟去枪还，大战有三十回合，不分胜负。
叔宝见公义戟法高强，不能取胜，只得虚闪一枪，回马便走。公义赶来，
叔宝把枪右手横拿，将左手扯铜执在胸前。华公义马头相撞马尾，举戟
望叔宝后心便刺，叔宝把枪反在背后，往上一架，扭回身耍的一铜打去，
把华公义头都打不见了，跌下马来。这个名为"杀手铜"。叔宝回马，
乘势抢关。众将随后接应，取了金堤关。只因叔宝长安逃回，人不曾卸甲，
马不曾卸鞍，因此名为"走马取金堤"。

　　闲话少说，单表众好汉一齐入城，养马三日，留贾顺甫、柳周臣分
兵一千，镇守金堤关，其余一齐径奔瓦岗寨而来。到了瓦岗寨，放炮安营。
这瓦岗寨的守将，叫作马三保，一闻响马反了山东，取了金堤关，料他
必往此地，遂吩咐众军士紧守四门，多设弓箭防备。单讲徐茂公问道："哪
一个兄弟前去取瓦岗寨？"程咬金说："小弟愿往。"茂公道："须要小心。"
咬金应声："得令！"提斧上马出营，直到城下，大叫一声："哒！城上
的报进去，我程爷爷讨战。"探子报入帅府，马三保问道："哪一位将
军前去迎敌？"有胞弟马宗应道："小弟愿往。"三保吩咐："须要小心。"
马宗一声"得令！"披挂上马，手执大刀出城，见了咬金，便说："啊唷，
世间哪有这样怪貌的人！"喝叫："哒！丑鬼何人？快通名来！"

第二十八回　咬金三斧取瓦岗　魔王一星探地穴

　　程咬金大怒，喝道："呔！爷爷非别，乃专卖私盐、断王杠、劫龙衣、卖柴筢、反山东的程咬金便是。你这厮却是何人？"马宗道："你不消问得，俺乃大隋朝官拜正印元帅胞弟马宗是也！"咬金道："不管你什么马，吃我一斧。"说罢，举斧当头劈将下来。马宗把刀往上一架，不想被程咬金当的又是一斧，将刀杆砍断了。马宗措手不及，被咬金又是拦头一斧劈下，砍破头颅。咬金便抵关讨战。

　　此时，徐茂公一干众将，领兵齐出营观看。单说关内败兵，报入帅府，马三保大吃一惊，忙问："哪位将军再去迎敌？"闪出第三个胞弟马有周说："兄弟愿与二兄报仇，杀此贼人。"三保道："三贤弟，务必小心。"有周一声"得令！"披挂出城，一马冲来。咬金催马上前，拦头就是一斧。有周兵器未举，就被斩下马去了。探子飞报进府："启爷，了不得！那个贼将唤作程咬金，凶狠得紧，一斧一个，把二位爷都斩于马下！"马三保闻言，长叹一声："总是当今无道，以此天下荒芜，盗贼生发。也罢，众将收拾家小，待本帅自去开兵，若不能胜，穿城走了罢。"收拾齐备，马三保提刀上马，冲出城来，大喝一声："呔！谁是反山东的程咬金？"咬金道："爷爷便是。你也要来尝尝爷爷大斧头的滋味么？呔，照家伙罢！"当的一斧劈下，马三保叫声："好家伙！"回马便走。背后程咬金、徐茂公众好汉，一齐冲上。马三保带了众将老小，穿城而走，投奔山后去了。程咬金放马追赶，徐茂公鸣金收军。知道马三保后来投唐封开国公，故此鸣金，不许咬金追赶，由他自去不表。

且说众好汉入城，安民查库，在帅府中摆下筵席。正吃酒之间，只听得豁喇喇一声震天声的响，大家齐吃一惊。左右来报："启众位爷们，教军场演武厅后，震开一个大地穴了！"徐茂公与众好汉一齐出帅府，上马来至教场中武厅后一看，只见黑洞洞不知多少深浅。咬金道："这个底下一定是个地狱。"徐茂公叫取千丈的索子来，索头上缚着一只黑犬、一只公鸡放下去，索子一松便到底了。程咬金道："这是什么意思？"茂公叫声："贤弟有所不知，若放下去，鸡犬没有了，这是个妖穴，若鸡犬俱在，这是个神穴。"咬金道："原来是这样，我哪里晓得。"少时，拽将起来，鸡犬虽在，却是冻坏的了。程咬金道："啊唷唷，原来就是寒冰地狱。走开些，不要歇歇儿跌了下去冻死了，不值得。"徐茂公道："这是个神穴，必须那一位兄弟下去探一探，便知分晓了。"程咬金道："徐大哥舍得自己，莫说他人，就是你下去便了。"徐茂公道："我有个道理，在此写下三十七个纸阄，三十六个都是'不去'，只写一个'去'字，哪一个拈着了'去'字的，就下去便了。"众人道："说得有理。"

茂公写端正，一个个折了，叫众人拈。先从叔宝起，单雄信、徐茂公一个个都拈完了，一齐打开来看，大家都是"不去"二字。却又作怪，单单一个"去"字，程咬金拈着了。茂公道："这没得说，却是你自拈的。"程咬金道："我又不识字，你们捉弄我，说是我拈得'去'字。"茂公道："'不去'是两个字，'去'字是一个字，难道你也是不识得的？"众人一齐拿出来看，都是两个字的。程咬金便带了大斧头，坐在筐子内。众人放下索子，那铃儿嘟嘟地响。下了有六七十丈，放到了底，索子一松，上边就住了手。

咬金爬出筐子，提斧在手，却黑洞洞不见有一些亮光，只管顺路儿摸去。转过了两个弯，忽见前面有两双大灯笼，一对亮光，咬金叫声："啊呀，这一定是妖怪的两只眼睛了！”赶上前，一斧劈去，豁唥一声砍开，原来是两扇石门，里面又是一天世界。咦，好奇怪哩！走进石门，啊唷！齐齐整整，上边也有天。一条大河，中间一条石桥。走过了石桥，正中间却是三间大殿，静悄悄并没一人。咬金走上厅中间，见桌上摆着一顶冲天翅的金幞头，一件杏黄龙袍，一条碧玉带，一双无忧履。咦？稀奇得紧！倒有趣！咬金就把冲天翅取在手中，把头上扎巾除去了戴将起来；把杏黄龙袍穿了，将碧玉带系了，脱去了皮鞋，蹬上了无忧履。又见桌边有一个拜匣，开来一看，却是一块玄圭、一张字纸。咬金却不识得，就把拜匣揣在怀内，下厅来。走上桥，往河内一看，碧清的一河清水，底下有许多小龙。咬金正看之间，只见左边河内一声响，那水涨了一二尺，一条青龙发起威来，飞在半空。又见河内右边一声响，那水也涌起来，飞出一件东西，却是猪首龙尾有翅的，也飞向空中，与那青龙相斗起来。原来，这猪婆龙乃炀帝的本相，这青龙乃唐王李世民的原身。咬金仰面观看，说道：“咦，这个不知什么东西？却与龙斗起来。可惜没有弓箭在此，不然赏他一箭。”心里这样想，头朝着上看，不料脚底下水涨了起来。咬金叫声：“不好！”就往外跑。刚跑得出门，那两扇石门就一声响，关上了。

咬金七撞八跌奔过来，摸着筐子，坐在里面，把索子乱摇。那铃儿响动，上边连忙拽起，出得地穴。咬金方走得出筐子，一声响，地穴就闭上了。“啊唷，造化了！略迟些儿，就活埋了。”众人见他这般穿戴，大家稀奇起来。咬金细言前事，取出拜匣，与茂公看。茂公把那张字纸一看，只见上写道：

灭者灭，兴者兴，一唐过去一唐生。四野八方多少帝，治世安邦有二秦。

那后面却写道：“程咬金举义集兵，为三年混世魔王，搅乱天下。”众人问道：“前边的是何解说？”茂公道：“此乃天机，不可泄漏，后来自然明白。如今却先要保这冒失鬼了。”咬金大喜道：“这个自然我做皇帝。”茂公道：“虽然你为主，恐众将不服，不与你争论。今将旗杆上‘帅’

字旗放下来，我们大家一个个拜过去，若哪一个拜得旗起的，就推他为主。"众人道："有理有理，我们大家来拜。"当下，众人一个个拜完，哪里见拜得起来？程咬金上来说："待我来拜。"将拜得一拜，呼一声响，那面旗升将起来。咬金好不快活，大悦道："我说得不差，到底我做皇帝。"

徐茂公吩咐把帅府改造成皇殿，择吉日请程咬金升殿，众人朝贺已毕。徐茂公请主公改年号，立国号。程咬金道："在此不过混账而已，就称长久元年，混世魔王便了。诸位哥哥怎样称呼？"茂公道："长者称为皇兄，幼者称为御弟。请主公封官赏爵。"咬金道："徐茂公为左丞相、护国军师，魏征为右丞相，秦叔宝为大元帅，其余一概都是将军。"众人听了，各各谢恩。咬金吩咐："大摆御宴，与各位皇兄御弟吃酒。"

正吃酒之间，探子报道："启上大王爷，不好了，今有山东节度使唐璧，领十万甲兵，在瓦岗东门下营了！"吩咐再去打听，探子应声得令而去。又有探子报进："启大王爷，今有临阳关总兵尚师徒，领十万人马，在瓦岗南门安营了！"咬金道："啊呀啊呀，完了！再去打听。"探子应道："得令。"又有探子报道："启大王，今有红泥关总兵新文礼，领兵五万，在瓦岗北门下寨了！"咬金道："啊呀，罢了罢了！再去打听。"探子应道："得令。"又听报道："报启大王爷，今有靠山王杨林，带同十二家太保，领了十万人马，离瓦岗寨只有一百里了！"咬金听说，大吃一惊道："这这这杨林那厮来了么？啊呀，完了完了！要驾崩了！这个皇帝当真做不成，大家散伙罢！"徐茂公道："主公不必心焦。自古道：'兵来将挡，水来土掩'。趁杨林未到，臣等保主公出南门，会尚师徒。待臣用一席之话，说退尚师徒。若师徒一退，这新文礼不战而自去矣。唐璧这支人马，不足为忧。待杨林到来，臣再设计破之。"咬金道："既如此，鞴孤家的御马，待孤御驾亲征。"当下咬金上了铁脚枣骝驹，提着宣花大斧，大小将官，一齐上马，遮拥着龙凤旗幡、飞虎掌扇，三声号炮，大开南门，一拥而出。

第二十九回　茂公智退三路兵　杨林怒打瓦岗寨

秦叔宝对唐璧数说炀帝失政之故，因此四方反者，也不计其数。说道："当此之秋，正英雄得势之时，成王定霸之日也。故主倒不如改天年，立国号，进则可为天子，退亦不失为藩王，何苦反受人之辱？"唐璧闻言，如梦初觉，叫声："叔宝，本帅虽有此心，只恐杨林不容。"叔宝道："不妨，他若有犯故主，我瓦岗自当相救。"唐璧道："本帅今日一听你言，退兵自立。他日若有危难，你等必须相助。"叔宝道："这个自然，必不有负故主之恩。"当下唐璧回营，下令："大小将官，十万雄兵，将大隋旗号改了，自称为济南王；起兵拔寨，返回山东。"众兵一声呐喊。

再表徐茂公说："主公，今元帅在关外，自然说那唐璧，谅唐璧听了，必反无疑。目下城中人多粮少，倘杨林将兵围困，如何处置？"咬金说："孤家没有主意，王兄自去料理。"茂公暗想："好个冒失鬼！也罢。"吩咐王伯当："传令箭一支，速到济宁，那里有一曹家庄，内有一将，姓曹名延平，他被杨林打了三十棍，削职为民。他有家私巨万，与他暂借粮米三千斛。待杨林退兵之时，一并送还。"

王伯当得令上马，开出南门而去。不隔几天，到了曹家庄，见了曹延平，说："杨林攻打瓦岗，瓦岗缺少粮草，特来与将军告借几千斛，兵退之时，加利奉还。"曹延平一听王伯当说起杨林，心中着恼，便叫："王将军，不要说起那杨林！向年在登州，口出大言，说帐下众将，没有一个能与他敌三个回合的。俺一时兴起，杀得他讨饶；我在他属下，不伤他性命。不道他怀恨在心，寻些小事，将我打了三十棍子，削职为民。白白的一个总兵去掉了，到今心中放他不下！不料他兵犯瓦岗，你们缺少粮草。也罢，吩咐五百个庄客，端整三百轮车子，装载一千担米先往，俺随后来也，每辆车子上插一面绣旗，上写着‘双枪将曹延平解粮’八个字，往瓦岗寨进发。”王伯当道：“曹将军这般前去，只恐使不得，倘被杨林出来劫粮，如何是好？”曹延平道：“王将军，这倒不妨。若说杨林那厮，他听说曹延平三字，头脑都要疼起来了。”王伯当道：“既如此，就请速行。”曹延平手执兵器，同王伯当一同上马，后面随行，我且慢表。

再说杨林坐在营内，忽闻探子报来说：“唐璧返回山东。”老大王闻言，心中大怒，即便披挂上马，率领十二太保、大小从将，来拿唐璧。这唐璧一见杨林率众赶来，口中只叫得苦：“这都是秦叔宝害了我也！”不说唐璧着惊，再讲秦叔宝，他在城上看见杨林率兵下去，料必追赶唐璧，忙与众将领兵出城，齐声呐喊，大叫：“快拿杨林这老贼！”早已哨马飞报杨林：“报启大王，城中贼将，杀出来了！”杨林道：“敢是强盗杀出来么？”吩咐不必追赶唐璧，后队作前队，前队作后队，去杀强盗。那叔宝等见杨林回兵，即便忙忙地退入城去。

这唐璧见杨林退兵不追，心中想道：“好个秦琼，果然有义，他既为我杀来相救，我岂可不助他？”遂下令：“休回山东，且拿杨林。”众兵齐声大叫：“拿杨林！拿杨林！”这杨林闻知大怒，吩咐：“杀转去捉唐璧。”复又领兵退追唐璧。忽有探子报进：“启上大王，远远望见有数百轮车子，尽是粮米。车子上有一面绣旗，写着‘双枪将曹延平解粮’，又有小锣当当声响，不知何故？”杨林听了大惊，忙下令道：“强盗也不必捉，唐璧也不必追，且扎营寨。”众将答应扎营。我且慢表。

再说王伯当同曹延平，解粮来到相近隋营地方，正当杨林追捉唐璧之时，他趁此无人劫夺，忙将粮米推入城中。叔宝等接着。曹延平说："将军可曾与杨林对阵交锋么？"叔宝道："不曾交兵。"因说及唐璧，叔宝说："方才杨林领兵去追唐璧，故此城外安静。"曹延平道："原来如此，待俺取杨林首级到来。"茂公道："曹将军不可出去，杨林乃世上无敌，况将军近年八旬，倘有差误，我们之罪也。"延平说："先生有所不知，向年杨林曾在俺手下败过，欲要取他之命，不料他识时务，立刻讨饶，故俺饶了他性命。谁知他反恨在心把俺打了三十棍子，削职为民。俺想此恨，不得不报。"便匆匆上马，一怂出城。咬金说："既是曹将军发愤开兵，孤家必须点齐众将，同去杀那杨林。"徐茂公掐指一算，说："命该如此。"吩咐摆队伍出城。众将奉令，齐齐摆队伍发炮，大开南城。

曹延平一马当先，冲至隋营，口中大骂。军士报进营来："启上大王，营外有一员老将，言称登州总兵曹延平，口中不住痛骂大王，骂得好不狠毒。"杨林听报，大怒道："这老匹夫，焉敢这等无礼，孤家难道怕他不成？"吩咐备马，带了十二家太保，并同众将，齐出营外。抬头一看，见曹延平耀武扬威，即便大喝道："曹延平，老匹夫，你不助孤家，反送粮米与强盗，是何道理？"曹延平气满胸腹，不问情由，拍马上前，就是一枪。杨林将囚龙棒架开。曹延平又是一枪，杨林又架开。二人枪来棒迎，棒去枪还，战了三十个回合。曹延平是发愤的使开双枪，好不厉害，嗖嗖嗖，好枪法，犹如风卷残云。只听得，叮当叮当地响，又战了十余合。杨林把棒虚闪一闪，回马便走，延平在后追赶上来，杨林说声："不好，今番性命休矣！"只得扭回身，将左手那根囚龙棒一抛，望面门打来。曹延平合当命该如此，要躲闪也来不及，正中面门，打落门牙，大叫一声："不好！"翻身跌下马来。杨林回头一看，见曹延平落马，心中大喜，忙回马来，要取首级。瓦岗众将一声呐喊，一齐杀上，救了曹延平，回转城中。两下收兵。

众将都来动问，见延平十分重伤，各各流泪。延平道："俺就死，也不为无寿；但不能报一棒之恨！只要访吾徒张善相前来，可报此恨。"说罢，泪下如雨。茂公等再三解劝。当夜，延平老将死于瓦岗城中，众将无不下泪，就葬在向阳空地，立石为墓。此言不表。

再讲杨林见瓦岗众将救了延平进城，他一心要除灭这班英雄，因此，收回囚龙棒，同了十二个太保，摆下一个阵图，名为"一字长蛇阵"，围困瓦岗。这且慢表。

再说秦叔宝、徐茂公一班人，在城上见杨林调兵，按四面八方布下一个阵势，众将俱皆不识，便问军师："此是何阵？"茂公道："此乃'一字长蛇阵'。若击首，则尾应；若击尾，则首应；若击其腰，则首尾皆应。须得一员大将，能敌杨林者，从头颈杀入，四面调将，冲入阵中，其破必矣！"叔宝道："不知何人能敌得杨林，破得此阵？"茂公道："必得白虎星官到，其阵破矣！"叔宝道："白虎星官却是何人？"茂公道："就是燕山靖边侯的公子罗成。若非此人到来，此阵焉能得破？必须奏知主公，差一位兄弟前去，请他到来方妥。"

茂公写了一封书，咬金道："念与孤听。"茂公便依他口气，假做诏书，召他父子，念了一遍。咬金说："听凭王兄差哪一位王兄前去。"茂公道："此事必须王伯当前去方妥。"当下，封好了书，茂公叫过伯当，附耳低言："必须如此如此，诈出隋营。到燕山，见了罗成，必须这般这般。"伯当领命，藏好了书，戴一顶青扎巾，穿一领蓝战袍，手提方天戟上马，开了城门，出城而去。

王伯当一马径往燕山而来。不日之间，到了燕山，见到罗成。伯当道："我们反了山东，秦大哥反出潼关，走马取了金堤，得了瓦岗，令舅母同在瓦岗。众人奉程咬金为主。却有杨林摆了一字长蛇阵，奉徐茂公令，来请罗贤弟，故尔到此。"怀中取书，付与罗成。罗成拆开一看道："我欲不去，无奈秦表兄十分叮嘱；欲待前去，却如何脱身？兄且在下处坐着，待我回去与母亲商量，设个计较。若去得成，弟自差人来知会兄长。"当下，别了伯当，回至帅府，到回后堂来见母亲。

罗成见过母亲，立在旁边，叫声："母亲，好笑得紧，不道秦叔宝表兄，保立程咬金在瓦岗寨称王，舅母也在那里。今被杨林围困，写书来请孩儿去救他，母亲你道好笑不好笑？"老夫人闻言，忙问："书在哪里？"罗成忙向怀中取出。老夫人接过一看，扑簌簌眼中掉下泪来，叫声："我儿啊，你母亲面上，只有这点骨血。那杨林老贼将母舅杀了，仇还未报，今又要来害你表兄，一有差池，秦氏一脉休矣！儿啊，怎生是好？必须设个法儿，去救得他才好。"罗成道："只怕爹爹得知，不当稳便。孩儿有一计：少停爹爹进来，母亲却要放声大哭，爹爹若问为何，母亲只说道，养孩儿之时，曾许下武当山香愿，未曾了得。今夜梦见神圣责罚，几乎吓杀，爹爹一定允的，孩儿便好前去。"老夫人依允，把这封书信烧毁了。少时，只听云板一响，夫人便大哭起来。罗公进来见了，十分惊骇。

第三十回　假行香罗成私义　破阵图杨林丧师

罗公连忙问道："夫人却是为何？"夫人道："我当初怀孕的时候，曾许武当山香愿，日逐事忙，至今未曾了得。今日晓睡，梦见神圣震怒，要伤我儿，故此啼哭。"罗公道："夫人既有此兆，作速差人前去，了此香愿便了。"夫人道："这香愿原是为孩儿许的，须待孩儿自去方妙。"罗公依允，令罗安打点香烛祭品。罗成便悄悄吩咐罗安去通知王伯当，叫他去城外僻静处相等。罗安点头领命，自去知会。

次日天明，罗成收拾盔甲器械，暗里叫罗安拿去寄在中军厅。然后别了父母，带了罗安、罗春两名家将，一同起身。到中军厅，取了盔甲器械，吩咐罗安、罗春在朋友家权住，等他回来进帅府复命，断断不可泄漏，自己一马奔出城来。伯当在前相等，叫道："罗贤弟来了么？"罗成应道："来了。"二人拍马，连夜兼行。不一日来到瓦岗，果见许多人马，团团围住。罗成叫声："伯当兄，你在此等一等，待我杀入阵去，你可乘乱入城去知会。"伯当依允。

罗成把扎巾去了，将束发金冠整一整，跳下马来，把马肚带收一收，披上了甲，飞身上马，银枪一摆，催开西方小白龙，冲进营盘。这一马冲来，非同小可，直冲得一路兵变尸山血海，枪到处纷纷落马，马到处个个皆亡，远者枪挑，近者铜打，死者不计其数。

杨林闻报，同众将一齐上马，先是第七太保杨道源，一马抢刀，罗

116

成抢枪拦开，喝声："过来罢！"一手勒住甲缘，提过马来，扯了双脚，哗啦一声响，撕为两半片，抛在地下，又杀过来。那徐茂公在城上，看见尘土冲天，知道罗成已到。忙令叔宝等众将大开城门，分头杀出，齐攻大寨。

且说罗成在阵内，撕开了杨道源，枪挑卢方，铜打薛亮，十二家太保倒被他杀伤了八个。杨林大怒，举囚龙棒劈面来迎。好个罗成，使开枪如银龙出水，猛虎离山。杨林举棒相迎，大战十余回合。杨林只战得平手，却被瓦岗这班英雄杀将出来。杨林心中一慌，囚龙棒略慢了一慢，被罗成耍的一枪，正中左腿，几乎坠下马来，大叫一声，回马便走。罗成说道："哪里走！"把马一夹，赶将来。那隋兵弃甲抛戈，纷纷大败而走，投降者却有二万余人，弃下粮草、马匹、军器，不计其数。追赶二十余里，鸣金收兵。罗成遇见叔宝，诉说前事。单雄信也撞见，彼此赔罪。罗成欲入城见舅母，叔宝叫声："兄弟，不可入城，若程咬金见了兄弟，决不肯放你走，怎得脱身回去？今晚可连夜取路回燕山去罢，若一泄漏，非同小可。"罗成道："哥哥讲得不错，如此说，兄弟去了，哥哥可致意舅母。"叔宝道："这个自然。"罗成别了叔宝，发马连夜回燕山去了。这回书叫作罗成走马破杨林，是一刻不耽待的。

再表杨林败去二百余里，收拾残兵，再欲来打瓦岗寨，却有圣旨到来，说海外离石湖刘留王起兵，令杨林回登州镇守，不得疏失。杨林无奈，只得上本保举潼关总兵魏文通攻打瓦岗寨，自回登州镇守。说那刘留王，他闻杨林统兵已回，即便收兵回去，若杨林一离登州，他又领兵复来。因此杨林不敢远离。且按下不表。

却说炀帝一得了杨林的保本，即下旨魏文通，领本部人马，攻打瓦岗。又差大将杨讷镇守潼关。魏文通点齐了十万雄兵，浩浩荡荡杀奔寨而来，离西门五里下了寨栅。

秦叔宝自己催开坐骑,把虎头蘸金枪一摆,大叫一声:"呔!何方人马?闪开,让路罢!"一马冲来。魏文通方才下寨,就见有人冲营,连忙上马提刀,吩咐大小三军,且自安营,不许妄动,却一马出来。秦叔宝一见,有些胆寒,说声:"啊呀,原来是你!"魏文通也见是秦叔宝,大喝一声:"好强盗,那日在石龙河被你走了,今日相逢,吃我一刀。"劈面砍来。叔宝把枪架住,魏文通将刀啪嚓啪嚓连砍一十五刀,叔宝招架不住,拽回马就走。魏文通叫道:"秦强盗,哪里走!"催马赶来。却逢王伯当赶来,遇着秦叔宝败将下来,后面魏文通紧紧赶着,伯当暗暗思想道:"这厮却敢逞勇,领兵到此,今日相逢,也是命中该死。"即忙顺手在鱼皮袋中取出宝雕弓,豹皮壶中拔出狼牙箭,扣上弦,左手如托泰山,右手如抱婴儿,弓开如满月,箭射似流星,只听噔的一声,正中魏文通咽喉,翻身跌下马来。秦叔宝跳下马,拔剑取了首级。那十万隋兵见主将一死,轰天一声呐喊,早退下去。被齐国远等八将拦住去路,大声叫道:"快快投降,免尔等诛戮。"十万大兵,尽弃刀降顺。众英雄收兵齐回瓦岗寨。叔宝、王伯当缴了旨。程咬金听见射死魏文通,又得了十万人马,兵器、盔甲不计其数,十分快活。吩咐大摆御宴,吃酒赏功不表。

单讲炀帝闻报魏文通身死,十万大兵尽降瓦岗,十分吃惊,便问宇文化及,如何是好。此时杨素因恃功谏诤,炀帝不悦,封他出镇黎阳,因此权柄尽归化及。当下宇文化及启奏道:"那瓦岗寨这干反贼,臣闻他一个个都是有本事的,若非真有将才的人前去,焉能取胜。臣今保举一人,破瓦岗必矣!"炀帝大喜道:"卿所保何人?"化及道:"此任非兵部尚书、征戎大元帅长平王邱瑞不可。"炀帝依奏,召过邱瑞,封为兵马大元戎、天下都招讨,领十五万雄兵,征打瓦岗。

次日五更,邱瑞即点齐了十五万人马,祭旗已毕,三声炮响,大军离了长安,径奔瓦岗寨而来。

　　这边王伯当带了五十个人，并竹箱与许多行头，到了长安。伯当令打开包裹，取出行头，一个个打扮起来，把囚车装好了，径往邱瑞府中。装模作样，叫一声："圣旨下。"夫人、邱福忙出接旨。便开读道："邱瑞无故杀伤国家大将，将家属拿下。"众人拿了，齐囚入囚笼。赶散了众人，将拿来的布包，把囚的人都包了头。出了府门，把一张假封皮贴在门上，飞奔出城，径往瓦岗寨去了。

第三十一回　邱瑞中计降瓦岗　元庆逞勇取金堤

　　且说王伯当赚取邱瑞家小到了瓦岗，茂公吩咐收拾一间房屋，好好安顿。一面令秦叔宝出城讨战。叔宝得令，带同众将、大小三军放炮出营。邱瑞得报，也下令大小将官，摆齐队伍出营。只见瓦岗四门大开，旗幡招扬，剑戟森森，一副副刀枪耀目，一对对队马分开，两面飞虎绣旗，一柄黄罗宝伞，下面现出一位帅爷：头戴一顶飞龙闹珠金盔，身穿一领龙鳞黄金细甲，外罩一件杏黄袍，脚蹬一双麂皮靴，坐露骨能行宝智黄骠马，左插一弯弓，右插一壶箭，两臂挂着金装铜，手中执一杆虎头金枪，黄面金睛，三绺长髯飘于脑后，乃叔宝也。叔宝抬头一看，只见隋营大开，三军齐出，对子马分开左右，飞虎幡摆列两旁，黄罗伞下一位元帅：头戴一顶双凤银盔，身披一件九鳞龙甲，外罩蟒龙白袍，脚蹬一双战靴，坐下追风逐兔千里嘶马，左挂宝雕弓，右插狼牙箭，手中使着两根钢鞭。

　　叔宝横枪在手，欠身打躬道："将军在上，小将秦琼甲胄在身，不能全礼，马上打拱了。"邱瑞连忙回礼，叫声："秦将军，老夫闻你是山东一个英雄，人人称你为小孟尝、赛专诸。那靠山王过继你为十三太保，却也不曾有甚亏你之处，你却三挡杨林，九战魏文通，走马取金堤，铜打华公义，做那反贼的勾当，这岂不可惜？倒不如下马投降本藩，也不计你从前之过，保你做个将官，若有些功劳，那时荫子封妻，岂不为美！秦将军意下如何？"叔宝道："将军之言虽然有理，但本帅与隋家有不共戴天之仇，却难从命。"邱瑞道："你与隋家有何仇恨？"叔宝道："将军，你可知本帅先父非别，乃陈后主驾前官拜伏虏大将军，镇守马鸣关，秦彝便是，被杨林老贼枪刺而死。前本帅实非拜他为父，意欲得便诛之，以报父仇。奈不能遂意，尚未报得，因此本帅与隋家有切齿之仇。将军有心劝本帅，难道本帅没心劝将军？当今之世，炀帝无道，杀戮忠良，英雄并起，谅来气数不久。我瓦岗寨混世魔王有仁有义，赏罚分明，将军不如降顺瓦岗，亦不失为王侯之位，将军意下如何？"邱瑞大怒道："好匹夫，焉敢来说本藩，看家伙罢！"双鞭一举，照顶门打来。叔宝把枪一架，两人搭上手，大战四十回合，不分胜负。鞭来枪架，枪去鞭迎，四条臂膊纵横，八个马蹄交错，真正棋逢敌手。叔宝心中喝彩道："好一员猛将！"邱瑞心中想道："这叔宝本事高强，不如用独门鞭打死他罢。"正战之间，邱瑞把鞭两条并为一条，打将下来。叔宝将枪往上迎，把两条鞭都架住，就趁此把枪往后一拖，邱瑞的马拖近了，叔宝双手一把扯住了邱瑞的甲带，要提过马来。那时节，邱瑞若把双鞭再举，打将下来，这叔宝岂不被他打死了么？幸亏邱瑞见叔宝扯住甲带，心中慌了，却把鞭放下，一把捧住叔宝的头，叔宝把带一扯，说声："过来罢！"邱瑞也把头盔一捧说声："过来罢！"两下一扯，一齐跌下马来，又是你一扯我一扯，叔宝扯断了邱瑞的甲带，邱瑞扯落了叔宝的盔缨，一个脱了甲带，一个没了盔缨，大家不好看相，各自收兵。

　　且不说叔宝回转瓦岗，单讲邱瑞回营，换了战袍，赞道："好一个秦叔宝，怪道往往前来不能取胜。"正在赞叹之间，忽报长安家人到。邱瑞一发疑心。邱福来到营中，拜了父亲，邱瑞忙问："缘何到此？"邱福道："此乃瓦岗徐茂公之计，要爹爹归降。如今家眷俱已赚在瓦岗，叫孩儿来奉请。"邱瑞闻言，急得三尸神直跳，七窍内生烟，一些主意全无。又听传报道："启元帅，天使到。"邱瑞接入圣旨，锦衣开读道：

"邱瑞欲顺瓦岗,故杀大将,速令自尽。"原来徐茂公又使计,散布流言,说邱瑞擅杀大将,将归顺瓦岗。炀帝中计,所以下旨。

旨未读完,邱福大怒,一刀砍了天使。邱瑞大惊道:"汝欲何为?"邱福道:"爹爹,这样昏君,保他何益?今瓦岗混世魔王十分仁德,不如归降了罢!"邱瑞长叹一声,吩咐邱福先去通报,即便收拾十五万人马,归降瓦岗。咬金率领众将迎接入城,大排筵席庆贺不表。

再说隋朝天使的校尉,逃回长安,飞报入朝。炀帝大怒,问:"谁敢领兵再打瓦岗?"宇文化及道:"若非大将,焉能取胜?今有山马关总兵裴仁基,他有三子,长子元绍,次子元福,三子元庆。这元庆虽只得十多岁,他用的两柄锤有五升斗大,重三百斤,从未遇过敌手。圣上可召他来,封他为元帅。他若提兵前去,不消几日,包破瓦岗矣!"炀帝大喜,即下旨差官,星夜往山马关,宣召裴仁基。

差官飞马到关,裴仁基父子接了旨,即同夫人与女儿翠云来到长安。到长安父子即到午门,问:"圣上何在?"黄门道:"圣上同国丈在紫微殿下棋。"裴仁基见说,率领三子径到紫微殿,果然炀帝与张大宾对坐下棋。裴仁基与三子俯伏于地,口称道:"臣山马关总兵裴仁基父子朝见,愿我王万岁!"炀帝一心下棋,哪里听得。裴仁基再宣一遍,又不听得。足足等了一个时辰,不见响动。裴元庆大怒,立起身来,赶上前一把扯住张大宾举起来。炀帝吃了一惊,忙问道:"这是何人?"裴仁基道:"是臣三子裴元庆,因见国丈与圣上下棋,分了圣心,不理臣等,故放肆如此。"炀帝道:"原来是卿,朕实不知,快放下来!"那大宾肚子都被扯住,疼痛得紧,大叫道:"将军,将军,放了手!"那元庆又闻圣旨说放了,竟把一抛,噗通跌在地下,皮都扒下了一大块。炀帝看元庆年纪不大,如此勇猛,心中大喜。便叫:"裴爱卿,朕封卿为元帅,卿子为先锋,兴兵征讨瓦岗,得胜回来,另行升赏。"裴仁基谢恩。炀帝又道："朕欲封一个监察行军使，以观卿父子出兵，不知谁人可去？"张大宾道："臣愿往。"炀帝大喜道："若得国丈同去，甚好。"即封为行兵都指挥，天下都招讨。四人谢恩而出。

那张大宾怀恨在心，思想道："这小畜生，我只要一朝权在手，就把令来行。"当下张大宾点起十万雄兵，即日兴师，离了长安，杀奔瓦岗。张大宾却下令先取金堤关，然后攻打瓦岗，以此兵到金堤关，下了寨。张大宾升帐吩咐裴元庆："我要你今日就取金堤关，若取不得关，休想回来见我。"元庆微微一笑，心中想道："嘎，是了，我晓得那张大宾记恨我提他之仇，今日欲害我父子。咳！张大宾啊张大宾！你来太岁头上动土了！你若识时务便罢，若不识时务，我父子一齐降顺瓦岗，看你怎生奈何我？"吩咐带马过来。那匹马竟像老虎一般，两只尖耳朵，不十分高大。元庆飞上马，使两柄银锤，豁落落一马出营，抵关讨战。

守城将士乃贾顺甫、柳周臣，得了报，即披挂上马，领兵出城，前来交战。二人一看裴元庆，看他年纪甚小，手中却用斗大两柄锤，心中奇异，喝问道："来将何名，那手中的锤敢是木头的么？"元庆答道："我乃大隋朝官拜山马关总兵裴仁基三子，裴元庆便是。我这两柄锤只要上得阵，打得人就是，你管我是木头的不是木头的！"贾、柳二人哈哈大笑，把刀一起，并力齐奔。元庆不慌不忙，自由自在，把一柄锤轻轻地往上一架，贾、柳二人的刀一齐都震断了，二人虎口也震开，只得叫声："啊唷！好厉害的家伙！"回马便走。元庆一马追来。贾、柳二人方过得吊桥，元庆也已上桥。城上军士认了自家主将，不敢放箭，倒被元庆冲入城中。贾、柳二人只得领了残兵，径投瓦岗去了。这里张大宾领了众兵入金堤关，也不停留，就向瓦岗进发。

秦叔宝披挂上马，举枪出城，一看裴元庆，心中十分不服："只这样一个小孩子，如何如此厉害？不要管他，上去赏他一枪，打他个措手

123

不及。"便一马上来，耍的就是一枪。裴元庆叫声："来得好！"当的一架，把这杆虎头金枪打得弯弯如曲蟮一样，连叔宝的双手都震开了，虎口流出血来，叫声："好家伙！"回马便走，败入城中。程咬金大怒道："何方小子，敢如此无礼！"下旨："孤家御驾亲征。"带领三十六员大将，与魏征、徐，放炮出城。

程咬金持着大斧，一马上前，把斧一举，光的砍下来。裴元庆把锤往上一架，当的一声响亮，震得咬金全身麻木，双手流血，大叫："众位王……王兄，御……御弟，快……快来救……救驾！"徐茂公吩咐众将一齐上前，众好汉放开马，一声呐喊，团团围住裴元庆。裴元庆见了，哈哈大笑道："我本待慢慢做几锤打散这干人，谁想他一齐上来，只是我小将军没得消闲玩耍了。"元庆把锤往四下轻轻摆动，众将却哪里敢近得他身，有几个略拢得一拢，撞着锤锋的就跌倒了。众将只得远远的呐喊。程咬金却吩咐城中取酒肉到来，抽车支炮的交战。

再说隋营内裴仁基，在营前见三子元庆战了一日，恐他脱力，忙令鸣金收兵。张大宾听见，忙召裴仁基入帐，喝问治罪。

第三十二回　裴元庆怒降瓦岗　程咬金喜纳翠云

当下张大宾召进裴仁基，便问道："你为大将，怎么爱惜儿子，不与国家出力？他顷刻之间正好取城，你却如何擅自鸣金收兵，目中全无本帅，绑去砍了！"左右答应，动手就把仁基绑缚。吓坏两旁二子，长曰元绍、次曰元福，一齐上前说道："就是鸣金收兵，也无处斩之罪。"张大宾大喝道："哇！你两个也敢抗拒本帅！"吩咐左右："绑去砍了！"两下刀斧手一声答应，赶向前来，把裴仁基父子三人一齐绑出营门。这边阵上，裴元庆听得鸣金，把锤一摆，众将分开，就一马冲出去了。程咬金收兵，上城观看。

且说裴元庆回到营前，见父亲哥哥都绑着。元庆大喝一声："你这干该死的，焉敢听那张奸贼，把老将军与小将军如此，还不放了？"这干军校被喝，谁敢不遵，连忙放了。元庆叫声："爹爹，今主上无道，奸臣专权，我们尽忠出力，也无益处，到不如降了瓦岗罢！"父子四人，势不由己，没奈何，叹口气，骑上马，径奔瓦岗而来。到了城下，见咬金一干人在城上观看，裴元庆上前，叫一声："混世魔王千岁在上，臣裴元庆父子四人，遭奸臣谋害，特此前来归降。"咬金见说大喜，满面堆笑，叫一声："三王兄，难得你这善识时宜，父子归降。但恐是诈，乞三王兄转去，把张大宾拿了，招降隋家兵马，那时孤家亲自出城相迎。"裴元庆闻言，便说道："既如此，千岁少待，爹爹、哥哥等一等，待孩

125

儿去拿他来。"说罢，即回马跑入隋营。

这个张大宾却好坐在帐中，因军士放走了裴家父子，心中大怒，正在处治，要杀的要杀，要打的要打，乱纷纷在那里发落。只见裴元庆匹马跑来，张大宾慌忙要走，被元庆跳下马来，一把擒住。又大喝："大小三军，汝等可尽同我去归降罢！"十万雄兵同声答应道："愿随将军。"裴元庆一手提着张大宾，跳上了马，招呼大队人马一齐来至瓦岗城下，向城上叫道："张大宾已捉在此了，请开城受降。"程咬金观见是真，就率领大小将官出城迎接。进城到殿上，裴仁基率三子朝见，山呼千岁，又与众同僚相见，聚礼已毕，排班侍立。咬金下令道："孤得裴王兄，也亏张大宾，如今赐他全身而死。"命武士用白绢将他绞死。武士即忙奉命，张大宾顷刻呜呼。咬金又命排宴相待，封裴仁基为逍遥王，裴元庆为齐肩一字王。裴仁基写书一封，差人赍往山马关。那里有个焦洪是仁基的外甥，将书与他，要他忙与夫人小姐说知，收拾了府库钱粮与关中二十万人马，一齐望瓦岗而来。咬金却与元庆起造王府，封焦洪为镇国将军。令贾顺甫、柳周臣依先去镇守金堤关。徐茂公却与咬金为媒，劝咬金招纳裴翠云小姐为正宫。咬金大喜，即令择日迎娶成亲。自此瓦岗城又得裴元庆父子归降，声威大震，有兵六十万，战将数百员。

且说洛阳城外有一个乡村，名曰安乐村，村中一个英雄，姓王，名世充。论他武艺，件件皆能。父母双亡，只有一个妹子，名唤青英，年方十五，同住在家。这王世充却毫无家业，专靠打捉飞禽走兽生活。平日间单靠得一个族兄长，叫作王明德，常常地照管他。后来王世充因为琐事杀了一个员外，逃至扬州。

第三十三回　现琼花指示兴亡　上扬州商议开河

一日，王世充睡去，只见羊离观中的土地叫道："昴日星官，你时运将至。上帝有旨，观内现发一朵异花，待引昏君出京，以激反天下。你可将花样画成一图，到长安献画，那时就好举义了。"世充便问："这朵异花叫何名色？"土地道："名为琼花。"世充还要再问，却被土地一推醒来，已打三鼓，只见门外犹如火起一般通红。世充连忙开门一看，只见空中响亮，有火球滚下，落在羊离观内。前后左右人家一齐惊起，都开门观望。那观中庙祝，开出观门，大叫奇异。众人进内一看，只见天井中一支奇花，高有一丈，顶上一朵五色鲜花，如一只小缸样大，上有一十八片大叶，下有六十四片小叶，香闻数十里远近。轰动居民，各乡各村，男男女女，若老若幼，尽来看花。世充一看，忙回店中，先画出样图一幅，地方官杨时，同大小官员都来看过，不知此花何名，出示禁止行人杂踏，即修本进京不表。

再说王世充细细描画了一幅，宛然一样，将来裱好，别了段达，径往长安而来。

却说隋炀帝，一日退朝进宫，夜中梦见妹子琼花公主，走到面前大骂："无道昏君，还我命来！"炀帝大怒，拔剑赶来，直追到御花园内一块土中，钻下去了。内中就现出一朵花来，支根高有一丈，顶上一朵五色鲜花，上有一十八片大叶，下有六十四片小叶，异香无比。又见花顶上立着一个人，天庭开阔，地角方圆，面如傅粉，唇若涂朱，头戴冲天冠，身穿杏黄袍，两手托着日月。炀帝喝问："何人？"只见那一十八片大叶，化为一十八路反王；六十四片小叶，化为六十四处烟尘，一齐杀来。炀帝大惊。又见花上跳下两个人来：一个头戴双凤闹珠金盔，身穿龙鳞金甲，外罩一件杏黄袍，坐下一匹黄骠马，黄脸金睛，五绺长髯，手执两条金装锏；一个头戴双凤宾铁盔，身披一副鱼鳞宾铁铠，穿一件皂蟒袍，海下一部虎髯，使一条竹节钢鞭，坐下一匹乌骓马。但见那个用金锏的，打死了一十八路反王；那个用钢鞭的，剿除了六十四处烟尘。炀帝大喜，忙问："二位何人，来保朕躬？"那黑面的大叫一声："昏君，谁来保你！"照头一鞭打将过来。炀帝大叫一声，忽然惊醒，却是南柯一梦。萧妃忙问："陛下何事大叫？"炀帝细言梦中之事，萧妃道："明日问大臣便知端的。"

至五更二点，净鞭三响，驾坐早朝，文武百官，朝贺已毕。炀帝开言，把梦中之事，细说了一遍。班中闪出一员大臣宇文化及，当殿奏道："陛下梦见异花，必有其种。待臣唤名手画工，画出形象，张挂朝门，若有人识得此花者，官封太守，不知圣意如何？"炀帝大喜道："卿可速与朕描画张挂。"宇文化及即刻领旨退班，炀帝回宫不表。

且说化及回到衙门，忙唤名手画工，将炀帝梦中所言花样细细描画出来，令长班张挂午门。百姓观看，并无一个识得。

再说那王世充来到长安，闻得午门挂榜，世充上前一看，竟与画上无二，心中大喜，忙向前来揭了榜文。两旁太监见了，连忙扯住，领入朝门。太监进内殿奏道："奴才在午门外看守榜文，有一个能识此花，前来揭榜，现在外面候旨。"炀帝道："宣进来！"太监领旨出来，带了王世充，到内殿奏道："识花人带到。"王世充拜伏在地道："子民王世充见驾，愿吾皇万岁万岁万万岁！"炀帝道："你可知道此花何名，出在哪一处？细细奏来。"王世充奏道："此花名为琼花，子民在扬州羊离观内，八月十五曾见此花。子民已描一幅在此，与那榜上的一般无二，请万岁龙目一观，便知端的。"炀帝传旨："取上来！"内侍将画取上，放在龙案上。打开一看，果然与梦中所见的一样。炀帝大喜道："画上的如此好，想活的必定更妙。"即封王世充为琼花太守。带领兵马一千到扬州，吩咐羊离观必为琼花观，以备驾临观玩。世充又奏道："子民有罪，不敢前往。"炀帝道："卿有何罪？"世充把杀人之事，细说一遍。炀帝道："赦卿无罪。"一面行赦书到洛阳；一面领旨出朝，带领兵马一千，离了长安，望扬州进发。路逢段达、铁冠道人，世充下马相见。段达道："隋朝气数不久，我与军师到洛阳等候主公便了。"世充大喜，谢别二人，上马下扬州不表。

　　再说炀帝，次日又得了扬州的表章，炀帝大喜，与宇文化及计议上扬州。化及奏道："主公，长安到江都是旱路，劳于行动。陛下可传旨意，令魏国公李密作督工官，将军麻叔谋作开河总管，令狐达副之，大发民夫八十万，自龙池起工，凡是长平关隘、山岭，必由去路，开深开阔，以便金鼎龙舟行走。那李渊这厮，乘机可限他三个月在太原府造一所晋阳宫，俱用金玉铺陈，以候圣驾。倘若不遵，只说他慢君，罪该斩首；他若造了，可说他私造王宫，也把他杀了，除此后患。"炀帝大喜。旨意一下，部文到省城，转到府，又到县。这些胥吏哪有不爱钱的？乡村城市，挨家敛点。那有钱的，即有十余丁在家，与他隐瞒；若是无钱的，即单丁女户，也要他出来。一到河边，哪里顾他寒冷，这样隆冬天气，要他赤身露体。麻叔谋法令又严，不管人死活，动不动就打，后生的还好，那老年的更苦，在路不知死了多少。先时这个水是星宿海，自黄河经山陕、沙南，由兖州入海。后边屡屡冲入泗州，合淮水入海。江都有一条邗沟，上接着高邮、邵白、定应各河，至清江浦，与淮水相连。这个河好不难开。昏君无道，劳民伤财，民不堪其苦。

第三十四回　袁天罡驱神造殿　李元霸力赛成都

且说唐公李渊，得旨着他三个月，要造一所晋阳宫殿，却如何造得及？心中不悦，与三个儿子计议。此时唐公有四子，长子建成；次子世民；三子元吉；四子元霸。这李元霸年方十二岁，生得尖嘴缩腮，面如病鬼，骨瘦如柴，却力大无穷，两臂有四象不过之勇，捻铁如泥，胜过汉时项羽。一餐斗米，食肉十斤。有两柄铁锤，四百斤一个，两柄共有八百斤。坐一骑万里云，天下无敌，大隋算第一条好汉。他却与世民并姊夫柴绍说得来，见了建成、元吉，却便要打。奴仆丫鬟们，若一恼了他，只消把一个指头略按一按，便脱一块皮，把手在头上打一下，便把头都打下来。因此唐公恼他，用几十根木头做了栅子，关他在后花园内，每日三餐送与他吃，他气闷起来，就把铁锤抛起接着玩耍。他因父命拘住在内，故此不敢违逆，甘心受拘。

当下唐公与柴绍商量道："这旨意一定是宇文化及的奸计，造不成只说违旨，要杀；造成了，就说私造王殿，也要杀。我想起来总是一个死，不如不造，大家落得快活。"遂吩咐摆酒厅堂，一同畅饮。老夫人在席上一看，不觉泪下。李渊道："母亲因何悲伤？"太夫人道："只因一家儿要死，所以共饮。三个孙儿，一个孙婿，都在面前，那个在后花园的，难道不是你养的儿子么？到了今日，还不放他出来吃杯酒！"唐公道："母亲，孩儿只因他生事，所以拘禁在后花园，既母亲垂念，待孩儿叫家将开了木栅，放他出来。"

家将奉命，即到后花园，开了木栅。李元霸即摇摇摆摆出来，来到厅上，先深深作了祖母太夫人的揖，接着朝着唐公叫声："父亲！"也是一揖，朝着窦氏夫人叫声："母亲！"也是一个揖，朝姊姊、姊夫、世民三个揖，却不理建成、元吉，径往柴绍肩下坐下；一连吃了几杯酒，大叫："小杯吃不来，拿过金斗来。"这太太平日最喜元霸，所以打一个金斗与他吃酒。当下大斗的酒，大块的肉，吃个不了。唐公看了，又好笑，又好恼。心中想道："这畜生迟两日也要做刀头鬼，他却哪里知道，还大呼小喊，只顾拿酒来，拿肉来。"世民却看不过，叫声："兄弟，将就些罢，爹爹不快活在这里。"元霸道："哥哥，爹爹为什么不快活？"世民道："你还不知道么？因炀帝旨意下来，要爹爹一百日内，造一所晋阳宫殿。那一百日内岂造得成宫殿？爹爹因此待死，故此叫你出来吃杯酒。"元霸道："啊唷唷，啊唷唷，了不得！"叫声："爹爹，不必心焦，那个狗皇帝到来，待我一锤就撒开了，爹爹，你做了皇帝就是了。"唐公大喝一声："唗！小畜生，住口！"元霸道："你不做，我会做的。"

正言之间，家将报进来道："县尉李淳风老爷要见。"唐公闻言，忙出外厅。李淳风早在厅上施礼，分宾主坐定。李淳风道："闻圣上有旨下来，要千岁三个月内造一所晋阳宫，为何千岁不造？"唐公听说，长叹一声，叫声："贤尉，我想造也是死，不造也是死，所以不造。"李淳风道："千岁，不妨，臣算就阴阳，大事无妨，只等府尹袁天罡一来，臣二人自有计议，造成此殿。"忽报袁天罡老爷到了。唐公与淳风一同接进，见礼已毕，袁天罡道："所言晋阳宫殿，臣特来与千岁爷说知，今日与李淳风同去城东，已买下了一块二里路的土地，只消今日一夜，明朝千岁来看晋阳宫殿便了。"唐公十分惊异，二人辞去。到晚二人到空地，披发仗剑，踏天罡，步斗枢，到了六丁六甲天神天将，竖柱上梁，搬木运石，未到天明，数十进晋阳宫殿，早已完成了。唐公到来一看，把舌头伸了出去，缩不进去。忙谢二人。按下不表。

再说炀帝，留次子代王看守长安，封无敌将军宇文成都为保驾将军，带了萧妃与三宫六院、宫娥彩女，并宇文化及等一半近臣起驾，一路望太原而来。唐公率文武百官迎入太原。炀帝进了晋阳宫，见造得十分齐整，心中欢喜，道："难得李渊用心如此。"宇文化及在侧边道："主公所怀之事，难道就忘了？"炀帝点头，下旨道："李渊私造王殿，心谋不轨，绑去斩了。"唐公大叫道："臣奉旨起造，焉敢有私！"炀帝大喝道："唉！既是无私，焉有不及二月造得这样一所王宫的？一定是先造下的！"竟把唐公绑了出来。此时，世民是跟随父亲来的，在午门外见父亲被绑了出来，忙去击鼓。太监们一把拿上朝来，炀帝一见竟如昔日梦中所见的这人一个样，前发齐眉，后发双髻，唇红齿白，两耳垂肩，双手过膝。炀帝忙问："何人？"世民道："臣李渊次子世民见驾，愿我王万岁万岁万万岁！"炀帝道："你原来是李渊之子，到此何干？"世民道："臣特来与父辩冤。"炀帝道："汝父私造王殿，有何可辨？"世民道："臣父是奉旨造的，圣上若说没有这样快，新旧可辨的。万岁可下旨起出铁钉来看，若是旧的，铁脚一定俱锈；若是新的，自然不锈。"炀帝即下旨出钉来，一看，果是新的。炀帝大喜道："好一个王侄！"下旨赦转李渊。

李渊进朝谢恩，炀帝问道："王兄可有几位令郎？"唐公道："臣有四子，长子建成，这个就是次子世民，三子元吉，四子元霸。"炀帝看了世民，心中欢喜得紧，叫一声："王兄传孤家旨，去召了三位王侄来。"唐公领旨，召到三人，俯伏在地。炀帝道："平身。"四子分立两旁，炀帝一看，建成、元吉哪里比得世民来。一看看到元霸，竟如雷公一般，炀帝又惊又笑，叫一声："王兄，朕欲将卿子世民承继为子，不知意下若何？"唐公连忙谢恩。世民拜了炀帝，炀帝即封世民为秦王，下旨令太监引入后宫去拜母亲。世民见了萧妃，俯伏道："臣儿世民朝见母后，愿母后千岁千岁千千岁！"萧妃叫声："王儿起来。"忙吩咐后宫赐宴。不表。

且说外面炀帝与唐公说说讲讲，唐公便道："如今盗贼生发，圣上驾幸扬州，不知有何人保驾？"炀帝道："有无敌大将军宇文成都保驾。"李元霸立在侧边，听说无敌大将军，不觉哈哈地笑起来。唐公道："畜生，圣上跟前，为何如此？"李元霸道："哪一个是无敌的将军？请出来与我看看。"只见班中闪出宇文成都来，说道："在下便是。"元霸一看，又笑道："这样的叫无敌将军，只好在长安叫；若说我这里太原，尽多不过。"宇文成都大怒道："你这里既多，可寻一个来与我交交手看。"元霸道："不必去寻，就是眼面前也有个把儿在这里。"宇文成都道："是哪一个？"李元霸道："就是我。"宇文成都好笑又好恼，说道："你这样的孩子，只消爷爷一个指头，也就断送了。"炀帝道："既出大言，必有本事。二位爱卿可便交交手看。"宇文成都便道："你与我如何样交手？"元霸道："你这样的东西，与你交甚手，只消爷爷一条臂膊挺直在此，你若推得动，扳得下，就算你做无敌将军。"说毕，即挺直臂膊过来。那成都无明火高有三千余丈，按捺不住，赶上来一把扯住元霸的手，叫声："过来罢！"啊唷，好似蜻蜓摇石柱，动也不动。那成都又用尽平生之力一扳，只挣得浑身上下骨头嘎嘎地响，莫想动得他分毫。李元霸把手一扫，成都噗通一声，仰后一跤。宇文成都爬起来道："你这是练就的，不算好汉。我与你去午门外，那个金狮子约有三千斤重，若举得起，便算好汉。"李元霸道："也罢，你出去，先举进来看。"

宇文成都出朝门，到午门，把袍袖卷起，一手托着腰，一手抵住狮脚，扯过身边，将身一低，把狮子即举起来，一步步走入午门，来到殿上放下。喝声道："你可举得动么？"李元霸笑一笑道："你依先拿了出去，我好来举。"那成都照前举起，拿了出去，放在原处，复身进来道："你可去举来。"李元霸下殿，出了午门，把袍袖卷起，将左手把左边的狮子提过来，右手把右边的狮子扯过去，拿住脚一齐举起，摇摇摆摆走入午门。炀帝与众官看了，俱伸伸舌头道："这也不是个人了，真正是天神了。"当下李元霸举上殿，绕圈走了十多转，立在正中，把两手举上举下十多遍，依先摇摇摆摆走出午门，把左手的狮子放了，将右手的也放好，复身走入午门来。那宇文成都正如石将军卖豆腐，人硬物不硬了，便道："我不与你赌力，你在家中是练就的，所以如此。明日与你下教场赛兵器比武艺便了。"李元霸道："说得有理。"当下唐公辞了炀帝，世民自居宫中，只与三子回府。窦夫人听见世民过继炀帝，十分不悦，埋怨了一番。李元霸却收拾盔甲、两柄铁锤与马匹，只等天明下教场。不表。

且说那宇文化及与成都回府计议，暗下差五百名有本事家将，吩咐若明日得胜便罢了，若不胜，你们一齐上来，乱刀砍死他便了。家将们领命，不表。

且说炀帝次日带了文武官员下教场，众将朝见已毕，唐公率领三子见驾。炀帝下旨，令宇文成都与李元霸比武。二人领旨，下了演武厅，到自己队中各自披挂。只见左队旗开处，闪出宇文成都，头戴一顶双凤金盔，身穿一件锁子黄金甲，坐下一匹能行黄花千里马，使一根四百斤重的镏金镋，威风凛凛，立在左边。只见右队旗开处，闪出李元霸，头戴一顶束发乌金冠，两根短翅雉毛，身穿一副冰铁穿成宝甲，坐下一匹追风白点万里龙驹马，手执两柄八百斤重的铁锤，按上界大鹏金翅鸟临凡，立在右边。那宇文成都大喊一声道："李元霸快来纳命！"说声未了，手中举起镏金镋，催马向前，当的一镋盖下来。好厉害，恨不得将李元霸一镋打死。那李元霸会者不忙，哪里放他在心上，把锤往上一架，当嘟一声，把镏金镋打在一边。宇文成都叫道："这孩子，好家伙！"举起镏金镋又是一镋，元霸把锤一架，将镏金镋几乎打断，震得成都双手流血，回马便走。李元霸叫道："哪里走！"一马赶来，伸手夹背心一把捉过马来。那炀帝见天保将军被擒，怕伤了性命，忙传旨放了。这宇文化及见李元霸骁勇，十分着急，忙叫道："圣上有旨，宇文成都要保驾，李公子可放手。"李元霸想道："当年在后花园学武艺的时节，师父曾吩咐，日后遇着使镏金镋的，不可伤他性命。"又听得圣上有旨，只得把宇文成都望空一抛。

第三十五回　众王盟会四明山　三将合战宇文成都

　　当下李元霸将宇文成都望空一抛，就双手一接："啊唷，我的儿，饶你去罢！"往地下一抛，噗的一声，跌得个屎屁直流。那十二英雄、三百家将，见主人被跌，齐举兵器上前，直奔李元霸。李元霸哈哈笑道："替死的来了！"把双锤四下一摆，那十二英雄一锤一个都打死了。三百家将，噗噗噗一个个都打下马来，要想活也不能够了。当下李元霸得胜，把双锤塞在腰间，走上演武厅，下马缴了令旨。炀帝大喜，封为西府赵王，镇守太原。当下，炀帝摆驾回宫。

　　住了几天，夏国公窦建德奏龙舟造完，前来复旨请万岁驾幸江都。炀帝下旨，把三宫六院俱留住晋阳宫，令李渊同元霸协守太原，东府秦王同往江都。李渊谢恩，退回太原。炀帝、萧后与一些宠妃上头一座龙舟居住；第二座秦王李世民；第三座宇文化及与保驾将军成都；第四座文武百官。龙舟四座，共用八百余人，皆以结彩为袍，又有千艘骑兵，傍两岸而行。炀帝坐的龙舟，挽牵俱用妇女，各穿五色彩衣。炀帝观岸上妇女，各穿五色彩衣，挽牵锦缆，红红绿绿，心中大喜。此话不表。

　　再说那曹州宋义王孟海公，闻知昏君游幸江都，必打从四明山经过，忙发下一十八道矫诏，差官各处传送，令举兵齐集四明山相会，捉拿昏君。

　　且说那河北寿州王李子通，得了孟海公诏书，忙传伍云召上殿道："孤家正欲兴兵与元帅报仇，不料昏君游幸江都，今有宋义王孟海公矫诏到来，要孤家举兵会集四明山，捉拿昏君，元帅可就此发兵前去。"云召大喜道："多谢主公。"退出朝门，点起雄兵十万，又发书到沱罗寨伍天锡处，令他为先锋官，在前相等，同往四明山去，不表。

　　且说瓦岗寨混世魔王程咬金，得了这个矫诏，十分大喜，道："孤家正要兴兵杀上长安，捉拿昏君，不想他反自来寻死。"即下旨兴二十万雄兵，命秦叔宝为行军大元帅，裴元庆为先锋，与徐茂公军师并众将起身。又命邱瑞保瓦岗寨。三军浩浩荡荡，往四明山进发。

　　到了四明山，孟海公早兴十万大兵，尚义明为元帅，倚山下了寨。报混世魔王到了，孟海公即迎接咬金入帐。次后相州白御王高谈圣，领兵十万，以雄阔海为先锋；山东济南王唐璧，领兵十万，以楚德为元帅；济宁知世王王溥，领兵十万，以闹天龙为元帅；苏州上梁王沈法兴，领兵十万，以暴天龙为元帅；湖广楚王雷大鹏，领兵十万，以雷寨秦为元帅；山后定阳王刘武周，领兵十万，以宋金刚为元帅；河北寿州王李子通，领兵十万，以伍云召为元帅，伍天锡为先锋；沙陀罗老英王于突厥，领兵十万，以铁眼龙为元帅；幽州北汉王铁木耳，领兵十万，以葭金纳为元帅；江陵大梁王萧铣，领兵十万，以苏洪为元帅；武林净梁王李执，领兵十万，以何天豹为元帅；明州齐王张称金，领兵十万，以苏定方为元帅；楚州楚越王高士达，领兵十万，以金虎为元帅；陈州勇南王吴可宣，领兵十万，以伍龙为先锋；成都杜武威、张善相、李芙蓉、薛举四个为领袖，带齐六十四处烟尘，总共大兵二十三万，战将一千员，陆续俱到。

　　孟海公接入帐内见礼，分班坐定。孟海公道："列位王兄在此，孤有一言相告。今昏君诛害忠良，弑父杀兄，欺娘奸嫂，今古罕有。又游幸江都，开河害民，种种罪恶，万姓怨苦。今诸位王兄俱要同心协力，捉拿昏君，众王兄意下如何？"众反王道："孟王兄之言有理。"众皆大悦。班中闪出徐茂公道："今日请先立盟主，调用各路大兵。"众王道："徐先生之言，实为有理。该推程王兄为盟主。"程咬金连声不敢，辞之再三。众王道："程王兄将勇兵强，居上邦，不必过推。"程咬金乃一个武夫，倚着国舅裴元庆骁勇，他竟公然坐了。

却说靠山王杨林从海外回登州，闻得驾幸江都，吃了一惊。令四家太保守登州，以防海寇，自家星夜赶上龙舟，保驾而行。不一日，到了四明山，探子来报："启万岁爷，不好了！今有一十八家反王，六十四处烟尘，齐集会兵。现有三个先锋，带雄兵百万，在前阻路。"炀帝大惊，忙召宇文化及商议，化及道："有臣儿在此，主上请放心。"炀帝道："卿当小心。"化及退出，唤过成都道："前路反王阻住圣驾，我儿前去退敌，务必小心。"成都道："父亲放心，这些草寇何足惧哉！"即便顶盔贯甲，提锐上马，杀上前去，大喝道："咄！无名草寇，焉敢抗拒圣驾！"众军飞报上山："启千岁爷，宇文成都讨战。"徐茂公吩咐众反王守定营寨，不可妄动，先锋出去会战。

伍云召手执长枪，同雄阔海、伍天锡三人一齐杀下山来。大叫道："奸贼，快快下马受死，免我老爷动手！"宇文成都一看，三人生得凶恶。伍云召是认得的，在南阳会过两阵，独有这二人不曾认得。那宇文成都看罢，大叫道："反贼伍云召，你又来受死么？"云召大怒，喝道："奸贼休得夸口。"自古说，仇人相见，分外眼红。即把枪照宇文成都面门刺来。成都把锐一架，当啷一响，把枪逼开，回手照云召一锐。云召把枪一迎，两将战有十多个回合。天锡也把混金锐照宇文成都劈面打来。宇文成都把镏金锐迎住，又战十多回合。伍氏兄弟到底招架成都不住，雄阔海即便把双斧照宇文成都劈来。宇文成都把锐迎住。二人围住宇文成都厮杀，两路夹攻，云召却跳出圈子外观看。二人与成都战到了二十回合，天锡叫道："哥哥上来！"云召把枪又上来接战。天锡见哥哥上来，他走出圈子外，看二人与成都战。又战了十五个回合，阔海叫道："哥哥上来！”天锡赶上把锏一挡，宇文成都将锏相迎。阔海又走出圈子外来。三人轮流交战一日，从早战起，直至下午。

那杨林却想："宇文化及有不臣之心，仗着儿子宇文成都厉害。不如借反贼之手杀了他，以除后患。"只令军士击鼓，却不鸣金。那三人一齐上前大战。宇文成都见三人不退，只得又战了三十回合。三人招架不住。雄阔海看来战不过，大喊一声，先回马就走。云召、天锡见阔海走了，二人便说："宇文成都，今日我们大战一日，不能取胜，放你回去，明日再与你决个雌雄。"说罢，回马就走。宇文成都不舍，在后面追来。

三人败下四明山。宇文成都追至半山，只见上边冲下一员将官，口称："裴元庆在此！"手执两柄银锤，杀下山来。宇文成都迎上去，把镏金锏一挡，裴元庆把双锤一架，叮当一响，宇文成都挡不住，回马便走。裴元庆叫道："奸贼哪里走！"在后面追来。这宇文化及心甚着忙，忙上金顶龙舟启奏道："臣儿从早晨直战到于今，腹中饥饿，力不能胜，望主公开恩。"炀帝大惊，忙传旨鸣金收军。杨林闻旨，长叹一声，只得传令鸣金。宇文成都大败，回到龙舟。裴元庆看天色已晚，也回四明山去了。

再说炀帝问众官："这些反王，兵马凶勇，如何得退？"闪出夏国公窦建德奏道："要退反王兵马，可速去太原召赵王李元霸到来，此兵自然退矣！"炀帝准奏，忙下一道旨意，差一员将官，连夜兼程飞奔太原而来。不只一日，早到太原。唐公李渊得旨，即忙打发元霸起身。

第三十六回　冰打琼花识天运　剑诛异鬼避凶星

　　元霸带兵来此，当头裴元庆一马迎上来。元霸把万里云一夹，四百斤重的锤一起，当的一锤打来。裴元庆把锤一架，大叫道："好家伙！"哐的又是一锤，当的一架；哐的又是一锤，当的又是一架。"啊唷，果然好厉害！"回马便走。元霸大叫一声："好兄弟，天下没有挡得起我半锤的，你能接连挡我三锤，也算是个好汉，饶你去罢！"一马冲入营来，正撞着伍云召、雄阔海、伍天锡，三个围拢来战元霸。元霸大怒，把手中锤一摆，撞着三般军器，当啷一响，三人虎口震开，大败而走。可怜十八家反王的兵马，遭此一劫，被李元霸的双锤打得尸横遍野，血流成河。

　　李元霸在二十三万人马之中，左冲右突，如扫灰尘，众反王一个个舍命奔逃。那倒运杨林，他埋伏一支人马在后山，众反王败下来，他却出来截路，刚刚阻住了裴元庆一起人马。那裴元庆受了李元霸这一肚子的气，没处发泄，这杨林不识时务，大叫一声："反贼休走！"一马上前，拦住裴元庆。元庆大怒道："老匹夫休得无礼！"扯起锤来，当的一锤。杨林双手把囚龙棒一架，豁啦一声，把一条囚龙棒打为两段，震开虎口，两手流血，大败而走，却被众反王的败兵冲挤下来，回不得龙舟，直败回登州去了。李元霸在后一路杀下去，亏得秦叔宝一路上前拦住，因此众反王才得脱逃性命，各自败回本邦去了。云召归河北，后来武场相会。雄阔海回相州。伍天锡回沱罗寨，后来天富关死于李元霸之手。后话不表。

那李元霸在四明山，匹马双锤打死各反王大将五十余员，军士不计其数，后来众反王闻了李元霸之名，无不丧胆。李元霸回金顶龙舟奏闻缴旨。炀帝大喜，下旨开舟起行，望江都进发。

到了扬州，文武百官迎接，不消说起。炀帝命世民、元霸："先往城中，扫打琼花观，朕明日进城游览。"秦王领旨，同赵王进城，径到琼花观来。那观却是重新改造的，十分华丽。秦王先到花边一看，只见一座大花台，周围俱是白石，雕凿龙凤，嵌镶八宝；四旁装饰细巧，栏杆彩铃吊角，精奇无比。只见一株树，中间花有笆斗大，果然异样奇香，五色鲜明，花底梗上有十八瓣大叶，下边有六十四瓣小叶。那花却向秦王点了二十四点。世民与元霸看了一会，出观往新造的行宫安歇了。看官要晓得，这花开之久，缘何不谢？此乃天宫降生这朵异花与真主看，真主一日不到，此花一日不谢。其时看过了，不料到晚狂风大作，飞沙走石，落下冰片来。初时碗口大，到后来竟有缸样大。居民房屋不知打掉了多少，连人也打伤了若干。这琼花观内尤其落得更大，落了一夜，竟成了一座冰山，直到天明方住。

再说炀帝一团高兴，次日龙舟起驾，闻得落冰片打坏琼花，只叫可恼，少停，世民、元霸上龙舟细言其事。炀帝大怒，说道："难道朕看不得这朵琼花么？冰片既把琼花打落了，这琼花的根还可看得。"吩咐摆驾入城。到琼花观一看，心中十分不乐，问两班文武道："卿等可知有游览之所，待朕一观，方可回长安。"闪出宇文化及奏道："臣闻金山比扬州更好。"炀帝大喜，吩咐开舟往金山游览。

再表魏国公李密随驾，此时乘了一匹轻骑骏马，在岸上观看龙舟，只见萧妃在龙舟内观览岸边风景，果然有天姿国色之容，闭月羞花之貌，不觉使人魂消魄散，称赞道："啊唷，妙啊！世上哪有这般绝色的女子。"李密不住眼在岸上往船内观看，那萧妃偶一抬头看见，便大怒道："宫妃，这岸上乘马的是谁？"宫妃奏道："这岸上乘马的是魏国公李密。"萧妃道："这李密狗头如此无礼，待到了江都，奏闻圣上便了。"话休烦絮，不一日来到江都。炀帝吩咐，传旨摆驾入城，进了行宫。当晚，萧妃奏李密偷看之事。炀帝闻奏大怒道："这厮这等可恶！"次日坐朝，传旨夏国公窦建德，将李密绑出法场斩首。建德领旨，带领家将，就将李密绑出西郊。此时辰末巳初，李密问建德道："主公为何无故就要杀我？"建德道："不知。昨日圣驾回宫，今日清晨就传出密旨来，要将兄处斩。"李密道："小弟与兄情同骨肉，何不一言保奏。"建德道："圣旨已出，谁敢保奏？"李密想一想道："嘎，是了，我大不该昨日大胆偷看萧妃，故有今日之祸。也罢，听天而已。"

却说那朱粲闻得圣上要将李密处斩，心中大惊，跑到法场，见李密处斩，午时三刻还未到，故此尚未开刀。只见王世充手执小旗，走进法场，朱粲道："全仗王老爷救我恩主一命。"王世充心中想道："今做太守，终无出息，李密又是我恩师，今趁此天下大乱，不如救了他，杀出扬州，径往洛阳便了。"窦建德心中也想道："谅隋朝气数不久，宇文化及又有篡逆之心，不久就要属于他人了。况且李密与我同年好友，今日救了他便了。"便大叫道："王世充，救了恩师，杀出去罢！"朱粲听得，将刀割断绑索，放了李密。四人各执军器，带了家将，反出江都。有行刑军士连忙通报与宇文化及，化及闻报大惊，一面点兵追赶，一面奏闻朝廷。炀帝大怒，忙传圣旨，令柴绍前去追赶四人。柴绍领旨，离了江都，也不去追赶，也不来复旨，一径回太原去了。

这窦建德逃到明州，遇见故人刘黑闼，与蔡建方、苏定方、梁廷方招集亡命，连夜取了明州，杀了张称金，尽降其众，自称夏明王。封任宗为军师，刘黑闼为元帅，苏定方、蔡建方、梁廷方、杜明方名为"四方"，都封为大将军，招军买马，按下不表。

再说王世充逃到洛阳，段达接着，叫道："主公为何今日才来？"世充把救李密之事说了一遍，段达大喜。次日，王世充自称为洛阳王，封法嗣为军师，段达为大元帅，周甫、王林为大将，此话不表。

再说那朱粲逃到楚州，适值楚州高士达无道，被手下人杀死，国中无主，要推一人为王，正无处寻个有力量有肝胆的人。这一日，正遇着朱粲睡在庙中，众人见他有火光照体，就立了他，自称南阳王。招军买马，积草屯粮，按下不表。

且说李密逃到途中，心中想道："投奔何处便好？越国公杨素，他与我向有交好，闻得他在黎阳，前去投他，必然相留。"主意定了，径往黎阳而来。见了杨素，留他在府中，颇甚合机。过了几时，李密见杨素并不升坐大堂，因问道："千岁缘何不坐大堂？"杨素道："不要说起，这大堂坐不得，一坐上去，便有五个恶鬼现形，乱扯乱打，所以不坐。"李密道："千岁今日可坐上去，待李密看是何物作祟，待我除之。"杨素即同李密到人堂，杨素一坐上去，果见几个鬼祟，青脸獠牙，将杨素乱扯乱打。李密大怒，拔出宝剑，赶去照定鬼身，一剑砍去，鬼倒不见了，却把杨素砍死在地。这杨素原来是披头五鬼星转世，合当大数已绝，难逃身命，故此被李密杀了。当下杨素之子杨玄感，闻知大惊，走出大堂见父亲被砍死，大怒骂道："匹夫，有何仇恨，杀我父亲！"命家将拿下，用囚车囚了。"待收葬了父亲尸首，亲自押解朝廷，奏诉处斩便了。"

且说瓦岗寨程咬金，那日临朝，众臣参拜已毕，咬金开言叫声："众位兄长，不要拜了，我这皇帝做得厌烦，辛苦不过，绝早要起身，夜深还不睡，何苦如此！你们哪个欢喜做的，我让了他罢，快来快来。"就把头上金冠除下，身上龙袍脱落，走将下来，嚷道："哪个愿做的上去。"众将骇然道："主公何故如此？"程咬金又乱嚷道："不做，不做，真个不做。"徐茂公心中一想："这事不妥了。他原只得三年运气，今已满了。那千军万马在此，岂可一日经得无主的？倘然散了，却如何是好？"便屈指一算，叫声："列位将军，果然有个真主到了。"众人道："在哪里？"茂公道："那个真主，误伤人命，被仇家捉住，要解送朝廷治罪，如今已到瓦岗东南，出东门去不远，就该撞着了。"咬金道："有这等事，待我去救了他来。"说罢，提斧上马，径出东门而去。茂公即同众将一齐上马，出城望东赶来。

那玄感正押着囚车趱路而来，程咬金上前大喝道："囚车内的是个真主，你这厮好好放他出来，免得我爷爷动手。"那杨玄感大怒道："何方毛贼，擅敢撒野？"便举起手中刀劈面砍来。程咬金将宣花斧哐的就是一拦，拦开了刀，照头一斧，玄感将刀嘣的一架，刀杆折为两段。咬金喀嚓又是一斧，把玄感斩为两段。后面徐茂公一千人都到了，打开囚车，杀散从人，取过金盔龙袍，请李密上辇回城。李密道："小可一时误犯不赦之罪，多蒙诸位相救，愿为小卒，即感足矣，焉敢出此异望！"程咬金道："不要多逊了，我不愿做皇帝，你老实些罢。"徐茂公道："天数已定，主公不必多虑。"

李密喜出望外，上辇回瓦岗寨，鸣金击鼓，众将俱更朝服，请李密升殿。众文武参贺已毕，降旨改天年，立国号，自称西魏王，改瓦岗寨为金墉城。咬金把家眷移出府外，另居别第。当下李密敕旨，封徐茂公为护国军师，魏征为大丞相，秦琼为飞虎大将军。

消停二月，李密下旨，取五关，杀上江都，捉拿昏君。加封秦叔宝为扫隋兵马大将军，金墉都招讨，封程咬金为正印先锋，拜徐茂公为行军护国军师，邱瑞为头运粮草官，单雄信为二运粮草官，天保大将军裴元庆为三运粮草官。其余众将悉令随征。裴仁基协同魏征守国保驾。兴兵二十万，浩浩荡荡，杀奔临阳关而来。离关不远，放炮安营。次日秦琼升帐，问道："谁敢出马抵关讨战？"走出程咬金应道："小弟愿往！"

秦琼道："那尚师徒为多谋之士，须要小心在意。"咬金应声："得令。"即便提斧上马，抵关讨战。早有大隋探马报入帅府："启爷，西魏将在外讨战。"尚师徒闻报，亲身披挂，手执提炉枪，上了呼雷豹，出关抵敌。一见了程咬金，便大喝一声，道："你这混账的呆人，怎么皇帝不要做，倒把来让与别人，却又领兵出城，分明自来送死。"咬金道："你家爷老子性子是这般的，不喜欢做皇帝，便不做了，与你什么相干？如今情愿做先锋，出阵交兵，好不快活，故此领兵取关。你若知事，快快下马投降，免得爷爷动手。"尚师徒闻言喝道："你这呆子，说这无气力的屁话。"咬金听说笑道："我是蒙主公新封为螭虎大将军，不是什么呆子，若说无气力，你来试试爷爷的家伙看，便晓得了。"说罢，把宣花斧一举，叮当一斧砍来。尚师徒把提炉枪一架，晓得他只有三斧厉害，第四斧就无用了。连忙把枪架住他斧头，就把这匹坐骑领上痒毛一扯，那马两耳一竖，轰的一声吼，口中吐出一道黑气来。那咬金的坐骑一跤就跌倒，四脚朝天，尿屎直流，把程咬金跌下马来。尚师徒喝一声："与我拿了！"两下众兵把程咬金绑入关中去了。西魏败兵报进营来："启帅爷，先锋程将军被尚师徒活捉进关去了！"叔宝闻报，大吃一惊，正要发兵差将，外边报进："头运解粮官邱爷到了。"叔宝命左右请入帐中。相见已毕，叔宝把咬金被捉的话说了一遍，邱瑞道："元帅放心，尚师徒乃是老夫的门生。"

第三十七回　五虎将打临阳关　王伯当盗呼雷豹

当下邱瑞道："那尚师徒的武艺，都是老夫传授他的，向有师生之谊，待我去劝他前来归降，必不敢抗拒便了。"正谈论之间，忽报尚师徒讨战，邱瑞道："他今讨战，老夫即去叫他来。"说罢，即披挂上马，执鞭出营。来到阵前，尚师徒一见，横枪在手，口称："老师在上，门生甲胄在身，不能全礼，马上打拱了。"邱瑞道："贤契少礼，老夫有一言相告。"尚师徒道："不知老师有何言语，门生洗耳恭听。"邱瑞道："当今炀帝无道，弑父篡位，鸩兄奸嫂，欺娘图妹，以致天下大乱，可怜生民涂炭。十八家反王改元称号，六十四处烟尘尽起，料来气数不久。贤契何不去暗投明，同老夫为一殿之臣，岂不为妙？贤契请自熟思。"尚师徒闻言，高叫一声："差矣！自古道：'食君之禄，必当分君之忧'。你这些言语，不要对我说，只可对那贪财慕禄之人说。我尚师徒忠心赤胆，岂肯窃效鼠辈之行？劝你快快回去，唤那秦叔宝出来受死。我和你往常师生之谊，今日各为其主，只恐举手不容情，不要寻死，枉送性命。"邱瑞听罢，不觉怒发冲冠，举起鞭来，照头就打。尚师徒把枪架住，微微冷笑道："老师不要动怒，还是回去了罢。"邱瑞哪里肯听，当的又是一鞭。尚师徒发恼起来，举枪劈面来迎。两马相交，鞭枪并举，未及八九个回合，尚师徒把呼雷豹领上痒毛一拔，呼雷豹吼叫一声，口中放出一道黑烟，把邱瑞的坐骑跌翻在地。尚师徒道："报君以忠，容情便不忠了。"提起枪来，对咽喉一枪，把邱瑞刺死了。

败兵报进营来："启帅爷，邱将军被尚师徒刺死了！"秦叔宝闻报大怒，带领大小将军，一齐冲出营来。叔宝上前叫声："尚师徒，俺秦叔宝在此，特来会你，只是先有一言奉告。"尚师徒道："有何话说，快快说来。"叔宝道："我和你乃是顶天立地的男子，比如交锋打仗，或者生擒活捉，或者枪挑剑剁，这便是个手段，死也甘心。你却倚了脚力的本事，弄他叫一声，那人就跌下马来，你就擒了，岂是正大光明人做的，如何为好汉？"尚师徒接口道："这也说得有理，我今日就不用宝骑之力，有本事生擒活捉你来。"叔宝道："只是还有一说，有心是这样，索性单对，与你比个手段，两下不许暗算，各将人马退远了，免生疑忌，才见高低。"尚师徒道："说得有理。"各挥人马，一边退到关下，一边退到营前。两下遂举枪相战。

正战之间，叔宝把枪一架，叫声："且住！"尚师徒道："有本事放出来，何必叫住？"秦叔宝道："我若没本事，不与你战了，却是你坐骑作怪，我终不放心，若你战我不过，又把脚力舞弄起来，可不吃你的亏了？要见手段，大家下了马，用短兵器步战，就放手擒捉你了。"尚师徒微微一笑："也罢，就与你步战。"叔宝就跳下黄骠马，把虎头蘸金枪插在地上，把马拴在枪杆上，取出双锏立着。尚师徒也下了呼雷豹，将提炉枪插在地上，拴缚缰绳在杆上，取出两根鞭来，迎战叔宝。两个交手步战。叔宝一头战，只管一步一步往左边退去，尚师徒只管一步一步逼过去。徐茂公瞧见了，忙令王伯当如此如此。王伯当便悄悄走过来，拔起提炉枪，跳上呼雷豹，带转缰绳，加一鞭飞跑回营来了。这秦叔宝手里一头招架，究竟眼快，一瞟着王伯当得手，他就复败到下马所在，叫声："尚师徒，我和你仍旧上马战罢。"拔了虎头枪，跳上黄骠马。尚师徒一看道："我的马呢？"叔宝道："想是我一个朋友牵回营中上料去了。"尚师徒道：

"嘎，你这干人到底是强盗出身，还是这样贼手贼脚的，怎么把我的宝骑盗了去。"叔宝道："你可放出程咬金来还我，我便换还你呼雷豹。"尚师徒点头道："也罢，就放程咬金还你，须要对阵交换。"叔宝道："这个自然。"尚师徒遂吩咐军士进关，还了程咬金的盔甲斧马，送出关来。两边照应，那边还了程咬金过来，这边放了呼雷豹过去。其时天色已晚，两边各自收军。

再说红泥关总兵新文礼，身长丈二，坐下一匹金睛骆驼，使一条铁方槊，重二百斤，隋朝好汉现在要算他是第九条。那一日，得了尚师徒的请书，便将本关军务托付夫人掌管，自往临阳关而来。尚师徒迎入帅府，备言："金墉李密差秦叔宝为元帅，兵犯临阳，抢我宝驹，不能胜他，因此特请将军来到，望乞扶持。"新文礼道："不妨，明日待小将出马，只消一阵，包管杀退他便了。"尚师徒欣喜称谢，摆酒接风。一夜无话。

次日，新文礼全身披挂，提着铁方槊，上了金睛骆驼，出关抵营讨战。茂公吩咐不与交战。新文礼在营外恶言叫骂，众将官俱要出战，徐茂公发令禁止，不许妄动。新文礼骂到天晚，只得回关。次日天明，又来讨战。带了军士一齐抵营，发喊辱骂，比昨日更加骂得热闹。不料运粮官天保将军裴元庆解粮到此，望见营外一个长大将军带领许多军士，高声叫骂，再细听时，原来是讨战的。元庆大怒，叫手下押过粮草在一边，把抓地虎一拍，举二柄银锤，大喝一声："何处贼将，敢在此无礼！"这一声喝，犹如晴天一个霹雳。新文礼吃了一惊，回头一看，却是个小孩子，便喝道："来将何名？"回言道："不消问得，俺乃金墉西魏王驾前天保将军裴元庆便是。你这厮却是何人？"新文礼道："我乃大隋朝官拜红泥关总兵新文礼便是。你这孩子何必前来寻死！"把铁方槊一举，照顶门盖打过来。裴元庆把锤往上一击，当的一声响，把铁方槊打断了一节。新文礼叫声："啊呀！"震开两只虎口，便带转骆驼，没命地跑了。

裴元庆催开抓地虎，随后赶来。城上军士连忙放下吊桥，新文礼上得吊桥，裴元庆追来照着马尾一锤，打中金睛骆驼后屁股，打得如肉酱一般。新文礼噗通一声跌下水去了。裴元庆却待要抢关，城上箭发如雨，因兼粮草未曾交卸明白，便回马转去。城上军士出来救起，新文礼跌落了两个门牙。尚师徒留他在帅府将息，幸而不是内伤，将养了七八天也就无事。这边裴元庆回至营门，押入粮草，见过了徐茂公，给了收粮回批。元庆备言杀退新文礼，诸将庆贺。

再说新文礼将养起来，便与尚师徒商议道："这裴元庆十分骁勇，只宜智取，不可力敌，将军可有计谋先除此人，其余可立破矣！"尚师徒道："下官有一计在此：此地城南有一山，名曰庆坠山，两边是石壁，中间一条山路，却是个死路。今可差人到彼，暗暗埋下地雷火炮，石壁上边着军士备下筐篮伺候，将军前去讨战，慢慢败入窟中，引他进了小窟，外边就塞断了出路，上边放下筐篮，先拽起了将军，然后抛下干柴烈火，着了地雷火炮，顷刻将他烧死。则先除此人矣！"新文礼道："妙计，妙计！"遂即差人前去料理。隔不得两日，俱已料理端正，新文礼手提铁方槊，步行出城，单要裴元庆出战。

第三十八回　裴元庆祸中火阵　尚师徒失机全节

当下探子飞报进营，裴元庆闻报，吩咐备马，就要出战，徐茂公止住道："将军，且消停一日，不宜出马。今日交锋，决然不利，宁可别一位将军出去抵敌，将军随后还好。"裴元庆道："军师又来讲腐气的话儿了，这么长他人志气，灭自己威风。今日不杀新文礼，也算不成好汉。"一径上马，提锤出营去了。徐茂公只得叫一声苦，众将忙问其故，茂公道："不必多言，也是个大数难逃，六马已到，不能活矣！"众将各自惊疑。

当下元庆出营，抬头一看，见是前日杀败的新文礼，举锤便打。新文礼挡了一锤，回身便走，拽开大步往南飞奔。裴元庆的马快，看看追近了，新文礼又挡了一锤。且战且走，引进庆坠山，直抵窟中。新文礼坐入筐篮，上边军士拽了上去。命令军卒点着干柴火箭，撒将下来，发动地雷，一时烈焰飞腾。试想，这可招架得了么？可惜这巡天都太保八臂勇哪吒，就这样被烧死在窟中，其年只有十五岁。新文礼乘势领兵冲下山来，径到营前讨战。徐茂公得报便说："不好了，裴将军命决休矣！众将官可一齐上前迎敌。"众好汉呐一声喊，合营大小将官，各举兵器，杀出营外。军中战鼓如雷，将新文礼裹在垓心，轮流厮杀，用力大战。

那新文礼在中间左冲右突，大步奔腾。叔宝一见大怒，两眼一睁，摇身举锏，大叫一声："众兄弟，不要放走那厮，俺秦琼来也！"谁知这一声大叫，浑身毛窍都开，出了一身臭汗，身子就松了大半，一马冲进圈子里，众人看见齐吃一惊。新文礼举起铁方楔，正要来打，只见半空中一阵阴风呼呼地罩下来。这里众人蒙蒙胧胧，不见仔细。新文礼叫声："啊呀！"把铁方楔向上招架，却被秦叔宝纵马一锏，打倒在地，众将一齐上前，剁为肉酱。那尚师徒闻知新文礼被围，正领兵来救，亦被众人围住了，徐茂公趁势点兵抢关。

叔宝见师徒与众人混战，便唤一声："尚将军，你关隘已失，何苦如此恋战，我看你不如降了罢！"尚师徒回头一看，果见关上灯火通红，呐喊奔驰，遂长叹一声："罢了，各位英雄且住手，请秦将军听下官一言奉告，不知肯听否？"叔宝道："尚将军言若有理，小将无不听从。"尚师徒道："不才自愧无能为朝廷争气，死有何惜？细观秦将军乃当世忠义之士，决不负托。关中寒荆只生一子，年已三岁，托付将军，认为继子，感恩不尽。下官随身有四件宝贝，其枪马二物，已属将军所得，今将盔甲二宝并送将军，以全物色，伏乞收纳。寒荆小儿，望将军怜而抚之，我尚师徒九泉之下，也得瞑目。"一头说一头跳下马来，卸落盔甲，呈送叔宝："请将军受下官一拜。"秦叔宝忙下马回礼，连声："不敢，蒙将军委托，不须挂念，都在小将身上；但将军还该斟酌才是。"尚师徒道："大丈夫一言拜托，大事已定，有何斟酌？列位将军请了！"遂拔出腰刀一勒，自刎而死。叔宝遂令大兵入关。叔宝命人收葬了尚师徒，又往庆坠山收了裴元庆的骨骸，又托裴元福带一千人马，护送尚家母子，到金墉秦府中安顿了。

养兵数日，叔宝起兵径犯东岭关，离关十里下寨。

这东岭关守将乃是杨义臣，官拜大元帅，有万夫不当之勇。他有五个儿子，名叫杨龙、杨虎、杨豹、杨熊、杨彪，都有本事。帐下管二十四员总兵，二十余万雄兵。当下闻报金墉西魏王起兵，秦叔宝为帅，已抢四关，将到东岭了，即齐集大小众将，计议道："叔宝为帅，十分勇猛，此人只可智擒，不可力敌。"遂调出众将，在关外摆下一阵，周围二十万雄兵把守，中间立一旗杆，用八支大木头合成，一支长有十丈，上边放着一个大方斗，那斗有一丈余大，内中坐着四名神箭手，饮食俱拽上去吃的。守旗令一员大将，乃东方伯，有万夫莫敌之勇，身长一丈，黄面赤须，使一把大刀，立在铜旗之下。此阵名为"铜旗阵"。外又摆着八门"金锁阵"，内藏绊马索、铁蒺藜、陷马坑，只待秦叔宝到来。他想道："秦叔宝自道英雄无敌，决然来打阵，一入阵中，虽有万臂哪吒，尽要丧命了。只要把此人一除，西魏易破矣！"又写一封书，差官到幽州，请罗艺前来保守铜旗。差官奉命，竟往幽州而去。却说燕山王靖边侯罗元帅一得了杨义臣的书，大惊道："原来西魏王造反，秦叔宝为帅，已夺四关，兵到东岭，来接我去保守铜旗。"即对差官道："你且先回，本帅身为元戎，汛地难离，恐边外扰乱，就差公子罗成前去擒拿反贼便了。"当下罗公吩咐罗成道："你去保守铜旗，不可认那反贼（叔宝）为亲，必要生擒见我，待为父的亲斩此贼，不可违令。"罗成应诺，差官谢别，径往东岭报知。此话不表。

第三十九回　秦琼三锏倒铜旗　罗成枪挑孽世雄

　　罗成收拾了盔甲、马匹、军器,拜别爹娘,不带人马,只同二十名家将,径奔东岭关而来。心中想道:"我且慢往东岭,先到西魏,见过表兄,通知消息,然后到东岭会杨义臣便了。"主意已定,径往西魏营中而来。

　　再说秦叔宝,见报杨义臣在关外摆下一座铜旗阵,要主将独打铜旗,忙请军师商议。茂公道:"目下未可破阵,我算定阴阳,待等一人到来,有了内助,那时阵就可破了。"不隔几日,军士报进:"幽州罗公子要见。"茂公大喜,同叔宝出营迎接。接入营中,施礼已毕,吩咐摆酒接风。席间罗成问道:"表兄曾与杨义臣交兵否?"茂公接应道:"尚未曾交战,因杨义臣摆下一座铜旗阵,外面又有八门金锁阵,兵多将广,要你表兄独打铜旗,故尔未敢进兵。今公子到此,必有所教。"罗成道:"小弟自幼看过兵书,凭他什么阵图,无有不晓,哪怕什么铜旗铁旗!但家父道,不与王家出力,反助西魏为帅,兵夺四关,命小弟前来保护铜旗,共助杨义臣,大破西魏。"叔宝道:"表弟,若如此说,金墉兵士难保矣!"罗成道:"若认真要破西魏,小弟今日不来了。如今我明保铜旗,暗助西魏。表兄若打阵时,小弟在内照应,决不使表兄受亏;若打倒铜旗,杨义臣这厮就不相干了。得了东岭关,东都已在掌中矣!"徐茂公大喜道:"公子若为内助,铜旗易破矣!"罗成告别,众将送出营外,带了家将,来到东岭关外。杨义臣闻报,率大小众将,迎入关中,摆酒接风。此话不表。

　　次日五鼓,徐茂公点将,令王伯当、谢应登领一千兵,从东阵杀入；令齐国远、李如圭领兵一千，从南阵杀入；令尉迟南、尉迟北领兵一千，从西阵杀入；令张公瑾、史大奈领兵一千，从北阵杀入；其余众将，各按方向而入；秦叔宝从正中杀入。那罗成在阵上见四面八方，杀入阵中，下令叫斗上二十四名神箭手不许放箭，看秦叔宝倒得铜旗否。叔宝一马冲入营来，有杨龙、杨虎催马来战，被叔宝架开刀，一枪刺死了杨龙。杨虎回马便走，叔宝扯出金装锏，照背一锏，打下马来。遂奔铜旗而来，按下提炉枪，取出金装锏，左手照铜旗，用尽平生之力，耍的一锏；双手一合，当的又是一锏。那半空之中，却有尚师徒、裴元庆的阴魂相助，将旗杆往上一拔。那叔宝当的一锏，轰隆一声，震天的响，铜旗竟倒了，跌死了二十四名神箭手。这叔宝虽然三锏倒了铜旗，却用脱了力，眼前漆黑，头内轰的一声响，心内一挤，血涌上来。叔宝只把那污血咽下肚去，这里就得了三分病了。当下东方伯，并杨虎、杨彪、杨熊一齐上来，秦叔宝拼力抵挡，却哪里抵挡得住？这一张脸如死人一般，一些血色也没有。罗成在将台上看见，便叫一声："备马！"下台上马提枪，一马冲来。众将只道他来助战，不道马到面前，一枪断送了东方伯，当的一锏，打死了杨彪。众将大惊，齐声叫喊："罗成反了！"那杨义臣一闻罗成反了，长叹一声："罢了！"拔出青锋剑，自刎而亡。当下那金墉七骠八猛十二骑，大小将官，一齐杀入，竟如斩瓜切菜一般。有杨熊飞逃出东营，劈头撞着了王伯当，一箭送了性命。金墉众将大叫："隋家兵将，快快投降，即便收兵，免伤汝命。"那二十万隋兵一齐解甲归降。徐茂公下令鸣金收兵。

过了几日，正待兴兵前去攻打东都，却有魏王令旨到来，说涿州留守孽世雄，兴兵十万，来犯金墉，老将军裴仁基战死金墉。叔宝得报大惊，即忙下令，众将军一齐回兵，以救金墉。不日兵回金墉，果见许多兵马，围着城池。罗成便道："小弟来到金墉，并无折箭之功，愿斩世雄以为进身之路。"叔宝大喜。罗成整一整束发银冠，把马收一收肚带，把枪一摆，大喝一声："贼兵让路罢！"那些涿州兵卒大叫："有魏将踹营了！"一齐发箭乱射。

第四十回　罗春保主归金墉　杨林设计谋反王

当下孽世雄兵卒看见魏将杀入营来，一齐发弩，箭如雨点一般射来。罗成把枪一摆，枪头就有葬篮大，花头箭到面前纷纷落地，轰的一声，冲入营来。只见远者枪挑，近者铜打，枪到处纷纷落马，铜到处个个亡身。众军齐声呐喊，报入营中。孽世雄大惊，忙提金背刀，一马冲来，大喊："来将何名？"罗成道："我乃燕山罗成便是。你这厮敢就是孽世雄么？"孽世雄道："然也。"即把刀劈面砍来。罗成拦开刀，叫声："去罢！"兜咽喉一枪，将孽世雄挑下马去。这边秦叔宝大兵杀入，那城内魏王兵也杀出来，把世雄十万大兵杀个干净。鸣金收兵入城，叔宝引罗成上殿，细奏前事，魏王大悦，即封罗成为猛虎大将军。罗成谢封出殿，自去秦家拜见舅母，按下不表。

那太原晋阳宫中，李渊见隋朝大势已去，乃自立为王，下旨国号大唐，自为高祖神尧武德皇帝。封建成为殷王，立为太子；世民为秦王；元吉为齐王；元霸为赵王。封李靖为魏国公，袁天罡为左军师，李淳风为右军师，其余众将，各个受封。即下旨令赵王元霸为前部先锋，御驾亲征，取河西潼关，攻长安。那隋家关隘守将，哪一个是赵王的对手？到处无敌，势如破竹。不几日，得河西，取潼关，杀入长安。高祖下旨安民，建都长安，封杨侑为鄶国公，加封马三保为国公，殷开山为定国公，长孙无忌为楚国公。李靖拜辞唐天子，云游海外，此话不表。

再说河北燕山罗元帅，自罗成去后，每每放心不下。忽一日报道："罗成里应外合，破了铜旗阵，降了金墉了。"罗公一闻此言，急得三尸神暴跳，七孔内生烟，气得半死半活，声声只叫："罗氏祖宗因何不佑，养出这样不肖畜生来！"即刻吩咐兴兵，要去捉拿罗成，忽听报道："启元帅爷，不好了！今有明州夏明王窦建德，差刘黑闼为元帅，苏定方为先锋，领兵四万，来犯燕山，离城五里了！"罗公正在大怒之间，一闻此报，火上添油，即忙点兵出城。罗公一马上前，正是心中一着了恼，不问因由，举枪便刺。苏定方举戟相迎，不及三合，杀得大败，自愧低微，回马便走。罗公催马赶来，苏定方拈弓搭箭，回身射来，嗖的一声，正中罗公左目。罗公大叫一声，回马便走入城，把城门紧闭。苏定方领兵围住。

这罗公败回帅府，眼中取出箭，疼痛不止，大叫一声，死于后堂。老夫人放声大哭。当下有一义男，名唤罗春，叫一声："夫人不必哭了，且商议正事。老爷已死，军中无主，倘贼兵攻入城来，如何是好？"老夫人道："这怎么处？"罗春道："且把老爷尸首焚化了，收拾骸骨，夫人端正细软。小人出去下令大小三军，一齐随同到金墉公子那边投奔便了。"老夫人即忙吩咐家将，烧了老爷尸首，包了骨殖。罗春出府下令："众军士愿随去者，快快收拾；不愿去者，听凭他往。"这些大小众军，一齐愿往。大家收拾端正，到黄昏时分，罗春保了老夫人，与众将大开南门，杀将出来。罗春令众将保着家眷先行，自己断后。刘黑闼命令明州兵追了一程，便收兵入城，得了燕山，分兵镇守。刘黑闼自领了大兵，退回明州去了，不表。

再讲罗春与众将保着老夫人，一路径往金墉而来。不日到了金墉，罗春先自入城，打听得罗成与秦叔宝同住，便径入帅府。军校禀报入内，罗成连忙吩咐："着他进来。"罗春一见公子，放声大哭。罗成大惊，忙问其故。罗春细言其事。罗成大哭一声，晕倒在地。叔宝慌忙叫醒扶起，就出城迎接老夫人入城。秦母姑嫂相逢，放声大哭。罗成在府开丧，次日奏知魏王，把随来众将分头调用，择日将罗公骸骨埋葬，不表。

且说登州靠山王杨林，一闻炀帝住下扬州，又闻李渊得了长安，天下大半俱属反王，定下一个计来：发十八道圣旨，会齐天下反王，各路烟尘，不论军民、他州外国之人，均可上扬州演武。反王之中有武艺高强，抢得状元者，便立他为反王头儿，必须年年进贡。这个计策，意思要众反王到来，使他们先自相杀一阵，伤残一半，然后在教场埋下西瓜火炮，俱用竹筒引着药线，演武之后，点着药线，放着大炮，又可打死大半；其余逃得脱的，在扬州城上放下千斤闸来，再闸死一半；再有逃脱的，靠山王自与继子殷岳和女儿杨赛花，领兵在龙鳞山埋伏，要杀尽天下反王，各处烟尘。看官，只因杨林是个藩王，不必去抢状元，所以不在教场，自去埋伏。宇文成都领十万大兵，保炀帝在西苑，所以也不到的。按下不表。

这旨意一下，各处俱皆起兵。那十八路反王，六十四处烟尘，并他州外国军民，齐上扬州不表。

且说大唐高祖也得了旨意，却好赵王李元霸出征西番未回，便唤秦王李世民带领众将前来。秦王兵到扬州，与众王相会。却有西魏王李密，带领众将也到。众反王迎入。次后，夏明王窦建德也到了。

第四十一回　罗成力抢状元魁　阔海压死千斤闸

　　众反王齐集扬州，有封德仪接到教场安顿。次日，众反王各食战饭，人人披挂，个个整备，远近王子与外邦烟尘，齐到演武场分列两行，等候演武。其时有一个千年狐狸，在天平山修炼，奉紫阳真人的法旨，言武场中有真主在内，付汝庙药一颗，前去如此如此。狐狸领旨，即变作一个道人，径往扬州教场来。走到演武厅背后，取出丹药一颗，放在大炮内引线竹筒里，又撒了一泡尿，打湿了药线，径回天平山去了。

　　再说封德仪三声炮响，即刻升堂，先是各邦元帅上去打拱过了。只有相州白御王高谈圣的元帅雄阔海未到。那雄阔海因武林公干，闻知这个信息，连日夜赶将来不表。

　　再说演武场，大小将官都打拱过了，这监军官封德仪下令，吩咐各家认了方位，然后取那武状元盔甲袍带，吩咐摆在演武厅正中间。三通鼓响，又传令道："有人能夺此盔甲袍带者，称为国首，汝等有本事的前来取者。"这个令一下，早有山后定阳王刘武周手下先锋甄翟儿出马，大叫一声："待我取状元，谁敢出马与俺比武！"即把大斧一抢。早有洛阳东镇王王世充的元帅段达出马，使一杆方天戟，大叫一声："我来与你比武！"早到跟前。甄翟儿举斧，劈面交锋。未及几个回合，甄翟儿拦开手中斧，叱咤一声，把段达砍为两段。又有知世王王溥手下大将彭虎，挥竹节钢鞭，拍马来战甄翟儿。二人未及三个回合，甄翟儿放下大斧，袋内取弓，壶中拔箭，扭回身一箭，正中彭虎左臂，翻身跌下马来，被甄翟儿回马一箭，断送了性命。

甄翟儿大叫："谁人敢再来夺俺的状元？"只见一个和尚，骑一匹白马，大叫道："贫僧来会你！"这和尚乃天平山来的，叫作盖世雄，善用随身一件宝贝。当下一马上前，甄翟儿见了大怒，举斧照头劈来。盖世雄举手中铁禅杖架住，相敌未及几个回合，和尚回身便走。甄翟儿拍马赶来，和尚身边取出一片飞钹，望空一抛，将甄翟儿劈为两段。当下有江陵大梁王萧铣手下大将洪灵天，大喝一声："妖僧，焉敢无礼！"拍马举槊来战。和尚举杖相迎，战不上几合，和尚虚闪一杖，掇身而走。洪灵天随后赶来，和尚把飞钹往空一抛，啪嗒一声，将洪灵天打下马；随后有净梁王李执手下元帅何天豹出马，也被他伤了；又有鲁州净秦王徐元朗手下大将暴天虎出马，也被他斩了；有北汉王铁木尔手下先锋许飞熊出马，也被他斩了。盖世雄大叫："谁敢来会贫僧？"那金墉虎将王伯当大怒，手执银枪，催开银鬃马，来战盖世雄。二人正斗之间，世雄又将飞钹一抛。王伯当按下银枪，袋内取弓，壶中取箭，搭上弦，嗖的一箭，正中飞钹，射落在地。这钹一见了土，就收不起来了。世雄大惊，回身又战，被王伯当拦开铁禅杖，取钢鞭一鞭打中左臂，大叫一声，负痛而走，自回天平山，重炼飞钹，直到洛阳五龙大会，方才出来。

且说王伯当大叫道："谁敢来夺状元？"有沙陀罗于突厥老英王手下大将铁木金，使一条一百斤的铁棒，拍马而出，大喝道："我来也！"两下交锋，不及三四回合，王伯当抵挡不住，败回本阵。铁木金大呼："谁敢来交手？"有河北寿州李子通手下元帅伍云召拍开马，使条长枪大叫道："待我来抢状元。"举枪照面一刺。铁木金将棒一架，伍云召把棒逼开，又是一枪，刺中心口，噗通一交，跌下马来，复一枪结果了性命。却有高丽国内来的一员大将，姓左名雄，使一柄板斧，坐下一匹异马，没有尾巴的，名为"没尾驹"。那左雄大叫道："留下状元，我来也！"将斧照云召劈来。云召把枪一架，当的一响，左雄叫声："好家伙！"回马便走。伍云召大喝一声："哪里走？"拍马赶来。左雄把没尾驹头上啪啪啪连打几下，那马前蹄一低，后蹄一立，屁股内呼一声响，撒出一根一丈长的尾巴来，耍的一扫，把伍云召的头都打得粉碎，死于马下。众将齐吃一惊。

秦叔宝大怒，催开呼雷豹，使动提炉枪，来战左雄。左雄举斧来迎，二人战到八、九个回合，左雄回马就走。叔宝随后赶来，左雄又将没尾驹连拍几拍，又撒出尾巴来。叔宝叫声："不好！"把身往后一侧，一尾正打中呼雷豹的头。那呼雷豹十分疼痛，把两耳一竖，嘶呖呖一声吼叫，口中吐出黑烟来。那没尾驹噗的跌倒了，尿屎直流。叔宝一枪先刺死没尾驹，复一枪刺死了左雄。便叫道："何人敢来抢状元？"有楚王雷大鹏手下大将金德明，使一柄大砍刀，来战叔宝。未及几个回合，他见叔宝本事高强，难以取胜，一手举刀招架，一手暗扯铜锤，耍的一锤，正中左手，叔宝回马败走。

罗成大怒，催开西方小白龙，摆开手中烂银枪，抢上来噔的一枪，刺中金德明咽喉，金德明跌下马来，死于非命。其后虽有众王子将官出马来战，哪里是罗成的对手。他烂银枪连挑四十二员大将下马，其余一个也不敢来，径取了状元盔甲袍带。

忽听得演武厅后边三声炮响，原来这小炮一响，然后点着大炮的药线。岂知竹筒内药线已被狐狸精打湿了，再也不响。众王都有些知觉，防有不测之变。一齐上马，飞的一般，俱奔到城下。只听一声炮响，城上放下千斤闸来。那雄阔海刚刚来到城门口，只见上边放下闸来，忙下马一手托住，大叫一声："众王爷，里边有变么？"众王应道："城内有变！"雄阔海道："既然有变，你等要出城者，趁我托住千斤闸在此，快走！"那十八家王子与各路烟尘，一齐跑出城来，一个个都走脱了。雄阔海走了一日一夜，肚中饥饿，身子已乏，跑到就托了这半日千斤闸，上边又有许多人狠命地推下来，他头一晕，手一松，噗挞一响，压死在城下。

这里众王子们，望前夺路而奔。将近龙鳞山，只听得一声呐喊，伏兵齐出。杨林把囚龙棒一举，匹马冲上前来。罗成挺枪相迎，两下交战，未及三合，罗成回马便走。杨林拍马赶到。罗成反身把枪一举，杨林把囚龙棒往下一按，不料未挡住枪，不上不下，一枪正中咽喉，杨林跌下马来。罗成拔剑，割了首级。众人把伏兵杀退。众反王各自回国，不表。

此时天下大乱，虎牙郎将赵行枢等，乃告宇文化及道："今天意丧隋，英雄四起，同心叛者，何止数万，若行大事，乃帝王之业也。"化及大喜。令宇文成都晓谕众将，连夜起兵东城，举火相应。宇文成都即带数将入城，有屯卫将军独孤盛，前来拒敌，被成都镏金镋结果了性命。众人见了无敌将军，哪个不怕，一齐归服。化及就率兵从玄武门而入，把炀帝缢死。宇文化及下令，将隋室宗亲尽皆杀之。是日，化及登基，即皇帝位，国号大许，百官朝贺。封宇文成都为开国武安王，封弟宇文智及、士及为左右丞相，封裴矩为仆射，按下不表。

且说金墉西魏王李密，一闻宇文化及弑了炀帝，自立为王，心中大怒。遥祭炀帝灵魂，开丧挂白已毕，与军师徐茂公商议，发下一十八道矫旨，差一十八员差官，遍约各家反王，兴师征讨反贼，俱齐集在甘泉关相会，如有不到者，以反贼论。这矫旨一传，各路反王果然各自兴师，都到甘泉关。唯有大唐李渊这支兵不见来，他却在宇文化及背后杀来，故此不曾会着。看官要晓得，为什么背后杀来呢？原来那神尧高祖得了李密的矫诏，齐集文武各官商议道："可差何人往扬州去杀宇文化及，抢得传国玉玺？"便有李淳风出班奏道："陛下欲诛宇文化及，得传国玉玺，非赵王李元霸前去不可。"袁天罡在旁点头，暗算玉玺虽然抢得来，只恐赵王有去而无回矣。天机不可预泄，只好暗里嗟叹。那高祖准奏，即着李元霸领三千骁骑，出潼关而来。化及闻报，即差成都到潼关拒敌。

第四十二回　元霸被雷归神位　咬金斧劈老君堂

　　当下成都领旨，提兵前往潼关迎敌李元霸，这且慢表。单讲甘泉关众反王会集，大家推举程咬金为十八邦都元帅。当下程咬金择日祭旗，三军浩荡，杀奔江都而来。

　　宇文化及一闻十八路反王，合兵一百八十万人马，杀奔甘泉关，如排山倒海一般的推来，料想难以抵敌，弃城而逃。

　　先说宇文成都，他原是第二条好汉，领兵十万在潼关紫金山下把守。不料唐兵杀到，为首的大将正是李元霸。成都拍马出迎，见了元霸，吓得魂丧魄销，连声叫苦，说道："罢了，罢了，天丧我也！"欲待要走，无奈人已照面了，只得叹气道："罢！小畜生！今日与你拼命也！"硬着头皮，催马上前，举镏金镋来打元霸。镋未曾到，早被李元霸当的一锤，把镋打在一边，扑身上前，一把扯住成都勒甲绦，叫道："过来罢！"提过马来，往空一抛，倒跌下来。元霸赶上接住，将两脚一撕，分为两片。兵马见主将捉去，早已一哄而逃，走个干干净净。

　　再说众反王兵马追着化及，已是黄昏时分了。这一阵杀得那化及抛下家小并金银宝贝，望紫金山而逃。萧妃被夏明王窦建德所获，传国玉玺为西魏王李密所得。复又合兵一处，追奔前去。那宇文化及正在慌忙投奔，只见前面灯火照耀，两杆皂罗旗开处，冲出一将，挡住去路，乃李元霸也。化及一见元霸，魂飞魄散，回身逃命，又撞见夏明王窦建德杀到，化及措手不及，被建德一刀砍为两段。

谁知李元霸又抄出后山，见众反王进了紫金山，他便摆开万里云，拒住山口，大叫一声："何人得了传国玉玺，快快献过来！"众反王齐吃一惊。程咬金心中大怒："我这里十八家大小将校在此，何惧你一个黄毛小厮！"遂令众将官一齐杀上去。那些能征惯战的将官，没奈何一齐上前冲杀，高张灯火，喊杀连天。却被李元霸大吼一声，催开万里云，冲入阵中，打开了一条血路，锤到处纷纷落马，个个身亡。那罗成大怒，拍马摇枪来战，被元霸飞起一锤打将过来。罗成当的一架，把枪打做两段，震开虎口，回马逃生。可怜一百八十万人马，许多将士，遇此一劫，犹如打苍蝇一般，只打得尸山血海。

李密无奈，只得献上玉玺，求放回国。众王子亦皆虚心恳求。元霸大叫道："玉玺我便收了。你们这些狗王，若要归国，可写书跪献上来，便饶你等狗命，不然杀一个尽绝！"众反王无奈，只得写下降书降表，跪献上去。元霸收完了降书降表，径奔潼关而去。

且说那赵王李元霸，回到潼关，却有驸马柴绍前来接应，二人相见同路前行。只见风云四起，细雨霏霏，少顷虹电闪烁，霹雳交加，那雷声只在元霸头上轰隆隆地响，犹如打下来的光景。元霸大怒，把锤指天大叫："咄！你天为何这般可恶，照少爷的头响？也罢！"把锤往空中一抛，抬头一看，那四百斤重的锤掉将下来，噗的一声，正中在元霸脸上，元霸翻身跌下马来。柴绍吃了一惊，连忙来扶，只见一阵怪风，卷得飞沙走石，尘土冲天，霹雳声中，火光乱滚。柴绍与兵将避入人家檐下，少停，风住雨止，出来一看，只见元霸的金盔金甲都在地上，那两锤与马，影也不见，不知去向了。柴绍放声大哭，收拾了金冠金甲，并传国玉玺，与众王子的降书降表，回转长安。这日，神尧高祖武德皇帝驾坐早朝，文武山呼已毕，当驾官启奏："驸马柴绍午门候旨。"高祖传旨："宣进来！"驸马进得朝门，哭倒于地。高祖忙问何故，柴绍细奏其事，献上玉玺，并十八邦降书。高祖一闻元霸身亡，大恸，叫道："皇儿好苦！"晕倒在龙椅上。文武百官忙劝苏醒，又放声大哭。下旨遥祭开丧，满朝文武百官，俱挂孝二十七日，行天子之礼。

这消息一传，洛阳王世充闻之大喜："此子一死，我无忧矣！"就起兵十万，杀至牢口关，下了寨。这牢口关主将张方，忙写本章告急，差官星夜赶到长安上本。高祖见本大惊，忙问两班文武，哪一个爱卿领兵至牢口关解危？闪出东府秦王："臣儿不才，愿领兵前去。"高祖大喜，当下发兵十万。秦王带领马三保、殷开山一千战将，径望牢口关进发。兵至关下，总兵张方接入城中，至帅府，摆酒接风，细言王世充兵犯之事，一宵晚景不表。

次日，秦王领兵出关，与王世充两军相对。秦王指王世充道："当今天子，天下莫不敬服，你何敢擅自兴兵，犯我疆界？甚属无名。"王世充道："唐童，我的儿，你爷爷在紫金山同宇文化及交锋，被你兄弟李元霸这小畜生冲杀一阵，打得俺十八家没了火种，还要一个个跪献降书。我只道永远不朽，原来如今就死了。今日孤家兴兵报仇，杀上长安，灭你唐家，何谓兵出无名？"秦王未及开言，殷开山大怒，推马摇斧冲过来。这边王世充手下有大将程洪悦，拍马摇刀，两下里大战二十回合，不分胜败。那边马三保舞刀也冲过来。秦王使定唐刀，领兵将一齐杀出，王世充抵敌不住，大败而走。秦王领兵追赶，直抵洛阳。王世充败入城中，闭门不出。秦王下令，离城五里下寨。

当下吃过夜膳，秦王的性情最喜夜游，见一轮明月当空，皎洁如玉，便同殷、马二将出营，望山坡而来。一层一层行上山来，立马观看，果然万里无云，好一片天光月色，山林夜景也。三人正在观看，只见一只白鹿慢慢地走来。秦王袋内取弓，壶中取箭，左手如托泰山，右手如抱婴孩，弓开如满月，箭去似流星，嗖的一声，正中白鹿头上。那鹿疾走如飞，秦王纵马赶来，紧赶紧走，慢赶慢行，直赶到许多路，回头转来，不见了殷、马二将。到了一座山上，又不见了白鹿。对面却见一座大大的城池，秦王观看，不知这是什么城池。原来那所城池是金墉城。

其夜有秦叔宝与程咬金二人巡城，只听得那边山上有马的銮铃嘟嘟地响声，二人疑心，下城上马，提了器械，开了城门，二马径奔上山来。秦王正在寻思，忽听得銮铃响处，两骑马冲上山来。程咬金一马先到，大喝一声："咄！山上何人，敢来私探俺金墉城么？"秦王吃了一惊，在月光之下暗暗称赞道："好一员勇将也！"连忙应道："孤家乃大唐高祖神尧皇帝次子世民便是。王兄却是何人？"程咬金一闻此言，心中一把无明火直透出顶梁门，高有二三十丈，按捺不住："啊唷，啊唷！好了！好了！唐童，你来得正好！你今日还有那李元霸小畜生么？"即举起斧来，当的一斧。秦王把定唐刀一架，只叫一声："王兄，孤家与你无仇，为何如此？"咬金道："你不晓得程咬金在紫金山，被你兄弟元霸小狗入的锤了一下，打得十八家王子没火种，又抢了俺们的玉玺去？爷爷与你有切齿之恨，怎说无仇？今日相逢，难逃狗命！"当的又是一斧。秦王抵挡不住，回马败去。咬金叫声："唐童往哪里走！"催开铁脚枣骝驹，赶上前来。前边走的，真好似猛风吹败叶；后面赶的，犹如骤雨打梅花。赶得秦王上天无路，入地无门。

看看天色微明，秦王转过山坡，又叫一声苦，原来却是一条尽头路。侧边有一所古庙，上有匾额，写着"老君堂"三字。秦王下马，悄悄牵马入庙，一堆儿伏在案桌底下。外边程咬金、秦叔宝二人赶到。咬金一看道："此间四下并无去路，一定在庙内。"跳下马，一斧劈开庙门，果见秦王悄伏在内。咬金道："如今你没处走了，吃程爷爷一斧罢！"说罢，举起宣花斧，当的一砍，被叔宝把金装锏往上一架，架住了。咬金吃了一惊，忙问："秦大哥，为何如此？"叔宝道："此乃一个重犯，如何你擅自杀得？且拿去见主公发落才是。"咬金道："说得有理。"将腰间皮带解下来，把秦王绑在逍遥马上。咬金上马，牵了秦王的马，望金墉而来，不表。

第四十三回　李密投唐心反复　单通招亲贵洛阳

李密在金堤关打败了前来侵犯的宋义王孟海公，到帅府，骄奢得意，即降旨传修撰官写赦书一道："颁谕金墉文武朝臣知悉：孤家率师亲救金堤，赖上天之佑，百灵相助，马到成功，三军奏凯。合该赏军泽民，赦宥一切罪犯。凡已结案未结案，除十恶大罪外，尽行赦除。预仰朝臣悉行释放，钦此遵依！"修撰官写毕诏书，启读一遍，排在案上。旁边闪过程咬金，高声叫道："主公，一切罪人俱可赦免，难道南牢李世民也放了他不成？"李密闻言，猛省道："我倒忘怀了。"遂提起笔来，赦书后面批下二句道："满牢罪人皆赦免，不赦南牢李世民。"批毕即差官赍诏到金墉。徐茂公、魏征等开读过了，即令职使释放一切罪人。茂公袖了诏书，私对魏征道："秦王李世民乃是真命天子，你我二人日后归唐，俱是殿下之臣。如今他监禁南牢，应当及早救他才好。奈魏王赦书后面又批这两句，如何是好？"魏征接过赦书一看，沉吟半晌，便说道："不难。可将这第二句上的'不'字，竖出了头，下添一画改作'本'字，'本赦南牢李世民'，便可放他了。"茂公点头称善，随即改了赦书，令从人带了秦王的逍遥马、定唐刀，二人同到牢中见了秦王，将改诏放走之事，一一说知。秦王倒身拜谢，徐、魏二人即忙跪地扶起，说道："主公，臣二人不久亦归辅主公，今事在匆促，请主公作速前去，恐魏王早晚回来，那时难以脱笼矣！"秦王十分感激，提刀上马，即回牢口关去。

　　不表秦王脱离虎口，再说魏王李密班师回到金墉，问起秦王南牢如何？徐茂公道："主公诏书后面批谕上有'一切罪人俱可放，本赦南牢李世民'，那秦王李世民，臣等放他去了约有三日矣！"李密一闻此言，气得三尸神直爆，七窍内生烟，便大惊传旨道："取诏书我看！"徐、魏二人连忙送上。魏王细细看出改诏的弊端，拍案大喝道："好牛鼻子道人，擅敢弄鬼，侮玩孤家么？"魏征只管巧辞饰辩，李密越发大怒道："都是你二人玩法通谋。本当处斩，姑念有功在前，饶你们一死，你们可快快前去，孤今用你不着。"

　　茂公写了一首打油诗讽刺李密，写毕，与魏征微笑拂衣，一径出城，去投奔唐王了。这边午门有当值官连忙报知李密。李密看了诗句大怒道："这两个狗道，如此无礼！"即差秦叔宝、罗成二人速速追出金墉，拿他到来，以正国法。叔宝、罗成差便领了，哪里真去追赶，鬼混一日，进朝回复说："臣等追寻二人，并无踪迹，不知往哪里去了。"李密撩髯大怒道："好狐党！孤家尽知你们都是旧日朋友，一党之人，明明私情卖放了这两个狂道去，还要在孤家面前搪塞！"一怒之下，贬了秦叔宝、罗成、程咬金等人，这里七骠八猛十二骑，一个个心灰意懒，渐渐东分西散了。

　　那洛阳王世充闻了这消息，心中大喜："孤每欲袭取金墉，争奈他这班虎将，个个勇猛异常，故此不敢兴兵。今已散去，不趁此时兴兵，更待何时！"随即密传将令，暗暗起兵。这且不表。

　　一日，将及黄昏时分，忽听炮响如雷，呐喊连天。军士飞报进来说："王世充暗发雄兵，袭取金墉，攻打甚急。"李密大惊，连夜召集众将计议，都是面面相觑。况粮草又无，兵马又少，怎生出兵迎敌？君臣商议一番，除非弃了金墉，投奔别国，再作区处。李密道："如今却投哪国去好呢？"王伯当道："若奔别路，俱有王世充的兵马拦截，且都是小邦，未必相容，莫若投唐，庶可苟全。"李密犹豫不决，忽报王世充人马攻破西城，今已入城了。李密大惊。王伯当连声叫道："主公快快上马！"保了李密，同张公瑾、贾顺甫、柳周臣，都弃了家小，骤马出城，取长安大路而奔。

这里王世充破了金墉，入城安民，留兵镇守金墉，自回洛阳，不表。

再说李密一行五人，到了长安，来至午门，先自绑缚，送入本章。高祖离座，亲解其缚，封为国公。未几，又将淮阳王李仁公的公主配与李密为妻。封张公瑾、贾顺甫、柳周臣为都尉，封王伯当为廷尉将军。王伯当坚辞不受，愿为李密幕将，高祖许之。且按下长安之事。

再讲洛阳王世充回国，百官朝贺，赏军泽民已毕，退朝回宫。想起妹子青英公主，尚未招驸马，遂下旨在午门搭一彩楼，凭妹子掷球自择。当下公主遵兄之命，在彩楼上去抛球择婿，对天祝道："姻缘听天由命！"就吩咐宫女将球掷下，却落在一个青面红须大汉身上。你道那大汉是谁，却原来就是单雄信。只因他弃了李密，一身无倚，今到洛阳，在彩楼边经过，公主一球，正中顶梁。两边的宫官太监，邀住雄信，延入午门。王世充见了心中大悦，下旨起造驸马府，择了吉日良时，即打点完姻成亲。未久，适值秦叔宝、罗成、程咬金三人游到洛阳，闻知单雄信招为驸马，同来投他。雄信接见，不胜之喜，留在府中，意欲奏知王世充，封他三人官爵。心中暗想道："他三人心性不定，却与唐家向有旧恩，倘一旦反复无常，反为不美。今且从容款待在此，再作理会。"便奏过王世充，将金亭馆改作三贤馆，供养他三人在内逍遥安乐。按下洛阳之事。

且说长安邢国公李密，虽则为驸马，安享荣华富贵，然而心中终久奢心不遂，何能如前日畅意。适值报山西有变，李密就在唐王面前讨差出师，愿效微力。唐王下旨，遂命收复山西。李密得旨甚喜，退回府中，意欲与公主同去，遂将心事一一说知，并道："此去一旦成功，公主即为王后矣！"公主闻言大怒，骂道："原来你是个狼心狗肺之人，我伯父何等抬举你，不思报恩，却起此反心，真乃贼也！"李密一时愤怒，腰间拔出宝剑，大骂："好贼人，如此无礼！"挥手一剑，将公主杀死。

李密怒犹未息，即召王伯当相商。伯当见杀了公主，大吃一惊，跌足道："不好了！主公这也太草莽了些，还有甚么商议？此时不走，等待何时？"李密懊悔已迟，慌忙与王伯当披挂上马，逃出东门而走。

这里邢国公府中家将人等，飞报入朝。高祖得报，拍案大怒道："好狗才，朕不来罪汝，反给你厚恩，你不思报德，反杀朕之侄女，可恨，可恨！"乃命秦王："速领兵追赶，碎尸万段，方雪朕恨！"当下秦王出朝，就领兵出东门，一路追赶而来。李密在前，闻后面车骑之声，回头一看，只见一队追兵飞奔而来，看看将近，只叫得一声苦。王伯当保定了李密，纵马加鞭，往前奔逃。不上十里之遥，到了艮宫山，地名断密涧，却是一个死路。李密追悔无及，长叹数声。后面秦王追兵已到了。王伯当把手中方天戟摆一摆，喝一声："唐兵休赶，俺王伯当在此。"秦王见了，慌忙下马，叫一声："王王兄，俺李世民特来劝你，今日之事，情理皆亏，王兄不如降了俺唐家罢！"王伯当把戟按定了，叫声："秦王千岁，俺王勇素重纲常，事虽不济，有死而已。千岁之德铭刻在心就是了。"秦王道："王兄，你何必十分执见，况弃暗投明，乃达人之事。请王兄见机行之。俺李世民决非薄情之人，今日情愿下你一个屈膝，你过来了罢！"秦王一面说，一面就跪将下去。王伯当欠身道："承千岁如此降礼，我王伯当就碎尸万段，难以报德。奈王勇今生有主在先，愿来世做你臣子，以报大德便了。今日唯死而已！"秦王苦劝不从，王伯当勒马挺戟，这里大小将官一齐放箭乱射。

第四十四回　尉迟恭打关劫寨　徐茂公访友寻朋

当下王伯当恐伤了李密，把身向前遮住了，用戟挑拨，叮叮当当，把箭杆都拨在地下。不料斜刺里噔的一箭，射中了李密左腿，李密啊唷一声，王伯当回头一看，才掇得一掇，就着了数箭，手里戟一松，万弩攒身而死。可怜王伯当与李密，并同行数人，俱射死在艮宫山断密涧中。秦王下令，将王伯当尸首就葬在艮宫山，把李密首级斩了，收兵回长安复旨。不一日，早到长安，进朝复旨。

且说尉迟恭当下无处奔投，一路撞出雁门关来。听见沸沸扬扬，说有定阳王刘武周在马邑募选先锋。尉迟恭闻言，径投马邑而来，写了投军状，投入帅府。

刘武周见其勇武，大喜，赐与鞍辔，封尉迟恭为正印先锋，以宋金刚为元帅，起兵十万，择日兴师，来抢唐家地界。

且说雁门关守将王天化得报，忙写告急表章，差骑星夜上长安求救。此时殷、齐二王并秦王，招兵已足，俱回长安。神尧高祖接得此本，便问："哪位卿家可以领兵退敌？"闪出殷、齐二王道："臣儿愿往。"高祖遂命点兵十万与二子，前去退敌。

这边尉迟恭前军到了雁门关，守将王天化出关迎敌。尉迟恭拍马持枪冲杀过来。王天化举枪来迎，不及三合，被尉迟恭一枪刺死了。抢进雁门关，宋金刚的大队也到了，便一齐进关。尉迟恭忙提兵就走，领前军径奔偏合关杀来。关中守将金月虎，领兵出关抵敌。两马交锋，不及五个回合，被尉迟恭一鞭打下马去了，又占了偏合关。兵不停留，即刻拍马抢先，直奔白璧关。

其时殷、齐二王也到了，忽闻报道："半日工夫失了两关。"又报兵到城下了。二王吃惊不小，上城一看，见了尉迟恭犹如灶君一般，忙令画工在城上描了他的形像，随后领兵出城。却被尉迟恭鞭打枪挑，连丧数十将，杀败二王，抢了白璧关。宋金刚的人马也到了，进关不曾立定，尉迟恭即起身追赶二王。一夜之间，连劫他八寨，赶得二王上天无路，入地无门。幸喜得宋金刚有令，着尉迟恭先取太原，只得回马。

二王败将下去，见前面有支人马，乃是驸马柴绍。那柴绍见了二王，便问："大舅、三舅，为何败得这般形景？"殷、齐二王备言尉迟恭十分厉害，日抢三关，夜劫八寨，鞭打枪挑，死上将数十余员。就将画像付与柴绍。柴绍不信，叫声："二位老舅，这厮不过相貌丑恶，也是一人，就是山中猛虎，也要打死他来。"二王道："姊夫，其人果然厉害，不要玩耍。"柴绍哪里肯听，竟带兵马到白璧关来，当头就遇尉迟恭。柴绍大喝一声："谁是尉迟恭？"尉迟恭掇转头来道："谁敢道爷爷的名字！"柴绍一看，当真像个黑炭团，画上的还算平常，看了真形，尤其丑恶。不要管他，且杀他一个措手不及，便拍马挺戟，劈面就刺。尉迟恭急架相还，战有二十回合，被尉迟恭拦开画戟，扯起竹节鞭，照肩用力一鞭。试想八十一斤重的铁鞭，打了一下，就不死也要肉破骨伤。柴绍大叫一声："啊唷！"跌于马下。众人忙抢扶起，背负而逃，已经一命呜呼。尉迟恭赶了一程，自回白璧关去了。

再说神尧高祖驾临早朝，一声报道："殷、齐二王大败而回！"高祖大怒："这两个畜生，出去就打败仗。"叫道："宣来！"二王到殿下俯伏，叫声："父王，来将实在凶狠，一日一夜被他夺了三关，劫了八寨，打破几座州城，伤死上将数十员。臣儿画他形象在此，请父王观看。"高祖命挂在殿旁，文武见了，齐吃一惊，哪有这样一个人，纸画上尚且如此凶恶难看，若在阵上自然益发凶狠。高祖问道："此人如此厉害，众卿可有良策退得他否？"闪出徐茂公奏道："请西府秦王领兵前去，可以收服此人。"高祖点头准奏。秦王着了忙，奏道："臣儿岂敢不遵旨领兵？但今满朝将官，要求十全勇冠者，选不出一人，如何可敌这员黑勇将？"徐茂公接口道："主公休惧，君命无辞，圣天子百灵相助，主公洪福齐天，自能化凶为吉。"秦王无奈，只得同徐茂公出朝，一路吁嗟，只叫得一声："茂公军师啊，孤来问你，金墉诸将，那七骠八猛十二骑，孤在太原俱已招用，不必言之；还有最高强得力的五虎大将军，其中王伯当尽义射死了，不必提起。闻说单雄信在洛阳为驸马，也罢了；还有秦叔宝、罗成、程咬金这三人，一个也不知下落。孤家思慕已久，军师必知踪迹。孤家往往道及，军师从未实告。如今俺唐朝被人杀败到这个田地，难道军师终不肯与孤家图谋？"徐茂公道："主公不必心焦，臣观天象，这几个将星都分野在洛阳。又见白虎星幽暗，其人必然有病。待臣就去访寻。或者不能齐来，两个是包在臣身上，去寻他来保驾便了。"秦王道："既如此，孤家先领兵到白璧关，专等军师领三人到来；若此三人一日不到，孤家一日不开兵。"茂公道："主公放心前去，管取有二将先来便了。"秦王当下领兵十万，起行前往。

第四十五回　辞雄信二杰归唐　白虎星官封比肩王

　　单讲徐茂公一路相问："秦叔宝老爷住在何处？"有人指引道："在三贤府内。门首竖一牌匾，上写'三贤府'就是了。"那徐茂公径往三贤府来。连忙进厅来见过了礼。茂公便问："罗成兄弟在哪里？"叔宝道："他有病睡在床上。"就引徐茂公进房见了罗成，遂与罗成把一把脉，说道："罗兄弟，你的病是个烟缠病，过几日就好。"

　　茂公说明来意，叔宝看看程咬金，又看看床上的罗成，说道："你看罗兄弟病得这般形景，我们如何舍得抛了他去？"罗成叫声："表兄，你老大年纪了，不趁此时干些功名，挣一领蟒袍玉带，荫子封妻，等待何时？你两人快些前去，勿以兄弟为念！"叔宝流泪道："表弟呵，承你好心，但恐我二人一去，单二哥回来，一定要难为你了，如何是好？"罗成道："哥，你放心前去，兄弟自有道理。"叔宝只得收拾了二轮车子，载了张氏、裴氏，拜别了姑母与先时同来的人，并着秦安一行，到了城门口。叔宝令秦安将家小送往长安去，叫徐茂公远远相等。

　　单雄信在城楼上，见三人一路而去，把钢牙咬啐，叫一声："牛鼻子的道人，你来勾引了二人前去，那罗成小畜生不病，一定随他去了。"心中一想，下城提槊，径往三贤府来。那罗成见二人去了，叫罗春："你去立在房门口，若单雄信来，你可咳嗽为号。"罗春立在房门口，只见单雄信提槊走将进来，罗春高声咳嗽。单雄信问道："你的主人可在房内么？"罗春道："病在床上，好苦。"雄信叫声："你且闪开。"走到房门口，听得罗成在床上叹气道："黄脸的贼，程咬金这狗男女，你这二人忘恩负义的，没处去，就住在此间，如今看我病到这个田地，一些也不管，竟自投唐去了！哎，皇天啊！我罗成若死了便罢，若有日健好的时节，我不把你唐家踏为平地，也誓不为人了！"雄信听了这些话，即抛了槊，懊悔道："我一念之忿，几乎断送好人！"忙走进来，叫声："兄弟，你不必心焦，若果有此心，俺当保奏吾主，待兄弟病好之日报仇便了。"罗成道："多谢兄如此好心，感恩不尽。"单雄信忙请太医，与罗成加意医治。数日之内，把病症调治好了，即当殿保奏，封罗成为一字并肩王，按下不表。

再说徐茂公、秦叔宝、程咬金三人到了白璧关寨边，徐茂公叫声："二位兄弟，且在此等一等，待我先去通报了，再来相请便了。"程咬金道："那事要你与我先说一声，若或杀了我，我是要与你讨命的哟。"茂公点头道是，走入帐去。

秦王一见，即满面春风，叫声："王兄，三人可来了么？"茂公道："罗成有病不来，秦叔宝、程咬金在外候旨。"秦王大喜，便要叫宣进来，茂公忙道："主公且住，那程咬金竟要抓他进来，主公必要拍案大喝道：'程咬金有斧劈老君堂之罪，把他径杀便了。'"秦王吃惊道："王兄，此言差矣！那桀犬吠尧，各为其主。今日到来，就是孤家的臣子了，为何又问他罪来？"当下大排筵宴接风。

程咬金道："主公，你看月明如昼，闻知白璧关十分有景，臣保主公去看探如何？"当下秦王依允，头戴一顶束发金冠，双挥雄鸡翅，身穿一领杏红袍，腰束碧玉带，左插金披箭，右插一张宝雕弓，手提定唐刀，上了逍遥马。程咬金顶盔贯甲，挂铜悬鞭，上马提斧，君臣二人悄悄离了营门。果然月明如昼，万里无云。

　　咬金保着秦王来至白璧关下，看这关门十分峻险。咬金叫一声："主公，怎么这样一座关，二位王爷不能守住，失于贼人了？"君臣二人在城下观看讲话。尉迟恭到关上来巡关。却有军士指道："南首月光之下，有二人在那里指手画脚地看。"尉迟恭一看，远远见一个插鸡翅翎的。尉迟恭道："这一定是唐童。"忙下关来，叫声带马，即提了丈八长矛，悄悄地开了关，催开抱月乌骓马，大叫："唐童休走！"那銮铃嘟嘟地响，程咬金叫声："不好了，主公退后些。"挥动手中八卦宣花斧，一马迎上前来。月光下见尉迟恭，叫声："啊唷！"犹如烟熏太岁，火烧金刚，比那图上的又觉十分怕些。

　　当下尉迟恭大喝一声："你这厮却是何人？"咬金喝道："我的儿，爷爷就是程咬金。你这黑炭团可就是尉迟恭么？"尉迟恭道："然也。"程咬金把斧一举，当的一斧盖下来。尉迟恭把长矛架住了。当的又是一斧，尉迟恭又架住，一连三斧，到第四斧，也没劲了。尉迟恭叫声："匹夫，原来是虎头蛇尾的！"即把丈八蛇矛嗖嗖的刺来，咬金忙把斧乱架。尉迟恭见他家伙乱了，拦开斧，扯出钢鞭，耍的一鞭，正中左臂，咬金噗通一声，跌于马下，死在地上。秦王叫声："动不得手！"尉迟恭即把长矛来刺秦王。秦王看看遮架不住，那程咬金却是个闻土星临凡，若打死了，见了土即便活转来。他叫一声："好打！尉迟恭勿伤我主！勿伤我主！"拾斧在手，跳上马来战。

第四十六回　秦王夜探白璧关　叔宝救驾红泥涧

当下尉迟恭下追秦王，忽听背后程咬金喊声追来，心中倒吃一惊，怎么死了的人又会活的？把矛一摆，抛了秦王，径奔程咬金。不几合，拦开斧又是一鞭，打中右臂，噗通地响，咬金又跌下马去，死在地上。尉迟恭举矛又朝秦王刺来，秦王哪里挡得住，那程咬金在地上又醒转过来，叫声："黑炭团，勿伤我主！勿伤我主！"拾斧上马来战。尉迟恭道："你这厮却也不是个人，直头是一条水牛。"遂把矛一举，咬金即便举斧相迎，未及几个回合，拦开斧耍的又是一鞭，咬金把身一侧，正中背上，噗通掉下马来，又死在地上。秦王又叫一声："动不得手！"尉迟恭即举矛刺来。秦王把刀一架，架住长矛。尉迟恭大怒道："好唐童，焉敢拦我三次！"把矛一举紧紧刺来。那程咬金早又活了，拾斧上马，叫声："尉迟恭住着！我有话说。"尉迟恭摇摇头道："这厮，倒亏他实是经打得起。"便住了矛，叫一声："程咬金，你有何话说？快快讲来！"咬金道："我君臣二人，都是没用的，就被你打死了，也是个乘其无人，劫其无备，不为好汉。我那里秦叔宝哥哥却不肯与你干休，明日在阵上也要这般打你。我如今对你说过，你在这里既有本事，果然是好汉，却不要伤我的主公；我去营中请了秦叔宝来，你若在他面前也敢这般行为，就算你真正好汉。你若怕他，却不要放我去，径将我君臣或则拿了去，或则打死了，明日自有他出来问你，你却也活不成了。"尉迟恭一闻此言，只气得三尸神直爆，七窍内生烟："啊唷，啊唷，啊唷唷！你去，快快叫他来，我自有本事在他面前拿你们。去，你快快叫他来！"程咬金道："我却不放心，万一我去了，你一闷棍把我主公打死了，却如何是好？"尉迟恭道："大丈夫一言既出，驷马难追。我有本事，等那秦叔宝来，一并拿你三人。去！你快去！不必在此多言！"那秦王口内说不出的苦，天下难道有这样的人，自己脱身去了，却把我交与他，他难道是吃素的么？当下程咬金走了几步，又带转马来，叫一声尉迟恭道："我却是不放心，你可赌个咒与我，我好放心前去。"尉迟恭道："你去之后，我若动手杀唐童，日后不逢好死，撞死在紫金门！"程咬金道："这就是了，我便放心前去。主公，你在此等一等，待臣去叫了他来便了。"

当下程咬金奔回营中，打起鼓来。叔宝在睡梦中一闻叫声，忙惊得发晕，起来连忙顶盔贯甲，飞上呼雷豹赶来。

那秦叔宝手举提炉枪，高声大叫："尉迟恭，勿伤我主！勿伤我主！俺秦叔宝来也！"尉迟恭把矛一按，回头一看，见了叔宝，叫声："唐童，你的救驾兵到了，哈哈！"尉迟恭回马把秦叔宝一看，果然人才出众，相貌非凡。叔宝把尉迟恭一看，真正好个黑脸，忙把提炉枪一摆，劈面刺来。尉迟恭举丈八蛇矛，即便相迎。秦王却叫："秦王兄，你却下不得绝手的啊！这人孤家要他投降的。"那尉迟恭听了，好气啊，怎么说这般有力的话。

当下两人正战之间，秦王只管叫："秦王兄，下不得绝手的哟！"尉迟恭听说，好不大怒，拦过了叔宝的枪，回转马径奔秦王。秦王吃了一惊，回马便走。尉迟恭紧紧赶来，叔宝却也追来。

当下尉迟恭追赶秦王到了一个所在，秦王只叫得一声好苦。原来是一条大涧，名为"红泥涧"，约有四丈宽，水势甚急。秦王回头望见尉迟恭紧紧追来，忙把逍遥马加上几鞭，叫声："马，你过去罢！"那马一声嘶吼，前蹄一纵，后蹄一蹬，从空一跃，即跳过对岸了。此时，他却不径走，反带住了马，叫声："王兄你看这样大涧，孤家一马跳了过来，岂非天命？好好回去罢！"尉迟恭闻言大怒，把马一夹，叫声："宝驹，你也过去了罢！"那马一纵，也跳将过去了。叔宝在后，望见二人都跳过涧去了，心中着急，把马鞭在呼雷豹头上乱打，此马着急了，把二耳一竖，轰的一声吼叫。那尉迟恭幸亏也是宝驹，还不致跌倒，不过两脚一松，慢了一步，秦王加鞭急走，秦叔宝的呼雷豹也跳了过去。那尉迟恭拍马径奔秦王，叔宝便拍马顶住尉迟恭尾后。三人一路赶到一山，名为黑雅山。徐茂公早已算定，差下马三保、殷开山、刘洪基、段志贤、丁天庆、王君起、鲁明月八将在此等候。那八将远远望见尉迟恭追着秦王而来，即一齐出马来战尉迟恭。尉迟恭使开这杆丈八蛇矛，逼得那八将如走马灯的一般。正战之间，却有宋金刚令箭到来，叫尉迟恭即刻回关听差，不得有误。尉迟恭得令，只得去了。

当下秦王到营，茂公迎入帐中，就吩咐把程咬金推进来。左右答应一声，即把程咬金推入。徐茂公大喝一声："你这大胆的匹夫，怎么要主公夜探白璧关，几乎丧了性命？你这样匹夫，本军师这里怎么用得着？快些走，不必多言。"咬金道："走走走！不必噜苏，哪里受得起这牛鼻子道人的臭气！大丈夫哪处不去做了人！"跳上马，招齐家将，随路就走。走了十四五里路，到了一个所在，叫作言商道。只听得一声锣响，跳出五六个强人来，挡住去路。那为首的二人，一个叫毛三，一个叫勾四，大叫："留下买路钱去，饶你性命！"咬金哈哈大笑道："原来是我的子孙在这里，好极了，爷爷正要银子用，快快献上来！"毛三听说，心中大怒，便要动手。勾四道："慢些，此人不像是善男信女，且问个明白。呔！你是什么人，敢在此处来往？自古道：靠山吃山，靠水吃水，何故说我们是你子孙，难道你不怕死么？"程咬金道："你这狗头，人也不认得，爷爷就是瓦岗寨称混世魔王的程咬金！你要我买路钱么？"那一班人闻言齐跪倒道："果然是前辈宗亲，不知老爷缘何却在这里，有什么贵干？"咬金道："我因与唐朝小秦王帐下的军师牛鼻子道人不合，奔走出来的，去向尚未有定。你们这干人住在哪里？"众人道："小人们在此言商道中东岳庙内扎定居住，既是老爷去向未定，何不在此做个大王？"咬金道："妙，妙，此乃有趣之事，快走，快走！"就随众人一径到庙中来，吩咐把神像抬开了，就坐在公案上。众人一齐拜倒，山呼千岁已毕。咬金道："如今又复任混世魔王了！"封毛三为丞相，封勾四为阁老，传令大小喽啰："凡有孤单客商，不许抢劫。若是大风，定要夺他。若遇有游方道人来往，拿住就杀。"众人齐声答应。这咬金在言商道落草，且按下不表。

第四十七回　咬金落草献军粮　叔宝枪刺宋金刚

　　再说程咬金住在言商道东岳庙中，一日，毛丞相道："人主初登大位，人多粮草少，介休县今解来粮草一万，打从此处经过，请大王发兵夺取，不知可使得么？"程咬金哪里晓得押解粮草的领队官就是尉迟恭，真正黑漆灯笼。听说有粮草打从此处经过，便大喜道："既如此，吩咐备马，待孤家自去发个利市，马到成功便好。"勾阁老忙奏道："主公，臣有一计，包管容易成功。主公的威风不必说了，但是我这里人少，寡不敌众，主公可穿出大路，挡住了解粮的将官，臣等往斜路上抢了就走，不怕不成功。"咬金道："倘被他追杀进来，又费力了。"毛丞相道："主公放心，这里言商道中路径最杂，凡活路上都有圈儿暗号，死路上没有圈儿暗号，我们这班人认得真切，都是会走的，若外来的人哪里晓得，他便走来走去，都是死路，没处旋转，纵有千军万马，也只当吃孙子的了。"咬金道："既如此，依计而行。"即顶盔贯甲，提斧上马，抄出了言商道。

　　只见远远的粮草来了，一马上前喝道："咄！留下买路钱来！"那些众兵见有响马挡路，往后飞报尉迟恭："启先锋爷，前面有响马挡路！"尉迟恭大怒，挺枪上前，一看原来是程咬金。程咬金一看，叫声："完了，原来是这黑炭团。"尉迟恭便问："你这狗匹夫，在此做甚么勾当？"咬金道："奉军师将令，在此等候你多日了。我对你说，你把粮草好好送与我程爷爷，我便饶你的狗命，若有半字支吾，我就送你归天。"尉迟恭骂道："狗匹夫，不要油嘴，照爷的家伙罢！"嗖的一枪刺过来。咬金知道厉害，躲闪过了二枪，尉迟恭略松懈些，他便大斧大砍。如此不上几个回合，那边毛三、勾四一班喽啰，轰的一声，杀散了众兵，推了粮草，拥入言商道中去了。咬金把斧一按，叫声："黑炭团，承惠了，改日谢你。"回马一溜烟也进言商道去了。

尉迟恭回头，见失了粮草，拍马追来。见程咬金跑过两个弯，兜三个转，影也不见。尉迟恭高声大叫："程咬金快出来，和你讲话。"哪里叫得应。他火性直发，把马往里边一走，兜转来是这个所在，兜转去又是这个所在。只得又高叫一回，毫无影响。心中想道："粮草乃系紧要之物，今遭失去，如何可以回见主将呢？嘎，也罢，只得再往介休去见张士贵，告诉他失粮之事，要他再发粮草一万，以应军需便了。"没奈何，只得再往介休去。不表。

单说这边程咬金打听得尉迟恭去了，叫声："列位爱卿，这些粮草，一些也不要动它。"毛三、勾四道："臣等正要扶助大王招兵买马，日后得保主公登九重之尊，所少的是粮草，为何不要动呢？"咬金道："众卿，你们有所不知，我若要做皇帝，那瓦岗寨好好一座宫殿城池，兵马又多，钱粮又广，就白白送与别人了。你们不晓得，那个做皇帝是最气闷的事，今把这些粮草俱解到白璧关，见我主公秦王，你们都有功劳，定然收用，自有军粮吃。在此终非了局，此乃正当不易之理。"毛丞相道："主公议论虽是，倘然军师照前不用主公，那时臣等这班人倒有些进退两难了。"咬金道："这有何难？若是不用，我们依旧再来，只好勉强再做一做皇帝了。"众人听说，只得从命。

再说那尉迟恭失了粮草，到介休县来，见张士贵，具言前事。介休县又凑集了五千粮草，叫一声："将军，这一遭却要小心，不可又失了。"尉迟恭道："贵县可把我车辆内用铁环搭扭，搭做一联，使他抢劫不动。

再差人往白璧关通知宋金刚领兵接应。"申发了文书，然后起解。

不表尉迟恭此番小心准备，再说徐茂公得知尉迟恭失了粮草，在营中时刻筹计。那日传令，差秦叔宝带领一千人马，往白璧关西首，埋伏在树林中，如此如此。叔宝得令，领兵去了。不表。

且说宋金刚得了尉迟恭的文书，文书上写着失了粮草，心中十分着急，若再有失，如何是好？连夜点齐一万人马，悄悄出了白璧关，往介休县接应。正行之间，一声炮响，秦叔宝当先拦住，大喝一声："宋金刚往哪里走！"宋金刚在前面，一见了秦叔宝，便三魂失了两魂，也无心恋战，回马落荒而走。岂晓得秦叔宝的呼雷豹好不快，宋金刚哪里走得及，只得回身厮杀，叫声："秦琼，你赶人不可赶上壁，我的刀砍过来了！"秦叔宝拦开刀，耍的一枪，正中当心，翻身落马。叔宝跳下马来，枭了首级，杀散众军，径奔白璧关来。那关中一时不曾提防，被叔宝杀到关中，接引秦王的兵一齐进城。叔宝又往偏合关、鸠门关。那尉迟恭一日取此三关，被叔宝一夜即复了三关。按下不表。

且说尉迟恭解粮到了言商道上，却见程咬金又在前头，心中大怒道："这人真正是尿浸麻条，又臭又韧。"程咬金呼呼大笑道："黑炭团，快快送过来。不然大家得不成，放火烧去了罢！"尉迟恭大怒，拍马使矛刺过来。咬金遮拦招架，又是跳来纵去。后边马三保一干人马杀过来，抛上干柴烈火，径把车辆烧着。程咬金道："如何？你不会做人情，如今大家得不成了！我要告别了！"尉迟恭回头一看，犹如火焰山一般，心中大怒，拍马追来。又三两个转身，几个弯，不见了。尉迟恭叫喊连天，气得目瞪口呆，只得回介休，不表。

第四十八回　敬德识破假首级　公山赍书刘文静

　　秦王派尉迟恭的故人乔公山前去劝降，尉迟恭回复道："我尉迟恭宁死不降的；若要归降，除非我主公死了，我便归顺。"

　　秦王就令将数十万兵一一选过，选出五六个像刘武周面庞的来，俱身长丈余，腰大数围。秦王一见大喜。内中有一人，竟与刘武周身材面貌色色无二的，便打发了这五人仍旧各归营伍，取了那人的首级。

　　茂公吩咐取木桶盛了，付与乔公山："令你再到介休县去。"

　　乔公山奉令到了介休，奉上首级，却被尉迟恭识破，被大骂了一顿而回。

　　徐茂公道："目下刘武周统兵威镇马邑，他殿下有一人，姓刘名文静，官拜兵部尚书。其人心向主公久矣，待臣修书一封，差人送去，管教数日之内，刘武周首级定献军前矣！"秦王大喜。茂公随即修书一封，就差乔公山去刘文静处。

　　茂公又叫："程咬金，你也带兵马一千，慢慢而行，可接着刘武周之兵，只许胜，不许败，违令者斩。"咬金领了令，叫声："军师，小将夜来受了些风寒，肚里正在作痛，难以交战，不是小将怕他，须要带个帮手同去，才可放胆。"茂公道："你自前去，少不得自有兵来救应，不要帮手的。"咬金道："小将实是有病，若能取胜，这就不必言之；倘然败了，乞军师念昔日之情，这个'斩'之一字，千万认真不得的哟！"

茂公道："自有公论，不必多言，快些前去！"咬金皱着双眉，捧着肚子，走一步叫一声："啊唷！"走出营来，便叫："家将过来，扶我上马。"咬金上了马，勉强提了斧头，领兵前去。在路仔细思量道："还好，幸喜得我军师叫我慢慢而行，我如今一日上走得一二十里路，就安营将息便了。"

刘武周闻得秦王复了三关，元帅已死，又闻得兵围介休，一心记念尉迟恭，恐他有失，故此起兵前来接应。前边遇着程咬金的兵马扎住，前军来报："启上王爷，前面有唐兵扎营，不能前进，请旨定夺。"刘武周下旨扎营。一声炮响，安营下寨。便问："哪一位将军去出战？"有大将王龙上前道："臣愿往。"那王龙出了营门，提了一柄月牙铲，上马直抵唐营，高声大叫道："哇！唐营中军士听着：借你口中言，传俺心腹事。今有天兵到此，怎敢挡住王爷的去路？速速让开，放王爷天兵过去，万事全休，若道半个不字，爷爷这就动手，有本事的出来会俺！"那些唐兵因咬金有病在营，一闻讨战，个个好不惊慌："报启上将军，今有定阳王刘武周领兵在营外讨战，请令定夺。"咬金闻报，只叫得晦气："刘武周，你何不再消停几日，待我病好了，然后会战。如今却害了吃得做不得的病，如何是好？又奉了牛鼻子道人的令，只许我胜，不许我败；况且今日是头一遭会刘武周，不知他的手段如何？昔日在四明山大会众王子，见他也像一个好汉，只不曾与他交手，万一杀不过，岂不出丑？"遂吩咐小军："我程老爷疼痛得紧，挂了免战牌罢！"小将把免战牌挂出。王龙一见大怒，一马来至营前，把免战牌打得粉碎。

程咬金乃唐家一员上将，今日就像一只落汤鸡，这叫作"好汉只怕病来磨"。一马来至营前，抬头一看，见不是刘武周，心中就放下了几分。王龙问道："来将通名。"咬金道："我是不说，你也不知。爷爷乃是神尧高祖二太子秦王殿下、官拜大元帅秦琼麾下蟒虎大将军，姓程，双名咬金的便是。来将通名。"王龙道："我乃定阳王部下，官封千胜大将军，王龙是也。程咬金，俺一向闻得你也有小小的名儿，今日遇俺王爷爷，只怕你难逃狗命了。"说罢，当的就是一月牙铲铲过来。咬金双手把宣花斧往前一架道："好家伙！"叫声："住着，俺爷爷一时害了肚泻病，你略等一等，等我去解一解手。"

第四十九回　咬金抱病战王龙　文静设谋诛定阳

王龙听言大怒，说道："你这狗头，戏弄我王爷爷么？"当的一月牙铲铲过来。程咬金也骂道："好狗头，连铲我程爷爷二铲么？"一时心头火起，提起宣花斧来，照着王龙当当当一连三四斧，把王龙杀得盔歪甲散，倒拖兵器，回马便跑，口口声声只叫："好厉害！好厉害！"

程咬金见他去了，意欲下马出恭，战场上不好意思，见西边一带大树，说："也罢，不免到那里解一解手，有何不可！"一马来至树林边，下了马，拿了斧头，走到一株松树背后。正撒得畅快，那王龙回马一看，只见程咬金往西边树林内去了，他却回马，轻轻地掩上来看，只见程咬金的马拴在树上。王龙想道："这狗头往哪里去了？"转过树来一看，只见程咬金在那里解手，心中大喜道："想这狗头该死，我却在这里成功。"轻轻地来至树边。程咬金见有人来，只道是乡民在哪里砍柴，遂叫一声："哎，砍柴的，有草纸送一张来与我。"王龙应道："有，送你一铲！"当的一铲过来。程咬金吃了一惊，一看，见是王龙，叫声："不好！"立起身来，一只手提着裤子，一只手拿了斧头，只捡树多的所在就走，却去躲在一株大树背后。王龙才到树边，被程咬金狠命一斧，砍着马头。王龙跌下马来，被咬金又是一斧，结果了性命。

再说乔公山来到马邑，一路寻至兵部尚书衙门，叫声："门上的，相烦通报一声，说有报紧急军情事的，要见你家老爷。"门上道：

"住着。"进内禀道："启上老爷，外边有一人，口称报紧急军情事的，要见老爷。"这老爷就是刘文静，官拜兵部尚书，京兆三原人，也与李靖同窗，胸藏韬略，文武全才。数日前接得李靖锦囊一封，道他误投其主，今应天命归唐，世子秦王乃真主也。故尔有意归唐，奈何无便可乘。那日闻报有紧急军情事的来人求见，即吩咐道："着他进来。"门上答应一声，传话出来。乔公山来至里边，双膝跪下道："大老爷在上，下书人叩见。"刘文静便问何处来的，公山将书呈上道："老爷看书，便知明白。"文静拆书一看，原来是徐茂公差来的。

那刘文静看了书，就记起当初赵王李元霸救他之恩，忙出位请乔公山起来见礼，留他在内署，问了姓名，款待酒饭。夜宿一宵，明日带领三千人马，只说解粮为由，同了公山，带了夫人马氏、妻舅马伯良，径往介休进发；一应大小事情，俱交与营兵史仁掌管，按下不表。

再讲刘武周升帐，打旗小卒飞报道："千岁爷，有兵部尚书刘文静解粮到此，坝在营门外候旨。"刘武周道："宣进来。"刘文静进营参拜道："臣刘文静见驾，愿主公千岁千千岁！"刘武周道："平身。"刘文静站起来道："臣闻唐童那厮害了元帅宋金刚，又兵困介休，臣放心不下，特解粮草，并带领兵马三千，亲自前来保驾，共破唐兵。"定阳王闻言，大喜道："生受卿家费心。"吩咐排宴庆功，至晚方散。是夜，刘文静身披软甲，手提宝剑来到帐中。刘武周听得走动，便问："何人在此行走？"文静应道："臣刘文静在此护驾。"刘武周只道他一片忠心，故尔不防，不道被刘文静闪进帐中，举剑一下斩了首级，带出营去，招呼阵上道："有愿去投唐者，同去；如不愿投唐者，大家散去。"那些兵将也有去的，也有不去的。刘武周十万三千人马，散去一半，还有数万，随了刘文静，向唐营投顺去了。

秦叔宝、程咬金接着刘文静，见了刘武周的首级，不胜之喜，合兵一处，同往介休县来。兵行三日，已到秦王营寨候令，不表。

这边尉迟恭得知刘武周已死，想道："今日主公已杀了，元帅又被他杀了，叫俺在此，上不上，下不下，做什么好？今日若不归顺，失了机会。也罢，降了他罢！"便呼大小三军开了城门，备了降旗出城，自己一马先至唐营，滚鞍下马，俯伏在地，口内只称："尉迟恭计穷力竭，情愿归降。死罪！死罪！"噗噗噗叩头伏罪。秦王亲自出营，叫声："王兄请起！"双手来扶，挽手同行。来至营内，又与众官一一见礼过了，秦王吩咐摆宴接风。命程咬金进城清查府库钱粮，就把刘武周葬于介休城北，每年春秋祭扫。那张士贵也投顺唐家了。养马三日，起兵回长安不表。

第五十回　秦王兴兵定洛阳　罗成大战尉迟恭

　　再说秦王一路回兵，对徐茂公说道："孤家心中所乐五将，乃青黄赤黑白之五色也。如今穿红的有了程咬金，穿黄的有了秦叔宝，穿黑的有了尉迟恭，还少穿白穿青二人。那穿白，孤想着罗成；穿青的，想着单雄信。若此二人可得归降于唐，岂不妙哉！"徐茂公道："那洛阳王世充招单雄信为妹婿，封为驸马；罗成封为一字并肩王。此二人俱在洛阳，主公既想念二人，何不发兵径取洛阳？"秦王大喜，吩咐前军作后队，后队作前军，就此取路，前往洛阳进发。

　　不一日，兵到洛阳，离城十里扎下营寨，炮声响处，早已惊动单雄信。那日单雄信正在巡城，闻知秦王兵到，吃惊不小；幸有罗成在此，心中稍宽一二。即准备擂木、炮石、灰瓶等类，添兵把守。

　　再讲秦王坐在营中，对众将道："哪一位王兄出马先建头功？"闪出尉迟恭道："臣归主公，未有执箭之功，待臣出马取这洛阳，献与主公。"秦王大喜，亲赐御酒三杯，选铁骑三千，发兵起马。

　　这边罗成提枪上马，出了城门，来至阵前。只见尉迟恭威风凛凛，带领三千铁骑，排分四下。罗成问道："这黑鬼可是尉迟恭么？"尉迟恭道："然也。你可晓得俺日抢三关、夜夺八寨的厉害么？你也通个名来。"罗成道："你晓得爷爷的名么？你爷爷乃是燕山罗元帅的公子，今在东镇王驾下，爵封一字并肩王罗成的便是。"尉迟恭道："我闻得有个罗成，原来就是你。你来得正好，专待拿你去请功。"把手中长矛一摆，耍的就是一枪。罗成把枪隔过，回手也是一枪。尉迟恭未曾招架，耍的又是一枪。罗成连忙隔得住，耍耍一连三四枪。这尉迟恭手忙脚乱，哪里来得及？叫声"不好！"兜转马就走。单雄信在城上看见，大喜，亲自提兵杀将出来。那三千铁骑杀得马乏兵消，掌得胜鼓回城去了。

次日天明，程咬金来讨战。罗成提枪上马，开了城门，化落落一马来至阵前。这程咬金斧砍来，罗成不招架，斧是收住；这罗成枪刺去，程咬金也不隔开，枪是留情。足足战了十五个回合，马打七八个照面，程咬金虚闪一斧，回马就走，竟不往营内败来，倒往北首落荒而走。罗成随后赶来。他二人不知追到何处去了。后面阵中的尉迟恭道："程咬金这狗头，今番输了。想罗成追去，决然了命。俺奉命掠阵，岂可袖手旁观？主公知道，可不有罪！不免前去帮他一帮。"便催开抱月乌骓马，摆动丈八蛇矛枪，化落落一马往后追来了。不表。

再说程咬金同罗成来到那一个所在，离洛阳五十余里，地名"对虎崖"，只有树木，并无人家。程咬金道："罗兄弟，住着，这个所在无人来往，正好说话。"罗成就住了马，说道："有什么话讲，快快说来。"

第五十一回　咬金说降小罗成　秦王果园遇雄信

　　程咬金说道："罗兄弟，何不归了唐！得与叔宝表兄时刻相亲，同为一殿之臣，有何不可？你今回去与老伯母尊堂太夫人商量商量，还是独自在洛阳的好，还是与至亲好友日日做一块的好？若商量定当，依我的说话，今日就归了秦王罢！"罗成道："商量不商量，自然归唐的好。但我家母、妻子都在洛阳城内，待我设法送出城，那时就来归唐，同保秦王便了。我去也！"一马就走。

　　程咬金道："罗兄弟转来！还有一句要紧的话对你说。"罗成道："还有何事？"咬金道："我同你在此说了半日，还有尉迟恭在那里掠阵，就是单雄信，想必他也在城上观看，为甚他们两个不见了，岂不又生疑心？"罗成道："便是。"咬金道："有了。我同你杀转去，若是遇见尉迟恭，须要给他一个辣手段看看，日后使他不敢在我朋友面前放肆。"罗成道："说得有理。"两个重新杀将转来。罗成拖枪败走，程咬金在后追来。再说尉迟恭赶来，遇着程咬金将罗成追赶，他却哪里晓得暗里，心中想道："前日他卖弄手段，今日待我报仇。"就在马上把枪一摆，大叫："罗成，你前日的威风哪里去了？今日不要走，吃我一枪！"耍的一枪刺过来。罗成正为单雄信在城上观看，没有计较解他疑心，一见尉迟恭，十分欢喜；又听了程咬金一番言语，把枪一隔，耍的就回一枪。尉迟恭连忙招架，只见耍耍耍一连几枪。尉迟恭招架不定，指望程咬金来帮助帮助，回头一看，不见程咬金，手一松，腿上就着了一枪。叫声"啊唷，啊唷，不好了！"回马就走。罗成回城，连夜把家眷送出城外，自己也以思乡心切的理由别了单雄信，投奔唐营而来。

秦王升帐，众将参见已毕。秦王道："今日端阳佳节，众卿各自回营闲耍一天，明日开兵便了。"众将领命，各自散去。也有去吃酒的，也有去打围的，也有下象棋的，独有程咬金同秦叔宝、罗成二人，到外边随处游玩，单剩秦王同徐茂公闲坐在营。秦王道："孤家同军师出营观看外边风景，卿意如何？"茂公领旨，同了秦王走出营来，一路观看前去，不觉行到了一座大花园。原来那座大花园名为"御果园"，离洛阳城不远，乃王世充起造在此游玩的所在。只因唐兵扎营在此，故尔无人看守。秦王同茂公走进园中，只见那园中有四时不绝之花，八节长春之景，两边种满奇花异草，中间起造一座假山，真正八面玲珑，十分灵巧。徐茂公保定秦王上了假山观看，远远望见一座城池。秦王问："这个城池莫非就是洛阳城么？"茂公道："然也，这就是洛阳城了。"

他君臣二人正在假山指手画脚地看，不料单雄信却在城上巡察远望，见御果园假山上立着二人，一个身穿道服，一个头戴金冠，身穿大红袍，坐下银鬃马，料是秦王，心中大喜，即忙跳上青鬃马，提了金顶枣阳槊，出了城门，吩咐军士道："快报与史仁、薛化、符大用三位将军前来接应。"说罢，拍马飞奔。那单雄信来至御果园，轻轻进了园门，来到假山的下面，摆一摆金顶枣阳槊，大叫一声："唐童，你来此送命罢？罗了来抓你的首级也！"这一声喊，犹如半空中起个霹雳。秦王、徐茂公吃了一惊，回头一看，见是单雄信，叫声："不好了！主公，难星到了！"忙下假山。单雄信来至面前，举槊就打。秦王着忙往假山背后就跑，茂公慌了手脚，只得飞赶向前，一把扯住了单雄信的战袍，死也不放。雄信大怒，叫道："唐童！唐童！你走，你走！"徐茂公道："单二哥，看小弟薄面，饶了我主公罢！"单雄信道："茂公兄，你说哪里话来？今日狭路相逢，怎教俺饶了他？决难从命！"那徐茂公死命地把单雄信的战袍扯住，叫道："单二哥，单二哥，可念结义之情，饶了俺主公罢！"雄信听着结义之言，一发怒从心上起，火冒顶梁门，叫一声："俺今日若不念昔日在贾柳店结拜之情，就一剑把你砍为两段。也罢，今日与你割袍断义了罢！"拔出佩剑，耍的一剑，把袍袖割断，纵马去追秦王。

那徐茂公明知不能挽回，只得飞风赶出园门，加鞭纵马，要寻救驾将官。正在心慌，只见面前澄清涧边有一员将官，赤身在那涧水中洗马，却是尉迟恭。他只为众人都去闲耍，独自一个到此涧边，见涧水甚清，心中大喜，除下乌金盔，卸下乌金甲，把衣服脱得精光，只留得一条裤子，把马卸了鞍辔，正在涧中洗得高兴。只见军师飞马前来，大叫："尉迟恭，主公有难，速速前去救驾！"尉迟恭闻言，吃一惊，慌忙走上岸来，一时间心慌意乱，人不及穿甲，马又不及披鞍，只得歪戴了盔，单鞭上马，同了徐茂公化落落出马，径往御果园而来。那澄清涧到御果园，原有五里之路，只因此时人强马壮，不多几时就到了园门口。尉迟恭大叫道："勿伤我主！"那单雄信追赶秦王，秦王只往假山后团团走转，又向一株大梅树下躲了进去。雄信一槊打去，却被树枝抓住，这叫作"圣天子百灵相助"。雄信即忙把槊抽拔出来，那秦王已飞逃出园门而去。雄信随后追出园门，大叫："唐童，往哪里走？"正追之间，劈面撞见尉迟恭赶来，倒吃了一惊，便大骂道："黑脸的贼，今日俺与你拼了命罢！"耍的一槊打来。尉迟恭举鞭相迎。秦王遇见了徐茂公，君臣先回营去了。

单讲这单雄信，哪里是尉迟恭的对手，战不上三合，大败而回。

第五十二回　黑煞星误犯紫微　天蓬将大战建德

　　那秦王回营，大小将官都来问安。秦王道："今日若没有尉迟恭，孤家性命休矣！"道言未了，秦叔宝、罗成、程咬金、尉迟恭等都到了。秦王叫一声："尉迟王兄，孤家若没有王兄前来，几乎性命不保。吩咐先上功劳簿，到那回朝之日，再奏与父王知道。"就命摆酒，众卿同饮。那秦王在席上只管称赞尉迟恭。这尉迟恭心中大悦，不觉酒落欢肠，吃得大醉，坐在椅上把身不定的乱摇。咬金看见笑道："黑炭团，主公略把他三分颜色，他就开起染坊来了。"秦王道："且自由他。"咬金道："待我叫他一声。"秦王道："你好好扶他一扶。"咬金上前来扶，不防尉迟恭把手搭在咬金颈上，慢慢地勾紧来用脚一扫，把咬金噗通一跤跌在地下，这拳势名为"童子拜观音"。咬金起来，欲要认真，被叔宝、罗成上前扯住。尉迟恭道："今晚我不回营去了，同主公睡了罢！"秦王道："使得。"打发众人回营，自己同了尉迟恭回营来。有服侍秦王的人，先来与尉迟恭脱了衣服，扶他上床，因他酒醉，上了床就睡着去了。然后秦王也上床来，恐惊醒了尉迟恭，就轻轻地睡在他脚后边。谁想那尉迟恭是个蠢夫，一个身翻将转来，把一只毛腿搁在秦王身上。秦王因他是酒醉之人，动也不敢动，反将双手抱住而睡，按下不表。

　　再说徐茂公在帐中，偶然出帐，仰天观看星斗，只见紫微正明，忽然有一黑煞星相欺。徐茂公大惊，忙叫："众将速速起来救驾。"那些将官都在睡梦中惊醒，各执兵器，打从帐后杀来，口中大叫："救驾！"秦王闻喊，吃了一惊，连忙叫醒尉迟恭来："王兄！王兄！不好了！有兵杀来了，快些起来！"尉迟恭一闻此言，酒都惊醒了，连忙起来，拿了竹节钢鞭打出帐来。只见灯笼火把照得明如白昼，仔细一看，原来都是自家的人马，一时摸不着头路。秦王提了宝剑也出帐来，问众将道："贼兵在于何处，敢是王世充杀来么？"众将道："不见王世充杀来啊，只因军师说道主公有难，故此臣等前来救驾。"秦王道："孤家没有什么难，可速散去罢！"众将回营，按下不表。

次日秦王问徐茂公夜来之事，茂公道："臣昨夜夜观星象，只见紫微星正明，忽有黑煞星相欺，此系主公有难，故此速传众将前来救驾。"秦王将尉迟恭把毛腿搁在身上缘故说了一遍，两边方明，按下不表。

再讲王世充发下四封请书，又将金珠宝玩，差官四员，往曹州、明州、相州、楚州，请四家王子共助洛阳，要与秦王来决胜负。先说明州夏明王窦建德，窦建德看罢来书，即大怒道："兔死狐悲，物伤其类。唐童这小畜生，前在紫金山，他兄弟李元霸仗着一身本事厉害，孤家是你嫡亲母舅，也要跪献降书。孤家正要起兵前去问罪，如今倒遇王世充之便。"即封书一函，打发差官先回，致复王世充。就于次日领兵五万，带同大将苏定方、梁廷方、杜明方、蔡建方四将，御驾亲征，望洛阳进发。只留大元帅刘黑闼在明州守国。此话慢表。

再说曹州宋义王孟海公，得了王世充来书，即带了马赛飞与黑白二夫人三个妻子，起兵五万，来助洛阳。还有相州高谈圣，带了飞钹禅师盖世雄，起兵五万，来助洛阳。还有楚州南阳王朱粲，带了史万宝，起兵五万，来助洛阳。按下不表。

次日，秦叔宝顶盔贯甲，提枪上马，出了营门，一马跑到阵前，叫道："快报明州窦建德知道，速速前来会我！"小军飞报进营。窦建德闻报，亲自披挂，带了四将，齐出营来，横刀立马于阵前，回顾四将道："快与我拿来！"后面苏定方顶着白盔，穿着白甲，骑白点马，使烂银枪来战叔宝。怎当叔宝那支神枪，真能神出鬼没，不上三个回合，那苏定方看看招架不住。窦建德背后，又闪出梁廷方、蔡建方、杜明方三将。叔宝大战四将，全无惧怯。战了四十个回合，窦建德大怒，把刀一摆，也来助战。这番叔宝力战五将，一场厮杀，真杀得天昏地暗，日月无光。叔宝大吼一声，一枪刺中杜明方。窦建德大怒，把刀就砍。叔宝拦开刀，身边取出金装锏，耍的一声打来，正中窦建德肩膀。窦建德叫声："啊唷，不好！"回马败走。蔡建方叮当的一锤，望叔宝打来。叔宝拦开锤，耍的一枪，正中咽喉，跌下马去。梁廷方、苏定方即保了窦建德，败回营中。叔宝也便回营缴令，备言战败窦建德之事，秦王大悦，不表。

次日，王世充、窦建德、孟海公一齐升帐。王世充便问："今日哪一位将军前往唐营讨战？"道言未了，只见闪出一员女将道："大王，妾身愿往。"原来是孟海公二夫人黑氏。王世充大喜。那黑夫人头戴珠凤冠，身穿皂缎团花战袍，使两口双刀，骑的马名为"一锭黑"，出了营门，来到阵前，娇声细语地道："唐营军士可有能事的？出来会奴家！"茂公问道："如今何人前去出阵？"早有尉迟恭道："小将愿往。"军师道："须要小心。"尉迟恭提枪上马，至阵前抬头一看，只见那女将，一张俏脸黑得来倒也风韵，犹如一朵黑牡丹。尉迟恭见了，十分欢喜。

第五十三回　尉迟恭纳黑白氏　马赛飞擒程咬金

当下尉迟恭想道："俺今见此女，黑得来有趣，倒觉动火。"便大叫一声："娘子，你是女流之辈，晓得什么行兵打仗，不如归了唐家，与俺结为夫妇，包你凤冠有分；若不听我好言，俺这杆黑缨枪刺来，你就要死哩，那时岂不悔之晚矣！"黑夫人闻言大怒，便把双刀直取尉迟恭。尉迟恭也把长矛急架相还。两下交战，未及五个回合，黑夫人回马就走。尉迟恭赶来，那黑夫人放下双刀，取出流星锤来，耍的一锤打来。那尉迟恭眼快，叫声："来得好！"把枪一扫，那锤索就缠在枪上。尉迟恭用力一扯，撞个满怀，轻轻地一把提了过来，就在马上连叫几声心肝宝贝，便回营缴令。

茂公道："那尉迟恭擒来的女将，与尉迟恭有姻缘之分。"秦王道："孤家就做主婚，着尉迟王兄即日成亲。"

尉迟恭推黑氏到后帐来。黑氏便问道："你这匹夫，推老娘到这所在做什么？"尉迟恭道："我奉主公之命、军师之令、媒妁之言，与你成亲。"黑氏道："既然如此，难道做亲是绑了做的么？"尉迟恭道："也说得是。"连忙把夫人放了。那黑氏一放了绑，就摆起一个拳势来，叫声："尉迟恭，我老娘是有丈夫的，你不要差了念头，好好送我出营去。若说这件没正经的事，老娘断断不从的。你若要动手，老娘也是不怕的。"尉迟恭道："程咬金叫我不要放你，我尉迟将军就是山中老虎，也要捉他回来，何况你这小小女娘，怕你怎么？如此倔强，罢了不成？"说罢，趁势赶上前去。那黑氏也摆个势子抢过来。他两个你推我扯了一回，那黑氏到底女流，又兼脚小，转身不便，被尉迟恭拿住，竟往床上一丢。黑氏连忙爬起来，早被那尉迟恭压上身来。黑氏将拳乱打，尉迟恭把一只手将她双拳一把捏住，便去宽解衣裙。黑氏将身乱扭，终究力小，哪里强得过尉迟恭，却被尉迟恭渴龙见水、饿虎攒羊的一般。

那黑氏夫人得其佳景，倒觉尉迟恭的本领胜于孟海公百倍了，不觉心花大放，十分欢悦。便娇气软语地道："尉迟将军，奴家本不从顺，被你用强力逼迫，事已如此，奴家只得从你了。"那尉迟恭是个粗蠢之人，怕她逃走去了，把她双手紧紧捏住，那两只嫩手都捏得乌青。听了她说得可怜，才把手放了。还恐她要走，心中尚是提防，谁想她竟将双手伸来，搂住尉迟恭。

两下你贪我爱，着意绸缪了一回，方使云散巫山，起来重整衣服。黑夫人便叫声："将军，我们姊妹三个，奴家是孟海公第二位夫人，还有第三位夫人白氏，也有手段的，与奴最说得来，胜于嫡亲姊妹。明日将军一发捉了来，都服侍了将军，使我姊妹不致两下相思。还有结发夫人名唤马赛飞，有二十四把飞刀，名为'柳叶神刀'，十分厉害，与我二人最说不来。那马氏心狠，却不可与同归。"尉迟恭听说，十分大悦。

次日天明，秦王升帐，二人谢恩。徐茂公道："今日还有一个女将前来，尉迟恭你一发捉了来，一总赏了你。"秦王不信，笑道："军师哪里有这般先见之明，尉迟王兄如何有此叠叠之喜？"道言未了，忽见外边军士飞报进来："报启千岁爷，外面又有一员女将前来讨战。"秦王大喜，叫声："尉迟王兄，快去擒来，一发赐你成亲。"尉迟恭大喜，提枪上马，来至阵前，抬头一看，只见这个女将生得千娇百媚，比黑氏更觉好些。原来那白氏只因黑氏被擒，不见首级号令，心中十分挂念，为此前来打听消息。这白氏头戴双凤冠，身穿鱼鳞甲、内衬月白战袍，坐下梅花点子马，手使梨花枪，娇声软语说道："你这黑脸贼，好好送还了俺家姊姊黑夫人，万事全休；若道半个不字，管教你这黑脸贼狗命难逃！"尉迟恭道："不要破口，你姊姊黑夫人，嫁了我了，你也嫁了我，配合成双罢！"白氏大怒道："唗！好匹夫如此无礼，吃我一枪！"就把梨花枪一摆，叫声："看枪！"耍的一枪刺来。尉迟恭架开白氏手中梨花枪，两人大战未及十个回合，就拍马撞个满怀，也活擒了过来。掌得胜鼓，回营缴令。

秦王大喜，又赐与尉迟恭完婚。遂将白夫人送至尉迟恭营中，黑夫人迎进后营。白夫人初时不从，黑夫人再三相劝道："贤妹啊，那孟海公是不成大事的，况他与马赛飞十分情厚，我与你常时落后。今唐家秦王系真命天子，尉迟恭又是个骁勇英雄，做人十分情厚。做姊妹的无奈相从，倒与我情投意合的，况你与我最为亲爱，故今劝你不如从顺了罢。"白夫人听了黑夫人一番言语，只得依允。却好秦王差军士送合欢酒来，命尉迟恭同黑白二夫人拜堂成亲。众将都来庆贺，不表。

再说王世充闻此消息，对孟海公道："谁想二位夫人都被尉迟恭擒去，唐童就一并赐与他结为夫妇，世上哪有这般欺人的道理！"孟海公闻言，不胜惭愧，弄得脸上红了白、白了红，大叫一声："罢了！"正在忿恨，走过大夫人马赛飞来，说道："大王不消发怒，待妾身明日出阵，擒拿这两个贱人来千刀万剐，与大王消恨便了。"孟海公闻言，心中想道："明日他去出阵，倘然照着前样，便怎么处？"又回想一想道："嗳，岂有此理！这马赛飞是我结发夫妻，岂比那小老婆的心肠？"遂叫一声："御妻，孤家万里江山，全在御妻你一人身上，你须小心。"马赛飞道："妾身晓得，大王请自宽心。"一宵无话。

次日，马赛飞头戴金凤冠，身穿大红绣龙战袍，外罩黄金宝甲，坐一匹走阵桃花马，手中抡一柄绣鸾刀，肩背上系一个朱红竹筒，筒内藏二十四把神刀，一马当先，直至唐营，高声叫道："唐营军士听着，快叫那黑白两个贱人出来！"小军飞报进营说道："启千岁爷，外边有个女将讨战。"秦王道："为什么他们有这许多女将，一日一个，不知还有多少在那里？"咬金道："主公，如今这个赐了臣罢！"徐茂公道："你擒得来，就把他赏了你。"咬金听得这句话，顷刻骨头没有四两重。叫声："多谢军师！"即提斧上马，杀至阵前，仔细望前一看，见这女将比前日两个还胜百倍，心中大喜道："也是我老程的造化。"便高叫一声："姣姣的娘啊，你今年青春多少了？"马赛飞道："来将讲什么鬼话！"咬金道："我要你做亲，你道快活么？"马赛飞见咬金的面庞是黑的，便问道："你莫非就是尉迟恭么？"咬金道："正是，你要嫁他么？"马赛飞大怒，骂声："黑脸贼，你擒俺两个贱人做这样的丑事！"咬金道："这便何妨？"赛飞道："今日遇着俺，必要剥你皮抽你筋，方出俺的怒气！"便把手中绣鸾刀一抡，直取咬金。咬金举斧相迎，叫声："娘啊，好刀！"不上三四回合，马赛飞就算计起来，把两口刀一只手拿了，那一只手却将肩上的描金朱红竹筒拿下来，开了盖，叫声："黑贼，看俺宝贝来了。"咬金抬头一看，呼一声，一飞刀起于空中，咤的一响，正中咬金肩上，咬金翻身跌下马来。马赛飞正要将刀取他首级，心中想道："俺若如今一刀杀了这黑贼，岂非便宜了他，不如活捉他回去，慢慢地将他千刀万剐，以出俺大王之气，有何不可。"就把程咬金绳穿索绑，活捉回营，请令定夺。

第五十四回　罗成力擒马赛飞　咬金脱难见秦王

罗成奉命，上马提枪，出得营门。那马赛飞摆动手中双刀，来战罗成。罗成抢上一步，借势一提，就把马赛飞擒过来。掌得胜鼓，回营缴令。徐茂公吩咐监在后营，按下不表。

再讲洛阳军士飞报进去："启王爷，不好了！"王世充忙问道："为什么？"军士道："那位马娘娘被罗成小将活擒去了！"孟海公听见，叫声："罢了！孤家献尽丑了！"又叫道："王王兄，小弟为救洛阳，发兵来此，两个爱妾被他拿去出丑，这也罢了。如今这马氏是要紧的，怎生救取回来才好放心？"王世充道："正是。这便如何救取呢？"忙问铁冠道人："计将安出？"铁冠道人道："除非将程咬金去换取马娘娘回来。"王世充大喜，便命人将程咬金换马赛飞回来。

次日，有军士报进帐道："报启上王爷，今有相州白御王高谈圣、楚州南阳王朱粲二路人马来助大王，齐在营前，请旨定夺。"王世充闻报大喜，吩咐大开营门，同二王、众将一齐出来迎接高谈圣、朱粲来至帐中，各个见礼，吩咐摆宴接风。次日王世充升帐，众将分列两旁：上面头一位却是窦建德，众王子因他与唐童至亲，不助唐童反助洛阳，乃义士也，故此逊在第一位；第二位乃是高谈圣；第三位孟海公；第四位朱粲；第五位是王世充。这五王子龙位坐了，下面还有盖世雄、史万玉、史万宝、苏定方、梁廷方、单雄信等一班将官。一个个顶盔贯甲，挂剑悬鞭，弓上弦，刀出鞘。王世充开言叫一声："诸位王兄，感蒙不弃，来助弱国，奈唐童这厮兵强将勇，几次出战损兵折将，弟却心中不忍，敢问诸位王兄有何妙计退得唐兵，弟当不惜土地以谢众位。"当下有白御王高谈圣道："小弟初来，未知深悉。若言胜负，乃兵家常事。至于小小唐童，有何不可破敌哉！王王兄不必忧心，待弟生擒这唐童便了。"便问众将："何人去拿唐童？"有盖世雄愿往。高谈圣道："小心在意。"盖世雄口称得令。他有随身宝贝"飞钹"，昔日在扬州考武，用这飞钹，被王伯当神箭射伤，他又往天平山重新炼好回来，却投了高谈圣，在他帐下为将。今日来助洛阳，又要把这飞钹卖弄神通。

那盖世雄不喜骑马，善于步战，大踏步来至唐营，大叫一声："军士，快叫能事的出来会俺法师！"唐营小军飞报进来道："启上千岁爷，今有一和尚，口称法师，前来讨战。"茂公闻惊，心中吃惊，顷刻双眉紧皱，叫声："怎么好？"众将忙问道："军师几场大战，尚且不惧，今日闻一和尚，为何便眉头不展，愁闷起来？"茂公道："列位将军，你们哪里知道，我算阴阳，那和尚就是盖世雄，昔日在扬州考武，你们都曾会过他，岂不知他的厉害么？昔日只有七片飞钹，如今却有二十四片飞钹，况他本领又是高强的。若还出阵，必要伤我唐营几员上将，故此一闻和尚，便知是他相助相州白御王高谈圣来此。洛阳大会五龙，将有一场大战。"

第五十五回　八阵图大败五王　高唐草射破飞钹

当下秦叔宝上前道："军师，就是这头陀盖世雄，末将曾认得他的，又非三头六臂，怕他怎么？待末将出马会他一阵何如？"茂公道："使得，须要小心防他飞钹。""得令！"那叔宝提枪上马，出了营门，来至阵前，不用通名，挺枪就刺。盖世雄忙举禅杖相迎。两下大战二十余合，盖世雄就丢起飞钹，叔宝要躲也来不及，着了一钹败回。凡唐营出马的将官，被飞钹打伤者，共有二十余员。那盖世雄日日前来讨战，徐茂公无计可施，只得挂出免战牌去。盖世雄看见，大笑而回。对五位王爷说了，五位王爷大喜道："他只道威风无比，哪知今日也有挂免战牌的时节。"单雄信道："我们今夜不免提兵去劫营。"

五王闻言，大悦道："驸马言之有理。"传令三军准备停当，今晚劫营。不表。

再说徐茂公正在议事，忽听传报进来："报启千岁爷，外边京兆三原李老爷求见。"徐茂公闻报，便喜笑颜开说道："好了，好了，药师来时，大事成矣！"秦王与众将即忙出帐相迎。李靖到了里面，大家见礼已毕。李靖道："贫道在海外云游，闻得盖世雄在此用毒药飞钹伤人，故此特来探取他的飞钹。"正在谈论，只听得后帐有悲苦之声，便问："为何有此悲苦之声？"秦王道："只因出战，被盖世雄飞钹打伤。"李靖即便取出一包药来，分救众将。此药果是仙丹，吃下去，立刻痛都好了。众将都出来拜谢。徐茂公就把军师印剑送与李靖掌管，李靖道："贫道只好权时受纳，待贫道破此飞钹，削去五王，便要往北方去会一个朋友。"说罢升帐，报掌军师，那众将打拱已毕，分列两旁。李靖道："贫道方才进营，见洛阳营内有一道杀气冲天，今晚王世充必来劫营，必须杀他一个片甲不还！"即传令道："秦叔宝过来！你带兵一支，前往御果园，埋伏左右，待黄昏时分，王世充人马必到此处经过，你可挡他的归路。"秦叔宝得令。军师又道："罗成听令！你带一支人马，前往西北方埋伏。"罗成口称："得令！"军师又令尉迟恭："你带一支人马，往东北方埋伏。"尉迟恭口称："得令！"军师又令白夫人："你带一支人马，往西南方埋伏。"白氏一声："得令！"军师又令黑夫人："你带一支人马，往东南方埋伏。"黑氏也称："得令！"军师又令殷开山："你带一支人马，往正南方埋伏。"殷开山口称："得令！"军师又令马三保："你带一支人马，往正东埋伏。"马三保应声："得令！"军师又令史大奈："你带一支人马，往正西方埋伏。"史大奈口称："得令！"军师又令张公瑾："你带一支人马，往正北方埋伏。"张公瑾口称："得令！"军师道："尔等众将，但听中军号炮一起，一齐杀来，违令者斩！"众将得令前去。

单讲洛阳王世充，到了三更时分，同着各家王子、大小将官，点齐人马，悄悄地来到唐营，呐喊一声，一齐动手，顷刻点起灯笼火把，照耀得如同白昼。窦建德摇动九环大砍刀，孟海公抡着宣花斧，高谈圣使着两根狼牙棒，朱粲挺着三股叉，王世充摆着方天戟，那一班战将盖世雄、苏定方等各执兵器，大吼一声道："让俺者生，挡俺者死！"正在逞勇，忽听得唐营中轰的一声炮响，正东上，马三保杀来；正南上，殷开山杀来；正西上，史大奈杀来；正北上，尉迟恭杀来；西南上，白夫人杀来；东南上，黑夫人杀来。四面八方一裹，把五王与众将并一万人马团团围住。那五家王子与众将大吃一惊，明知中计，心慌意乱；欲待回兵，又听得放炮一声，霎时间，西面火把点处雪亮。朱粲连忙摇动三股叉，正逢着马三保。王世充大怒，即摆动画杆方天戟，一马冲来，劈面正撞着尉迟恭。窦建德挺着九环大砍刀，前边来了白氏夫人使梨花枪迎住。那黑氏逞强，使两口双刀杀来，不料正撞着旧主，孟海公骂道："无耻的贱人，今番怎敢来见孤家？"黑氏羞得满面通红，无处躲避。高谈圣使动狼牙棒，却遇殷开山敌住。众将奋勇前来，却被罗成枪到处尽皆落马。那盖世雄慌慌张张，况是黑夜交兵，又不敢放起飞钹，口口声声只说得一声苦，弄得上天无路，入地无门。此一番交战，杀得五家王子的兵马，尸积如山，血流成海。那五王子只得拼命杀出阵中，看看败至御果园来，回头一看，只见自己的人马，十停去了九停。

那王世充叫了一声："列位王兄，今番此败，大辱我等，各邦声名休矣！"言之未已，一声炮响，闪出一队人马来。为首大将是秦叔宝，摆着提炉枪，挡住去路。五王又吃一惊。盖世雄忙举水磨禅杖来战，怎挡得秦叔宝这杆提炉枪神出鬼没，盖世雄这根禅杖哪里杀得他过，欲待放起飞钹，又恐黑夜之中误伤五王性命。众王子已经杀了半夜，都杀得骨断筋酥，各自躲去，谁肯还来顾恋盖世雄？可怜那盖世雄，正在难解难分之际，忽见左首杀出一支兵来，原来是单雄信。他见众王子兵马零乱，只得带兵前来接应，却遇见秦叔宝，便大怒骂道："黄脸的贼，罗子来拼命了！"举金顶枣阳槊打来。叔宝叫一声："单二哥，小弟不敢回手。"兜转马，败回唐营去了。五王子才得回至本营。到了天明，齐集众将。各位王子道："王千兄，我等意欲报仇雪耻，奈无大将破敌，如何是好？"王世充道："前日军师铁冠道人，前往日本国，相请鳌鱼太子到来，待他一到，方可开兵。"

不表众王计议，再讲唐营众将，得胜报功已毕，李靖又差尉迟恭前去取高唐草，尉迟恭领了令，一路往乡村野处寻觅而来。只见一小户人家，但听内面有人唤道："高唐，你可将我身下的草，换些干净的来。"
又听见一人应道："晓得了。"少停，只见一人拿着许多乱草，出门欲
向河中去洗。尉迟恭拦住问道："你叫高唐么？"那人应道："正是。"
尉迟恭又问道："你手中是何物？"那人道："家中有产妇，此是她身
下的草，有了血迹，故此拿去丢在河内。"尉迟恭大喜，连忙说道："既
是这些草没用的，把与我罢！"那人道："你要，就拿了去。"尉迟恭
连忙接了，回来缴令。李靖见了大喜，吩咐众军士道："把草分扎在箭上，
但见盖世雄放起飞钹，一齐放箭。"众军士得令。李靖就唤秦叔宝前去
讨战，叔宝得令，拿了提炉枪，上了呼雷豹，化落落一马当先，来至阵
前讨战。盖世雄大怒道："晚间交战，不便用宝贝，故此便宜了他那黄
脸贼，今日又来讨战，我就把飞钹拿他，有何不可！"遂取了禅杖，大
踏步走出营来，喝道："咄！你这黄脸的贼，昨夜挡俺师爷的归路，今
日又来讨死么？不要走，照爷爷禅杖罢！"举起禅杖就打。叔宝把提炉
枪劈面相迎，马步相交，一场大战。来往约有二十回合，盖世雄回身就走。
叔宝随后赶来，盖世雄大叫一声："黄脸的贼，看师爷的宝贝！"呼的
一声放起一片飞钹。李靖在营门早已看见，吩咐放箭。罗成早取弓在手，
搭箭在弦，弓开如满月，箭去似流星。当的一箭，正中飞钹，跌下地来。
盖世雄看见大怒道："小贼怎敢破师爷的宝贝！"索性就把二十三片飞
钹一起放起。

　　这番唐营内众将，大家各个放箭，嘤嘤的一齐把箭射来，只听得半
空叮当响，这些飞钹都已纷纷扬扬落下地来。盖世雄看见，一惊不小，
只叫一声："罢了，枉了俺几载功劳，一旦坏于此地！"就手举禅杖奋
勇打来。叔宝回马就走，盖世雄纵步追来，叔宝身边取出金装锏来，耍
的一锏打来。盖世雄将身一闪，早中后心，叫声："啊唷！不好了。"
倒拖禅杖就走，不上几步，即口吐鲜血起来。那盖世雄一时昏乱，却不

往自己营门败进，反往北首落荒而逃。叔宝因思穷寇莫追，也便回营缴令。此言不表。

众王正在惊慌，外边又报进来道："启王爷，今有日本国驸马带领兵马三千，现到营前了。"众王齐出迎接，来至大帐，见礼坐定。只见那驸马面如傅粉，唇若涂朱，一头黄发挽就三个丫髻，当头戴顶金冠，都是珠玉穿就，却生一双怪眼，鹰嘴鼻，招风耳，耳挂一串金环。身上穿着长袖锦丝的倭衣，脚下穿一双高底鱼皮番头战靴。身长一丈四尺，使一柄长柄的金瓜锤，有万夫不当之勇。一口番语，再听他不出的。却带两个通事的将官，一个叫王九龙，一个叫王九虎，二人乃嫡亲兄弟，原是山东人氏，自小习学枪棍，因做了大盗，问成死罪在狱。多亏秦叔宝与他们上下使用，改重为轻，救了他二人性命。后来逃到日本，竟做了通事。兄弟二人时常说起秦叔宝的大恩未曾报答，今有此便，特谋此差到来。

众王道："难得驸马远来，为甚我们军师不同来？"那鳌鱼一些不懂，只得两眼张开，看着旁边。王九龙便对驸马叽里咕噜说了一番，那太子方才明白，开言也是叽里咕噜对众王子说，众王子哪里听得出一句，也是王九龙过来说道："军师又往别处访游，故请太子先来。"列位：你道铁冠道人为何不同太子回来？他是有意的，因见王世充不像成大事的，故此只说别处访游。

第五十六回　秦叔宝力斩鳌鱼　单雄信哭别娇妻

当下王世充只道军师又去请借兵马，心中满望他回来，便吩咐摆酒，同众王子与太子接风。次日五王升帐，请太子坐在上面。众王子道："今日请太子开兵，不知可否？"那太子不懂。却说王九龙私下对王九虎打番话说道："我闻恩人秦叔宝，今在唐营为将，秦王十分重用。今驸马骁勇厉害，恩人岂是对手？若出兵，不是当耍的，必须如此如此方好。"二人无意向着太子，那太子只得呆看。这众王子又说道："我等今日欲请太子开兵，不知可否？"那王九龙才走过来，对驸马道，只听咕噜咕噜说了几句，太子点头说道："咽哒，咽哒。"众王不懂，王九龙道："他说待我就去。"众王闻言大喜，送太子出兵。

那鳌鱼太子要逞威风，提了金瓜锤，上了白龙驹，来至阵前，大喊大叫道："达马姑达马姑！"王九龙、王九虎随定驸马，双骑并驾，大叫道："哒！唐营兵卒，快叫能事将官出来会战！"小军飞报进营："启千岁爷，外边有一倭将讨战。"李靖便问："何人前去会他？"秦叔宝应声愿往。李靖道："须要小心。"应道："得令！"叔宝提枪上马，来到阵前，果见一员倭将，他的两名通事，甚是面善。那鳌鱼太子问道："古木牙打苏。"叔宝不懂他的番语，便问两个通事的："他说些什么话？"王九龙道："他问你叫甚名字。将军，我与你有些面善啊。"叔宝道："我乃山东秦琼。"王九龙道："原来将军就是秦恩公！啊呀，秦恩公，此人力大无穷，必须骗他，回头方好挑他。"叔宝大喜。那鳌鱼也问通事，说道："米多而呀人里。"（他问的是见到那将官，说些什么？）九龙道："他说杀杀哩杀杀哩哈哈牙却打是像。"（说那将官说道："琉球国王死了，快些回去。"）那琉球太子却是大孝子，听见说国王死了，把头一侧。叔宝就当胸一枪，刺得他翻身跌下马来。王九龙下马，斩了首级，兄弟二人同叔宝回营。叔宝问道："虽与二位面善，不知曾在何处会过？"九龙道："恩公，你难道忘怀了么？昔日在山东，我兄弟二人问成死罪，在狱多亏恩公相救。如今在琉球做个通事。小人叫王九龙，兄弟叫王九虎便是。"叔宝道："嘎，原来是二位，这也难得。"便一同进营见了秦王，也封了将官。

再讲单雄信正在营中，只见五王众将都已杀尽，独力难支，遂叫一声："罢了！"只得来见世充道："臣回洛阳去干一事就来。"世充道："孤身边无人，驸马速去速来。"

雄信别了世充，径到洛阳。走入府中，早有宫女报与公主娘娘："启娘娘，驸马爷回来了！"即吩咐摆酒。驸马与公主对酌，公主忙问道："驸马，妾闻兵临城下，日逐交锋。今日想是唐兵退去了，故此回来见妾。"雄信叫声公主："你说哪里话来？你还不知道唐童的厉害哩，他帐下兵强马壮，将士勇猛，一个个能征惯战，尽是英雄，却把我们借来的几国将士都杀得干干净净，只留得五位王子。就是那马赛飞神刀、盖世雄飞钹，尽皆化为乌有。眼见大势已去，将来必致玉石俱焚，为此回来与公主吃杯离别酒。公主啊，我今日与你吃酒，明日只怕就不能见面了，若要相逢，除非来世。"说罢，不觉流下泪来。

单雄信别了公主，一马出城来到营中下马，也不与王世充说明，即顶盔贯甲，提槊上马，出了营门，叫声："老天，今日俺恩仇两报之日也！"化落落一马直至唐营，大声喝道："咄！唐营将士，罗子来蹦营了！"把槊一摆，蹦进营来。正是一人拼命，万夫难当。守营军士见他来得凶勇，把人马开列两边。雄信便叫道："避我者生，挡我者死！"

雄信杀到中营，把槊乱打，大叫道："唐童，俺单雄信来取你首级也！"秦王闻言，倒也不在心上。徐茂公忙奏道："主公虽然爱他，他却越扶越醉，万一杀将进来，难以招架，依臣愚见，还须拿住了他，待他降不降再作理论。"秦王依允。徐茂公往下一看，那些众将都是结拜的朋友，谅来不肯伤情，独有罗成与他面和心不和，遂叫："罗成！你与我去擒这单雄信！"罗成道："得令！"秦王道："罗王兄，那单雄信是孤家心爱之人，切不可伤他性命。"罗成答应，即上马提枪出营，正遇着雄信奋勇打人，便叫一声："单二哥，不必逞凶，俺罗成来也！"雄信大怒道："你这忘恩负义的小贼种，你说不投唐的，今番却来挡俺，老子与你拼命罢！"即一槊打来。罗成道："我不与你赌骂，拿你去见主公罢。"把枪掀开了枣阳槊，一把拿过来，往地下一掷，叫一声："绑了！"

众军士将他绑缚了，推至秦王面前。罗成上前道："臣奉令生擒雄信，在此缴令。"雄信也不跪，便大骂道："唐童，我生不能啖汝之肉，死当以摄汝之魂！"骂不绝口。秦王满面赔笑，亲解其缚。雄信手松，只见秦王佩剑在身，就拔剑在手，照秦王砍来。两边将士急救，被他砍倒二十余人，秦王躲入后帐，茂公急令："用绊马索绊倒了，照前绑下！"

徐茂公道："苦劝不从，只得斩首。"秦王依允，把雄信绑出营门，就差罗成监斩。茂公又奏道："臣等与他结义一番，可容臣等活祭，以全朋友之情。"秦王允奏。

茂公便同程咬金等众人设下香烛纸帛，茂公满斟一杯送过来道："单二哥，桀犬吠尧，各为其主。可念当初朋友之情，满饮此杯，愿二哥早升仙界！"酒到面前，雄信把酒呼来照茂公面上一喷，骂道："你这牛鼻子的道人，老子好好一座江山，被你弄得七颠八倒，今日还要说朋友之情！什么交情！谁要你的酒吃！"茂公道："二哥虽不吃，我是尽我的理。"然后张公瑾、史大奈、南延平，一个个把酒敬过来，雄信只是不肯饮。

第五十七回　秦琼建祠报雄信　罗成奋勇擒五王

罗成上前道："单二哥，小弟不是怕你不过，因我们都是朋友，岂可不敬你一杯？但你与俺表兄何等交情，众朋友都归了唐，单二哥这等执意，觉得太过分了些。今番小弟奉令监斩你，若要性命，可速速商议。不然，你快饮此酒，待小弟开刀。"雄信听见此言，骂道："罗成！你这小贼种，背义投唐，我今生不能杀你，来世杀你全家。老子入你的亲娘！"罗成听他骂得刻毒，一时兴起，大怒，拔剑把雄信一剑砍为两段。

叔宝抱住雄信的头，大哭道："我那雄信兄啊！我秦琼受你大恩，不曾报得，今日不能救你，真乃忘恩负义。日后，九泉之下，怎好见你？雄信兄，我只好来世相报了！"跪在地下，哭个不住。众将劝了半日，方才住哭。即忙进营，哭诉秦王道："臣受单雄信大恩，欲把尸首安葬，以报昔日之恩。"秦王允奏。

徐茂公道："明日可破洛阳，生擒五王。安定天下，在此一举，众将无许懈怠。罗成过来听令！"罗成应道："有！""你带领一万人马，埋伏在家锁山，等待五王到来，生擒活捉。限你午时拿下解来；若差时刻，斩首号令！"罗成道："得令！"茂公又道："尉迟恭、程咬金听令！"二人应道："有！""你两人明日冲他左营。""得令！""黑白二氏过来！"应道："有！""你两人明日冲他右营。""得令！""张公瑾、史大奈、南延平、北延道，你们明日冲他中营。""得令！"这里连夜点兵端正不表。

再说王世充升帐，与各王见礼已毕，五王坐定，忽见军士飞报进来道："启千岁爷，不好了！昨日驸马独踹唐营，被唐将擒住斩首。"王世充闻言，犹如冷水一淋，大叫一声："天亡我也！"一跤跌倒。众王慌忙扶起，世充醒来，大哭道："啊呀！驸马！如今叫孤家怎生是好？"窦建德道："王王兄，且免悲伤。目今看来，洛阳难保，不若带领兵马，同孤家回转明州。孤处还有元帅刘黑闼，有万夫不当之勇，镇守在那里，还可再来复仇。如今急宜速走，若再迟延，我等休矣！"朱粲道："窦王兄之言有理。就是孤家南阳还有精兵，公子伍登，乃伍云召将军之子，骁勇无敌，镇守在那里。不如大家回兵，再去整顿人马，前来复仇。如若延误，只恐不保。"众王道："有理。"正在议论，忽闻唐营炮响。小军飞报进来道："千岁爷，不好了！唐兵杀来了！"众王大惊，齐上马杀出来，只见营盘已乱。众王欲寻路逃走，留待日后报仇，谁想四面都是唐兵。众王明知不好，只得拼命杀出。忽遇张公瑾杀至，王世充挡住；史大奈杀来，窦建德对定；南延平杀来，正遇高谈圣抵住；北延道杀来，孟海公敌住；金甲、童环杀来，朱粲敌住；樊虎、连明杀来，史万玉、史万宝对敌厮杀。

世充见势头不好，叫声："众王兄，速往明州去罢！"五人一齐杀出，窦建德领头，齐往明州去路败将下去。被唐兵追赶三十余里，史万玉、史万宝俱已阵亡，不表。

且说徐茂公已破洛阳，请秦王入城。秦王吩咐：单雄信家小，不可杀害。一面出榜安民，盘清府库。不想公主闻得秦王破了洛阳，即将宝剑自刎而死。叔宝即将他夫妻合葬在南门外，又起造一所祠堂，名为"报恩祠"，以报他当初潞州之恩。秦王就封他为洛阳土地，至今香火不绝。

再讲五王带了残兵败去，回头见唐兵不来，心中方安。王世充道："列位王兄，都是小弟之罪，害列位兵亡将死，弟有何颜？不若自刎了，以报列位相助之恩。"四王齐劝道："王王兄，事已至此，且往明州再作计议。"

　　五王一路而行，来到一山，名唤家锁山。正行之间，忽山后一声炮响，闪出一支人马，当头一员小将，挡住去路，大叫："小爷爷在此等候多时，速速绑了，待我解去，省得动手。"五王抬头一看，见是罗成，惊得魂不附体，叫声："罢了！"窦建德道："列位王兄，罗成虽然骁勇，难道我们怕他，大家束手被擒不成？不若与他交战，倘得过了此山，就有性命了，谅他不过一人，我们拼命与他杀罢！"众王齐声道："有理。"一齐杀将过来。遂把罗成围住在当中，拼命厮杀。未及四个回合，罗成卖个破绽，被窦建德一刀砍来，罗成把枪一架，指东打西，一枪刺中孟海公的腿上，翻身落下马来，被手下捉拿去了。窦建德大怒来救，不料马失前蹄，跌下马来，也被拿了去了。王世充、高谈圣、朱粲三人着了慌，欲待要走，怎当罗成赶上喝道："哪里走！"一枪刺来，正中高谈圣右肩，也被拿去。朱粲见高谈圣被拿，心中一发慌，被罗成照背一枪，跌下马来，被擒不表。

　　王世充料不能胜，杀开一条血路，往山里就跑。罗成后面追赶。那王世充正在慌张，一跤跌下马来，也被擒了。此时正当日午，罗成一看大喜，军士将五王解往洛阳城中，其余残兵，一半投顺了，一半逃回明州。刘黑闼闻之大怒，即自称为后汉王，封苏定方为元帅，兵镇明州，按下不表。

　　再说秦王破了洛阳，吩咐摆宴庆功。遂即杀牛宰马，大摆筵席。顷刻间，笙歌满座，鼓乐盈耳，君臣欢悦，安心畅饮。

　　次日秦王进兵回长安，将归降众将秦叔宝、尉迟恭、徐茂公、程咬金、罗成等三十六员，求父王一一加封官爵。

第五十八回　殷齐王谋害世民　尉迟恭御园演功

当下高祖看到尉迟恭的名字，就想着日抢三关，夜劫八寨，三跳红泥涧，不觉勃然大怒道：“此贼来了么？不许朝见，速速斩首。”众校尉领旨，忙将尉迟恭衣衫剥下，立刻花绑了，只等行刑旨一下，就要开刀了。那秦王一见，急忙跪将过来，叫声：“父王，抢关劫寨本该得斩，但此时也是各为其主，后来投了臣儿，御果园独马单鞭来救臣儿的，功劳也可准折得过，望父王开恩。”高祖闻奏，心中一想道：“他既肯赤身露体，不避刀枪，前来救驾，也可饶他一死。”高祖尚未传旨，只见大太子殷王建成，三太子齐王元吉，满面怒容，如有妒忌之意。只因那唐高祖的大太子建成，差了主意。你是东宫大太子啊，那座万里江山怕有何人抢了去？白白里空做一番死冤家，皇帝倒没得做。闲话少说，书归正传。再讲那殷、齐二王，见世民带这许多英雄，又百般夸功，父王又轻易听信，只得上前奏道：“父王，莫听世民之言。臣儿细想尉迟恭之功，其中有假。”高祖便问：“焉见得其中有假？”建成道：“臣儿闻得单雄信名扬四海，有万夫不当之勇，尉迟恭单鞭独马，又不穿衣甲，如何战得他过？”

秦王奏道：“不必疑惑，尉迟恭在御果园救臣儿是真的，莫听王兄之言。父王若不信，可叫尉迟恭演这一功，与父王观看。”建成道：“如要演，可在御花园中，也要照样离园五里，尉迟恭去洗马，也要徐茂公去唤，往还若差了些儿，其功尽假。"高祖准奏，又问单雄信何人去扮，元吉道："臣儿手下有一王云，可去扮。"高祖道："好。把以下三十四人尽封总管，明日御花园演功，就此退朝。"众官回府不表。

再说殷、齐二王回到府中，元吉叫声："王兄，你看世民今日回来，这些将官一个个如龙似虎，日后父王归天，这座江山谅来我与你无分，故此，方才在父王面前，将那些官算计得一个，明日就少了一个。但为今之计，欲图日后得江山，不如今日先除世民。"建成道："计将安出呢？"元吉道："趁明日在御花园演功，就叫王云前去杀了世民，这天下还怕何人得了去？"建成道："御弟之言虽有理，然杀了世民，父王必定追究，万一王云说将出来，这却如何是好？"元吉道："做王云不着，待王云成事回来，就一刀把王云杀了，便死无对证了。虽然苦了王云，要做皇帝也管他不得。"建成大喜。

次日，高祖摆驾到御花园，在万花楼上聚齐文武百官，要看尉迟恭演功。

元吉就唤王云吩咐道："你不可忘记了我的言语。"王云应声："晓得。"提槊上马，来至假山，大叫一声："咄！唐童，俺假单雄信来也！"这一声喊，那秦王是防备着的，听见一个"咄"字，就往山下跑。王云随后赶来，徐茂公慌忙上前，一把扯住了假单雄信的战袍，假作慌张之状，说声："单二哥，不可动手。"王云变着脸道："我与你什么朋友？"说罢，即拔腰间所佩的宝剑，耍的一剑，把袍割断。茂公也不等他割断，把手一放，竟拍马出园，飞奔往御河桥来。离桥还有半里路，就叫："救驾！"那尉迟恭是有心等候的，把眼不住地望着那条通御花园的来路，远远一闻茂公的声音，他就飞上了乌骓马，举了竹节钢鞭，豁喇喇一马径往御花园来，大叫一声："勿伤我主！"这一声喊，犹如晴天上一个霹雳。那王云赶着秦王，见秦王往假山后团团走转，举槊便打。秦王大惊道："不过在此演功，只当玩耍做戏来，你怎么认起真来？"王云睁着两眼喝道："谁与你玩耍做戏来？当真要来取你命了。"说罢，就耍的一槊打来。秦王大怒，骂道："好贼子！怎么当真起来？"遂把定唐刀一架，来战王云。那秦王哪里是王云的对手，只得又走，王云随后又赶上来。

再不道尉迟恭忽然就到，那高祖在万花楼上观看，见尉迟恭人不披甲，马不备鞍，果然单鞭独马，威风凛凛，相貌堂堂，声如霹雳，心中大喜。又见王云起初还好，后来十分无礼，看看要伤秦王，高祖心中有些发恼。看见尉迟恭到来，心中放宽。尉迟恭大叫道："勿伤吾主！"王云看见尉迟恭赶到面前，遂弃了秦王，举槊望尉迟恭劈面打来，尉迟恭把鞭往上只一架，王云哪里招架得住，早被尉迟恭一鞭结果了性命。三人齐来复旨，高祖看见尉迟恭赤身跪在楼下，一些寒冷也不怕，遂下旨道："依秦王所奏，封尉迟恭为总管，就此回营。"尉迟恭家将取衣服来，与尉迟恭穿好，各回衙门。自此无事，足足平安了一年。

不道高祖内苑有三十六宫，七十二苑。内有二宫，一名"庆云宫"，乃张妃所居；一名"彩霞宫"，乃尹妃所居。这张、尹二妃乃是水性杨花，怎耐得高祖数月不幸其宫，岂无怨望之心？于是与太子建成、齐王元吉勾勾搭搭，成其好事。

再说秦王因出兵日久，记念王姊，遂往后宫相望。姊弟二人见礼坐下，就吩咐侍儿治酒留饮，至晚才散。秦王别了王姊，一路出宫，打从彩霞宫走过，听得音乐之声，只道父王驾幸此宫，便问宫人道："万岁爷在内么？"那宫人见是秦王，不敢相瞒，便说道："三千岁在里面，不是万岁爷，乃太子也。"秦王闻言大惊，连忙摇手，叫声："不要声张！"轻轻往宫内一张，果见建成搂抱尹妃，元吉抱住张妃，在那里饮酒作乐。秦王不见犹可，一见之时，就惊得半死，只叫得一声："罢了！"欲待冲破，恐怕扬此臭名出去，况是嫡亲手足；如若声张，性命决然难保。千思万想，一时无计。

第五十九回　世民宫门挂玉带　敬德屈受披麻拷

当下秦王见此丑事，不敢冲破，想成一计道："嗄！有了！不免将玉带挂在宫门，二人出来，定然认得，下次决然不敢胡为，戒他下次便了。"就向腰间除下玉带，挂在宫门，径自去了。不表。再说建成、元吉与张、尹二妃调笑戏谑了一番，二妃道："二位千岁，天色已晚，恐有嫌疑，请各散去，明日再会罢。"建成、元吉依允。二妃相送出宫，抬头看见宫门首挂下一条玉带，四人大惊。二王把玉带仔细一看，认得是秦王世民腰间所围的，即失色道："这却如何是好？"二妃道："太子不必惊慌，事已至此，必须如此如此，这般这般。"二王大喜，出宫不表。次日，高祖驾坐早朝，设立两班，文武黄门官传旨："有事奏事，无事退班。"道言未了，只见内宫走出张、尹二妃，俯伏在地哭奏道："臣妾二人，昨日同在彩霞宫相聚闲谈，忽有二太子秦王闯入宫来，臣妾见他醉酒，问他何处留饮，他回说后宫相望王姊，故尔吃醉，继后把臣妾十分调戏。现扯下玉带为证。"就把玉带呈上来，高祖一见，便叫："美人，且回宫去，待孤处置畜生便了。"即传旨宣秦王上殿。秦王来至殿上，俯伏道："臣儿朝见父王，愿父王万岁，万万岁！"高祖一看，见他腰间系的是金带，便问道："玉带何在？"秦王道："昨日往后宫相望王姊，留在王姊处了。"高祖道："好畜生！怎敢瞒我？做得好事！"就命武士拿下，将秦王押入天牢去了。

再说建成得计，心满意足，忙上前奏道："世民下入天牢，众将都是他心腹之人，定然谋反，父王不可不防。"元吉奏道："父王可将众将远去边方，不得留在朝内，倘有不测，那时悔之晚矣！"高祖怒气未平，不觉失口道："也不须远调边方，革去官爵，任凭他去罢。"

再说那些众将，见旨意已下，谁敢不遵？一个个多端正车马，打点行李，带了家小，各个回家。那程咬金道："秦大哥，罗兄弟，你们两个怎样的主意？"罗成道："我与表兄同往山东。"咬金道："罗兄弟，你的主见不差，表兄表弟正该如此。当初拜盟的时节，有官合做，有马同骑，小弟如今也同往山东如何？这叫作你也好，我也好，三好合到老。我们一家儿住着，房钱大家出些。"叔宝、罗成大喜道："同往何妨？"三人商议停当，各带了家眷，径往山东去了不表。那徐茂公依先扮了道人，却躲在兵部尚书刘文静府中住下。独有尉迟恭吩咐黑白二夫人："先往朔州天堂麻衣县致农庄去，还有几亩荒田，家中还有妻儿，自耕自种，尽可过得。你们一路慢慢而行，等我且往天牢拜别秦王，也尽君臣之义一番，然后回去。"白氏夫人道："将军前去，速去速回，凡事须要小心，妾同姊姊先往前途相等。"尉迟恭应道："晓得了，你们自去。"那黑白二夫人带领车马，径往山后取路先行不表。

单讲尉迟恭出了寓所，避入一座冷寺。等到下午时分，拿了酒饭，扮作百姓一般，头戴烟毡帽，身穿布直衣，一路来到天牢门首，买通了看守，混进天牢。

尉迟恭进内四下周围一看，只见秦王坐在一张交椅上，尉迟恭上前跪下，叫声："主公啊！臣尉迟恭特来看你，你可好么？"秦王一见了尉迟恭走来，即抱住放声大哭。

齐王同狱官带领二十余人，来到天牢。尉迟恭就去躲在黑暗之中。齐王走进里面，叫声："王兄，做兄弟的特来看你。"秦王道："足见御弟盛情了。"元吉叫手下看酒过来。秦王明知他来意不善，便道："御弟，此酒莫非有诈么？"齐王道："王兄，你且满饮此杯，愿你直上西天。"秦王大惊，不肯接杯。元吉吩咐手下的："如不肯吃，与我灌他下去！"

众人齐声答应，正要动手，忽然暗黑里跳出一个人来，大喊一声，犹如在半天中打一个霹雳，喝道："你们做得好事啊！"大步上前，一把抓住齐王元吉，提起醋钵大的拳头，一上一下地打。

秦王终是个仁德之君，心中倒也不忍，叫道："尉迟王兄，放了他罢，有话待他好好地讲。"尉迟恭道："不相干。我便饶了他，他却不肯饶我。也罢，要我饶他，须要他写一张伏辩与我。"元吉看来强他不过，没奈何，只得提起笔来，写了一张伏辩，付与尉迟恭道："写完了，拿去看。"尉迟恭道："你且念来与我听。"元吉便念道：

齐王元吉不合于大唐六年四月十三日，因王兄李世民遭缧绁在牢，不念手足之情，顿生不良之心，记私仇而行谋害，又假送酒而藏毒药。不想天理昭彰，幸逢总管尉迟恭识破奸谋。日后秦王倘有不测等情，俱是元吉之故。所供是实。大唐六年四月十三立伏辩。齐王元吉画押。

元吉念完，敬德接在手中说道："饶你去罢。"元吉犹如离笼之鸟，漏网之鱼，两脚如飞的去了，尉迟恭道："这伏辩放在主公处，那奸王谅不敢再来相害，臣如今要回山后去了。"尉迟恭即拜别了秦王。

尉迟恭来到外边，刚走没几步就被殷王府的人拿下，绑上庭柱，将皮鞭乱打一顿。建成出来，坐在上面，两边站立一班骁勇将士。建成呼呼大笑，骂道："尉迟恭！你这狗头！俺家父王万岁爷，恐防尔等助秦王谋反，故此打发尔等回去。他们众人都已去了，独有你偏不肯去，擅敢大胆私入天牢，行凶无状。如今，你要官休，还是要私休？"尉迟恭道："官休便怎么样？私休便怎么样？"建成道："若要官休，问你与秦王谋反，夜闯王府行刺亲王，将你万剐千刀，剥皮揎草。若要私休，好好把昨日齐王写的伏辩送还了我，也要写一纸与孤。"尉迟恭道："俺官休私休都不怕你！"建成听说，大怒道："这狗头，还敢嘴强！"吩咐手下："与我满身搜！"那众手下一声答应，赶将过来，把尉迟恭身上团团搜，偏不见有甚伏辩。正要拷问，只见元吉到来，兄弟二人见礼已毕，元吉骂道："尉迟恭，你这砍千刀的狗头，好好送还了我三千岁的伏辩，万事全休，饶你狗命。若不在身边，放在别人处，也实对我说，不然孤就要用刑了！"尉迟恭道："要伏辩也容易，到万岁爷殿上就还你便了。"元吉大怒道："你这狗头！不动刑法，料你不怕。"吩咐左右将鱼胶化烊，用麻皮和钩，搭在他身上。此名为"披麻拷"，若扯一片，就连皮带肉去了一块。左右端正好了，将尉迟恭身上满身搭到，竟像野人一般，倒也好看。元吉问道："你这狗头！招也不招？"尉迟恭不知厉害，只说道："招什么？"元吉道："不招？"吩咐左右："扯！"手下一声答应，把麻皮一扯，就连皮带肉去了一大块。

第六十回　黑闼兴兵犯鱼鳞　定方一箭伤九虎

里边二王正在拷问，忽见外边报进来道："启上千岁爷，兵部尚书刘文静老爷有机密事情，求见千岁王爷。"二王听说机密大事，只得吩咐传见。二王就在外厅相见。这刘文静行过了君臣之礼，二王赐座，问道："先生此来，有何见教？"刘文静道："臣无事不敢惊动千岁，今有尉迟恭夫人黑氏来到臣府，说道白氏夫人在前途相等，不见丈夫回去，无处寻找，说有一张纸，是千岁爷的伏辩，要去见驾，特来见臣。臣一闻此言，弄出来非同小可，故此告知千岁。"二王大惊道："如今怎么样呢？"文静道："此事不是当耍的哟，依臣愚见，必须寻出尉迟恭还他，讨了伏辩才妙，不然，这张纸可是不可与人知道得的。若黑白二氏去见驾起来，万岁爷一知，千岁爷就不当稳便了，臣去了。"说罢，转身就走。二王忙一把扯住道："此事欲烦先生与孤商量调停才好。"文静道："千岁，此事没有什么商量，只要寻得尉迟恭还他，自然不怕他不还这张伏辩的。如今尉迟恭不知哪里去了，谅是商量不来的。"建成道："先生，尉迟恭不必寻得，他却在孤府中，还他就是。但这纸伏辩要先生身上还我的。"刘文静道："实不相瞒，臣看事不对，早已骗得他这张纸在此了。"建成道："拿来我看。"文静道："有了尉迟恭方好送还，不然，臣反受他黑白二氏之累了。"建成就吩咐放了尉迟恭。只见尉迟恭出来，满身是血，只把头来摇道："啊唶唶！死也！死也！"径往外边去了。

文静就取出伏辩送还，说道："二位千岁啊，方才若没有臣的时节，几乎弄出不好看来了，如今还了此纸，二位千岁可以放心，包管无事了。"说罢，就起身作别出门。看官，你晓得刘文静这纸伏辩从何得来？皆因徐茂公躲在他府上，算定阴阳，早早差人到天牢中，问秦王取出此伏辩，又设此计策，救了尉迟恭出来，何曾有什么黑氏夫人到他兵部府中。这些闲话不表。

尉迟恭连忙奔出城门，一路来赶家眷。在路早行夜宿，非止一日，回到了山后天堂府麻衣县致农庄上。寻到自己家内，方知几遭兵乱，妻儿不知去向，田产皆已乌有。尉迟恭叹息了一回，只得重整田园，耕种为活。

不想，唐朝骨肉伤残的消息，传到了明州后汉王刘黑闼那里。那刘黑闼是夏明王窦建德帐下的大元帅，因建德被罗成所擒，国中无主，众将推举刘黑闼，即自称为后汉王。这日闻报大喜，叫一声："唐童！你这小畜生！孤只道你那一班狐群狗党的强盗，永保横行天下，不想也有走散的时节。此时不与孤主公报仇，更待何时？"即日带了大元帅苏定方，点起雄兵十万，往陕西大国长安进发。一路上明盔滚滚，亮甲层层，所到之处，势如破竹，并无敌手。前边已到鱼鳞关了，军士连忙报上说："启上王爷，兵抵鱼鳞关，离城只有十里了。"刘黑闼道："吩咐大小三军，就此安营。"军士忙传令道："哒！千岁王爷有令，吩咐大小三军，就此安营。"众军士齐声应道："得令！"只听得三声炮响，扎下营寨。刘黑闼升帐，众将参见完毕，分列两旁。刘黑闼便问道："众将，何人敢去抢关？"有苏定方在班部中闪出来应道："臣愿往。"刘黑闼道："小心在意。"苏定方应声："得令！"他就头戴凤尾银盔，身穿鱼鳞锦甲，弯弓插箭，挂剑悬鞭，提着一杆烂银枪，坐下一匹白点龙驹马，出了营门。化落落一马到了城下，大叫一声："哒！城上的军士，快告守城将官，速速献城投降，万事全休；若道半声不肯，恼了俺爷的性子，杀进城来，叫你一个个都做无头之鬼，那时悔之晚矣！"那鱼鳞关守城小军飞报进帅府："启老爷，不好了，今有明州刘黑闼领兵十万，来与窦建德报仇，有将在城下讨战，请令定夺。"

那个守关的将军你道何人？他姓王，兄弟二人，一名九龙，一名九虎，原系山东人氏，后在琉球国内鳌鱼太子身边做个通事。五龙大会时，助秦叔宝灭了鳌鱼太子，遂降顺唐朝。他因在外国回来，带得许多奇珍异宝，送与建成、元吉，故此，残就做到了鱼鳞关总兵之职。当下王九龙闻报，便问众将："谁敢前去会战？"有兄弟王九虎应声道："小弟出关去会他。"王九龙道："使得，贤弟须要小心。"九虎应声道："得令！"只见他顶盔贯甲，提枪上马，奔出帅府，便令军士开了城门，放下吊桥，把马一拍，豁喇喇一马来至阵前，便喝道："无能贼寇！焉敢兴兵来犯天朝？可通个名来！"苏定方道："俺乃明州后汉王刘黑闼王爷大元帅苏定方便是。今我主欲与夏明王窦建德恩主报仇，故特兴兵来此，快通名来！"王九虎道："嘎！原来你就叫苏定方？看你前在洛阳，夜劫唐营，后来不见了，只道你砍死了，原来是怕死逃走的，今日又来送命么？你要问爷的名字么？俺乃大唐神尧高祖驾前、官封镇守鱼鳞关总兵大元帅麾下、正印先锋二老爷，叫作王九虎的是也。"苏定方道："嘎！原来是你？俺闻你是琉球国驸马的通事，与那秦琼一党，谋杀了鳌鱼太子，背义投唐，谅你难敌吾手。好好献关，饶你狗命。"九虎道："你道爷不善战么？试试爷的枪看！"耍的一枪刺过来。苏定方大怒，把枪劈面相迎。两马跑开，双枪并举，正是一个半斤对了八两。大战二十回合，马打四十个照面，不分胜负。那苏定方放下了枪，左手取弓，右手搭箭，扭回身嗖的一声，正中前心。王九虎倒翻筋斗跌下马来。苏定方回马斩了首级，掌得胜鼓回营，将首级号令营门不表。

再说高祖驾坐早朝，文武百官山呼已毕，黄门官启奏道："鱼鳞关总兵官有告急本章奏闻万岁。"把本章递上龙案，高祖看了，大吃一惊，便问："两班众卿，计将安出？"忽然闪出殷、齐二王，一齐奏道："臣儿不才，愿统雄兵前往鱼鳞关，务必生擒苏定方，活捉刘黑闼。如若不胜，甘受其罪。"高祖大喜，就命建成、元吉即日兴师，高祖驾退回宫。

那二王领旨，在教场内克选精兵十万，放炮祭旗，一路杀奔鱼鳞关来。建成哪里是刘黑闼对手，两军对阵时，被刘黑闼拦开建成手内的金背刀，顺手扯出鞭来，望建成耍的一鞭打来，正中后心，满口喷红，伏鞍败走。刘黑闼随后赶来，元吉见建成着了一鞭，心中一慌，不防被苏定方一枪正中左腿，几乎落马，同建成一齐大败回营。不料，后面刘黑闼大叫："众将趁势踹营！"那明州众将一齐踹进营来。殷、齐二王挡不住，败入关来，闭门不及，被明州兵一拥而进，只杀得尸山血海，二王失了鱼鳞关，败往紫金关去了。按下不表。再讲刘黑闼得了鱼鳞关，盘查府库，出榜安民，养兵三日，杀奔紫金关来。离城五里，炮响安营，不表。

再说那紫金关的守将，姓马名伯良，就是兵部尚书刘文静的妻舅，他本是公子出身，不谙武事。他参见二王，说道："千岁爷，可速往长安去见万岁爷，说未到之前，鱼鳞关已失，如今刘黑闼兵马扎营紫金关外了。要奏臣马伯良大胜明州兵，只是兵微将寡，还要添兵救应。如此奏法，定然无事。"二王大喜，便作别起身。马伯良道："千岁，此去须寻一个有本事的将官，前来帮助帮助。"二王满口应承，起身往长安不表。

如今要说山东秦叔宝。秦叔宝同了程咬金、罗成一家同住。叔宝空闲无事，却生出一场大病。你道他生什么病？却害那吐血的病症。原来他少年吃尽劳苦，积受风霜，如三挡杨林，九战魏文通，三倒铜旗，又在澄清涧拔枣树，受这些劳伤，故害了此病症。一日睡在床上，忽然想起秦王受罪天牢，不觉两泪交流。罗成便叫一声："表兄，你若记念主公，待小弟扮作客商，前往长安探望主公一番。有何不可？"叔宝听得此言，骨碌一下爬起来，坐在床上，大悦道："表弟，你果有此心么？"

第六十一回　殷齐王屈打罗成　淤泥河小将为神

　　次日，罗成拜别了年高的母亲，年少的妻子，叮嘱好生照看幼子。又拜别了表兄表嫂，带了罗春作伴，扮作客商，望陕西大路而行。罗成一路而来，不止一日，已到长安，正行到一家歇店门首，便吩咐罗春把行李搬进歇店去。罗春答应，主仆二人进店。不提防正值殷、齐二王在店门首经过，早已被他看见。

　　那殷、齐二王欲害秦王，时时防备这几员大将前来窥探，必要算计，摆布他个尽绝。当下一见罗成，还恐不是，又差人来打听，果然是罗成。建成、元吉大喜。次日，高祖驾坐早朝，二王奏道："臣儿奉父王旨意，领兵到鱼鳞关，不道其关已失，只得守住紫金关，被臣儿连败他数次。奈军中无有上将，未免不能擒拿贼首，望父王再发一员上将，添兵征剿。臣儿特地回朝，望父王准臣儿之奏为幸。"高祖道："为今之计，差哪一位将官前去方好？"建成道："今有越国公罗成，现在饭店住下，不知何故，父王可降旨一道，赐他官还旧职，挂先锋之印，前去灭贼，刘黑闼必可擒矣！"高祖允奏，即发圣旨一道，来召罗成。那罗成在旅店歇了一夜，却有圣旨下来，不怕你不接。

　　读过圣旨，香案供奉，一面就有军士来接罗成上马，径往教场中来。到了演武厅上，参见二王，即挂了先锋印，祭旗放炮，前往紫金关进发。兵马已到紫金关，马伯良前来迎接，同入帅府，当夜不表。次日，二王升帐，众将见礼分立两旁。建成道："今日开兵，谁敢出阵生擒刘黑闼，活捉苏定方？"连问数声，无人答应，罗成推托不得，没奈何，只得上前答应一声说道："罗成愿往。"二王道："你是前部先锋，逢山开路，遇水叠桥，凡遇交锋打仗，必须奋勇上前，怎么由你这样一个慢腾腾的性儿？孤这里问过几次，才出来答应，岂是做先锋的职分所为么？你如今不来答应就罢，既来领令，不可由你自性，须要生擒活捉报功，违令者斩。"罗成道："得令！"即提枪上马，开了城门，化落落一马来到阵前，高声大叫道："呔！你们营中可有苏定方，快快叫他出来受死！"那明州营中军士飞报进来道："报启千岁爷，外边有将讨战，声言要元帅爷出去会他。"刘黑闼道："那紫金关守关唐将马伯良这狗头，连日凭我们叫骂，只是闭门不出，今日想是有救兵来了。不知是谁人，待孤家亲自出去会他。"说罢，即提刀上马，三声炮响，开了营门，上前一看，认得是罗成，当下二人，一个枪挑，一个刀砍，

二人大战十有余合，那刘黑闼看看招架罗成不住，苏定方明晓得罗成的厉害，主公焉能敌得他过？遂暗放一箭，嗖的一声射来。这里罗成一枪，正中刘黑闼，忽闻得弓弦响，罗成将身一闪，那刘黑闼就逃回营中去了。这苏定方的箭，却中在罗成腿上，罗成大怒，就拔下腿上的箭，回射苏定方，也是嗖的一声响，苏定方也将身一闪，正中在左臂上，几乎落马。罗成本欲踹营，拿捉苏定方，因腿上有些疼痛，不便再杀上去，恐被他们暗算，只得掌得胜鼓，回营缴令。

殷、齐二王问道："罗成，今日出兵可拿下刘黑闼么？"罗成道："今日出兵，大败刘黑闼，箭射苏定方。"二王道："为何不踹他营盘，径自回来？"罗成道："臣正与刘黑闼交战，不防苏定方那厮暗放一支冷箭，中在腿上，故尔不便踹营。"二王大怒道："哇！被他射了一箭，还说得胜回营？自古道：'为将者眼观四处，耳听八方'。一支冷箭尚且招

架不来，焉得为上将？我且问你，昔日在家锁山，日擒五龙，这些本事哪里去了？今日要擒一个刘黑闼，尚且不能，你明明欺孤家不是你的主公，一心只向世民便了。有这样的国贼，违孤家的军令，吩咐绑去砍了！"武士一声答应，把罗成绑了，推出辕门。当下有马伯良道："千岁爷，目今用人之际，若斩罗成，这紫金关就难保了，不若放他转来，待他杀退明州之兵，挣下了功劳，怕不是二位千岁爷的？"建成道："马将军，你但知其一，不知其二。这罗成是秦叔宝、尉迟恭的一党，都是秦王的羽翼，孤家正要一个个摆布他，日后江山方得孤家有分，故此要将他处斩。"马伯良道："要他死，有何难处？且待他破了刘黑闼，寻个衅端，慢慢杀他便了。"建成道："既如此，死罪饶了，活罪难免，吩咐就此军前捆打四十御棍。"那武士把罗成推将转来，不由分说，打了四十御棍，两腿直打得皮开肉绽。

再说明州营内，后汉王刘黑闼正坐营中，早有细作打听罗成被二王痛责四十御棍之事，前来通报刘黑闼。刘黑闼一闻此报，十分大喜道："此乃天助我也。"即忙起身，带领众将出营，手指唐营骂道："你这两个狗王，不会用人，如此一员虎将，无罪受责。眼见得关内无人，此关垂手而得也。"说毕，统领大小三军直抵紫金关下，布起云梯，架起火炮。刘黑闼道："今日若不破此关，誓不回营。"众将听了，大家奋勇当先，攻打十分厉害。罗成伤未痊愈，上马提枪而来。那些人马一见罗成，吓得像河水一般，哄的一声都退了下去。罗成摆动那杆银枪，犹如蛟龙戏水一般，蹿进明州营来，如入无人之境。劈面撞着刘黑闼，罗成叫声："哪里走！"耍耍耍，一连数枪，杀得刘黑闼甲散盔歪，众将一齐上前救护，被罗成连挑大将一十八员。苏定方赶上来，没两个回合，被罗成杀得气喘吁吁，败了下去。明州兵将抵敌不住，只得撤了粮草，急忙退去四十余里，方才收拾残兵败将，安营下寨。刘黑闼只叫得一声："老天啊老天！孤指望报仇雪耻，今日这一阵，倒被他杀得人仰马翻。眼见得不能与主公报仇的了！也罢，不如回转，再作商议。"正欲传令，早有苏定方急出止住，说道："主公不可回兵，胜败乃兵家常事。目今唐营只有罗成一人，秦王又下天牢，众将又皆各散。臣有一计可杀罗成。此处有一地方，名曰淤泥河，待末将前去挑战，引他到此，主公可独坐对岸，两边芦苇内可埋伏三千弓箭手。罗成若见主公坐在对岸，决然弃了臣，来奔主公，定然踏在淤泥河内。罗成纵有三头六臂之能，怎当得三千神箭手？罗成一死，还有何人是主公的对手？这座紫金关岂非可垂手而得？"

当下刘黑闼大喜道："将军言之有理。"一一准备，依计而行不表。

第六十二回　罗成魂归见娇妻　秦王恩聘众将士

　　苏定方前来骂战，罗成闻骂，大怒，赶了上去，两下又战斗起来。不上三合，罗成钩开了苏定方手中的枪，取出银装锏来，当的一锏，正中后背，几乎落马，伏鞍大败而走。罗成赶十余里，打算不再追赶。不想这苏定方见罗成不追，回马骂道："罗成小贼种，有人说你是卖屁股的小官，你有心取你爷老子的首级，才为好汉，你那一锏也不在你爷老子的心上。"罗成大怒，又赶苏定方。这番苏定方不敢回马，望前且走且骂。罗成大骂道："你这瓮中之鳖，网内之鱼，我罗将军若不取你首级，誓不回兵！"说罢，紧赶紧走，慢赶慢行，看看追到了刘黑闼扎营的所在，只见刘黑闼独自一个，坐在一把交椅上，大笑道："罗成，你今番该死也！"罗成一见大怒，弃了苏定方，即奔刘黑闼，一马抢来，轰通一声，陷入淤泥河内。那河内都是淤泥，只道行走得的，谁知陷住了马，再也走不起来。两边芦苇内埋伏着三千弓箭手，一声梆子响，箭如雨下。罗成虽有十分本事招架，也来不及。只叫一声："中了苏贼之计矣！"不防左肩上中了一箭，说声："啊唷！"手中枪略松得一松，乱箭齐着。可怜一个罗成，竟被射死于淤泥河内，就像柴葩子一般，一点灵魂径往山东来见妻子。

　　再说罗家小夫人，正抱着三岁的孩子罗通睡在床上，时交二更，得其一梦，只见罗成满身鲜血，周围插箭，白战袍都染红了，上前叫道："我那妻啊！我只因探望秦王，被建成、元吉两个奸王设计相害，逼我追赶明州后汉王刘黑闼，中了苏定方奸贼之计，射死于淤泥河内。妻啊，你好生看管孩儿，我去也！"忽闻镜架上青铜镜子跌在桌上，拍的一声响，这一响非同儿戏，将夫人惊醒，却是南柯一梦。不觉浑身冷汗直淋。次日，夫人将此事说与太太，太太一惊非小，连忙说与秦叔宝、程咬金知道，都各个惊疑此梦不吉，但尚未全信。不表。

再道刘黑闼杀到了紫金关下，奋勇攻打。士卒飞报进营，二王大惊，马伯良道："为今之计，千岁爷可再往长安求救，臣在此依旧守关，须要速去速来才好。如若耽延日期，失了紫金关，不干臣事。"建成、元吉见此关难保，巴不得要回长安。当日离了紫金关，来到长安，来见父王，言及罗成阵亡，明州兵十分凶勇，紫金关危在顷刻，望父王再遣能事将官前去救应。高祖闻言大惊，便问两班文武："计将安出？"闪出一员大臣，执笏当胸，上殿奏道："臣兵部尚书刘文静，启奏陛下。我国久已无人，难以交兵厮杀。为今之计，可赦出秦王，前往山东寻访护国公秦叔宝到来，方可退得刘黑闼。目下紫金关无人救护，臣虽不才，愿统雄兵救应。"高祖闻言大喜道："依卿所奏，即下旨赦秦王之罪，速往山东寻访秦恩公到来，将功折罪。"

秦王从天牢出来，进朝奏道："臣儿不敢前去。"高祖便问："何故？"秦王道："臣儿一人往山东，秦叔宝若肯来是为万幸；万一他不肯前来，岂非徒然有这一番往返了？"元吉奏道："叔宝不来，可聘尉迟恭到来，亦可战退贼兵矣！"秦王道："贤弟差矣，你还要提起这尉迟恭怎的？他往日曾在御果园救驾，有了这样大的功劳，不能够封妻荫子，反革除他官职，受那披麻之苦，今日他还肯来帮助么？"高祖道："昔日都是那两个畜生起妒忌之心，将众人散去。如今秦叔宝、尉迟恭二人，不是不肯前来，只怕两个畜生又要将他算计。如今降旨一道，着秦王往山东请秦叔宝，往朔州请尉迟恭，其余一应众将都要招抚回来，官还旧职。敕封秦叔宝、尉迟恭铜鞭，上打昏君，下打奸臣，不论王亲国戚，先打后奏，那两个畜生，就不敢来算计了。"秦王大喜，连忙又奏道："今有徐茂公先在京中，已到午门候旨。"高祖道："宣进来！"原来都是徐茂公阴阳有准，算定这事能做成，故使刘文静奏敕秦王。秦王上奏高祖，敕封二将，方好制伏两个奸王。那时徐茂公宣至金阶，朝见已毕，高祖即着徐茂公同了秦王，往山东请秦叔宝，往朔州请尉迟恭，赐其鞭铜，寻取众将回来，官还原职。秦王领旨，同了徐茂公带了五百兵丁，前往山东不表。

秦王将罗成的儿子罗通收为继子，叔宝与咬金即别了秦氏太太并罗夫人及自己家小，同秦王出了门，一齐取路望山后进发。不一日，已到朔州致农庄，众将人马依先拣僻静处扎伏，四人仍旧换了便服，一路望敬德家中步行而来。早有一班同尉迟恭日日吃酒的乡民父老，见了四人威风凛凛，相貌堂堂，知是唐朝大大的贵人了。慌忙前来报与尉迟敬德，说道："今有陕西大国长安来的四位贵人，带有五百余人，把人马扎在树林中，有四位贵人换了便服，步行而来。一路访问将军老爷的府中，不知何故？"尉迟恭听了父老之言，心中一想道："啊呀！莫非唐王有事，差这四个公卿领兵前来相请我么？咄！我想唐家的官，岂是做得的？我前番几次三番把性命去换功劳，还受两个奸王如此欺侮，如今回归田里，自耕自吃，倒也无忧无虑，何等自在逍遥，好不快乐。还要去争名夺利做什么官？他来寻我，我有个道理在此。"便说："二位夫人在哪里？"那黑白二夫人听见呼唤，忙出来道："相公唤妾身们出来，有何吩咐？"尉迟敬德道："二位夫人，我对你讲，少停，若有唐王差人到此寻我，你们只说我害了疯癫之症，连人也都认不出了。你们二人不可忘了，千万是这样对那来人说。"两位夫人应声："晓得。"

第六十三回　尉迟恭诈称疯魔　唐高祖敕封铜鞭

当下尉迟恭吩咐二位夫人已毕，忙走到里面厨房下，将灶锅上黑煤取来，搽了满面，将身上的衣服扯得碎零挂落，好似十二月二十四跳灶王的花子一般。二位夫人见了这个形象，把肚肠都几乎笑断了。

却说秦王与茂公、叔宝、咬金一路访问，来到了尉迟敬德门首，即走进里面坐下。只见尉迟敬德跑将出来，大叫道："反了！反了！天兵杀出来了呀！原来是列位大仙来拜我的生日。"指着叔宝道："你是曹国舅。"看定秦王道："你是蓝采和。"对着茂公道："你是吕洞宾。"一把扯住咬金的手道："你是柳树精啊！偷了仙桃，结交四海龙王，合了虾兵蟹将，来抢我的金银宝贝。如今被我捉住在这里了。"把咬金一扯，自己反跌倒在地，骨碌碌滚来滚去，口内说个不清。忽又自地上爬将起来，说道："如今要变一个老虎去吃人！"哦一声叫，就一个筋斗翻了进去了。

秦王看见如此光景，明知他不能前去，只得吩咐众人："我们作别去罢。"叔宝、茂公、咬金便答应。大家作别起身，黑白二位夫人相送出门，见四人望前去了，大笑不表。

谁知，那徐茂公知道尉迟恭的伎俩，用计让他现了原形。尉迟恭无奈，只得同了两个夫人，别了邻里，相随秦王起身，取路往陕西大国长安进发。在路不止一日，到了长安。朝见高祖，高祖大悦，立刻降旨道："今有刘黑闼兵犯紫金关，损兵折将，难以拒敌，非卿（叔宝、尉迟恭）等二员虎将不能得胜，故特遣秦王世民召卿等前来，望卿等莫记从前之过。今后不论王亲国戚，如有奸佞不法，敕封卿等铜鞭，先打后奏。"

众人大喜，即日兴师前往紫金关进发不表。

秦王兵马已到关中，你道刘黑闼为何不来攻打？只因他起兵十万前来，被罗成杀去了倒有一半，心中到底懦怯，也要学王世充的故事，差官聘请四家王子共破唐兵。你道请的是哪四家的王子呢？一个是南阳朱殿下，名唤朱登，就是南阳侯伍云召之子，承继与朱粲抚育的，故此称为朱殿下；一个是苏州沈发兴；一个是山东唐璧；一个是鲁州徐元朗。俱约即日兴师到来。

第六十四回　五龙大战紫金关　弥天妖法战唐将

叔宝顶盔贯甲，挂了金装锏，提了提炉枪，上了呼雷豹。一声炮响，开了关门，来至阵前。

那朱登立马阵前，见关中旗门开处，飞出一员唐将，真个威风凛凛，相貌堂堂，如天神一般。未曾会战，不知此将何名。忽听他高声叫道："贤侄，叔父秦叔宝在此对你讲话！"朱登听得大怒道："唗！放狗屁！你这匹夫，孤家何曾认得你？擅敢妄自尊大，称侄道叔。看枪！"说罢，挺枪就刺，叔宝也大怒道："不中抬举的小畜生！"也把手中提炉枪急架相还。二马横冲，双枪并举。

两人大战有三十个回合，马打有六十个照面。叔宝见朱登枪法并无破绽，心中一想："是了。"即挡住了枪，说道："贤侄，我对你讲，你还有所不知，我对你说明始末，你方知我叔父不差。当年你父伍云召在扬州，曾与我有八拜之交，结为异姓兄弟，情同手足。曾对我言及贤侄寄托朱粲收养，他日长大相逢，当以正言指教。不道你令尊过世，贤侄如此英雄，也算将门有种。目今唐朝堂堂天命，岂比那刘黑闼卑微小寇？劝贤侄不如归顺唐朝，一则不失封侯之位，二则弃小就大，不使天下英雄耻笑，以成豪杰之名。贤侄以为何如？"朱登听了叔宝这番言语，心中不觉洞然省悟。只因四家王子在后掠阵，恐识破其情反为不美，只得变脸说道："不必多言，照孤家的枪罢！"一枪刺来。又战了数合，心中想道："他与我父相好，亦曾闻得朱父王说过。方才所言，十分有理。我既有归降唐朝之心，与他战斗何益？"就把枪一架，拦开叔宝手中枪。一闪说道："我不及你。"回马就走。叔宝道："哪里走！"拍马随后追来。四家王子见朱殿下败走下来，恐防有失，忙令众将放箭射住。叔宝只得带住马，回进关中，不表。

再讲朱登回到营中，说道："列位王叔，那唐将秦琼果然十分厉害，小侄不能及他，被他杀败而回，不好看相。"四位王爷道："胜败乃兵家常事，御侄何足介意，明日再出兵去战，务必擒拿唐将便了。"吩咐摆酒与朱登解闷不表。

再讲次日五王升帐，刘黑闼道："今日哪位将军出阵打关？"只见走过一个道人，身穿道袍，腰系丝绦，足穿芒履，肩上背上一口宝剑，上前说道："大王，今日待贫道去会阵便了。"五王一看，原来是上梁王沈发兴的军师，名唤弥天道人，是个有法力的道人。五王大喜道："军师须要小心在意。"弥天真人出了营门，来至关下，叫声："守关军士，快去通报，叫能干的将官出来会我！"关上小军飞报进帐："报启千岁爷，今日关外又是一个道人前来讨战。"秦王问道："今日哪位王兄出关会战？"闪出程咬金道："主公，昨日秦大哥辛苦了，今日待小将去会他。"秦王道："程王兄，若说道人，须要更加小心。"咬金应声得令，即提斧上马。一声炮响，开了关门。来到阵前，抬头一看，见是一个道人，咬金就对了他，吐一口涎唾，说道："该晦气，我老程最恼的是牛鼻子道人，惯会作乖的。俺这里今日要杀贼，没有功夫鬼混，你去换一个来，好待我程将军赏他几斧头，也爽快些。快去换来！"说罢，举起宣花斧就砍。那弥天道人用剑急架相还。马步交加，一场大战。要晓得，那弥天道人是步战的，手中军器又短，如何是程咬金的对手？他那三斧头又是有名的，把这道人直杀得吁吁喘气。没奈何，又要用起法术来了。那弥天道人口中念念有词，把手中宝剑往西北一指，大叫一声："程咬金！你看那边什么东西来了？"咬金抬头一看，便叫："啊唷！"只见西北上一股黑气，那黑气之中，跑出许多豺狼虎豹、狮象恶兽等类，后面又跟定一班奇形怪状、披头散发的恶鬼，赤着身，露着体，哀哀哭泣，向咬金飞奔而来。咬金惊得魂飞天外，魄散九霄，大叫道："说过不许作法的，如今为什么又作起法来？我入死你这说谎的牛鼻子道人的亲娘！"一头骂，一头看，看来难以招架。正在心慌，只见东南上起一阵青气，这青气冲来，霎时间，把这些豺狼虎豹、狮象恶兽等类，并这些披头散发、奇形怪状的恶鬼，纷纷扬扬的俱变为白纸，飞往云霄之外去了。咬金大喜，即忙回进关中缴令。不表。看官，你道方才弥天道人的妖法被何人所破？只因秦王洪福齐天，恰逢李靖云游到此，看这道人用妖法来害咬金，故将正法破之。

李靖吩咐尉迟恭道："你可带领三千人马，前往湖广荆州雷十朋处，借他的照妖镜到来临阵一用，勿得违误！"尉迟恭说："得令！"

那尉迟恭领了军令，即带领了三千人马，一径往湖广荆州而来。在路不止一日，已到了荆州，即吩咐安营。次日，就出马来到城下，高声大叫道："俺乃大唐神尧高祖驾前，官拜都总管尉迟恭便是。今奉军师将令，要来与雷大王这里，暂借照妖宝镜一用，待破了弥天真人，即当奉还。你快与我通报！"小军听得，飞报进府："报启大王，今有大唐总管尉迟恭，说奉军师将令，特来要与大王借取宝镜破阵。"那雷十朋大王有弟兄三个：第一个是雷十朋，在荆州自称楚王；第二个为元帅；第三个为先锋。那第二、第三，弟兄二人，自小闻得山东秦叔宝是个英雄，因慕想其名，故一个取名赛秦，一个取名胜秦。那赛秦的面貌与尉迟敬德无二，他也用一杆点钢枪，坐下的也是一匹乌骓马。弟兄三人闻报尉迟恭到来，要借宝镜，不想出借，便计议了一番。

　　雷胜秦出城，一马来至阵前，抬头一看，见那尉迟恭面貌与赛秦二哥无二，同是豹头环眼，黑脸铀须。便上前开声道："尉迟将军，小将雷胜秦马上打拱了，不知将军台驾到此，有失远迎。今奉王兄之命，特请将军暂进樊城，敬治水酒一杯，与将军接风。那宝镜一事，莫说借用，就是奉送，亦理所当然。况我王兄正有归顺大唐之意，日后与将军乃是一殿之臣，幸勿见却。"尉迟恭乃是直性之人，并不疑惑，便大喜道："多谢将军美情，我当领教。"便同胜秦并马进了樊城，入帅府，把人马扎在教场。犒赏了三军，即吩咐摆酒款待。尉迟恭贪杯，喝得酩酊大醉，其夜酒散，就在帅府宿歇，不表。

　　胜秦暗暗通知百姓，搬移城外居住，连夜拽起塞水闸板，把长江之水竟往樊城灌来。顷刻，平地水涨一丈有余，吓得那三千人马在教场内存身不住，都跑上城来。尉迟恭在帅府还未睡醒，只道哪里杀来了，连忙起身穿好衣服，及至走得出房，满地都是水滚将进来。尉迟恭即顶盔贯甲，上了乌骓马，离得帅府。只见府门前水涨来有五六尺了，连地都看不出，城上军士把火球火把照得雪亮。

第六十五回　雷赛秦假尉迟恭　秦叔宝擒黑面贼

那尉迟恭奔上城，往下一看，只见那大水顷刻涨有一丈二尺了。待到天明往城外一望，啊唷！你看波浪滚滚，一派都是大水。我且按下不表。

再说那雷十朋与二弟雷赛秦，点选人马，只等三弟胜秦行计回报，以观动静。等待五更时分，家将飞报道："三将军回来了。"胜秦下马到府，弟兄相见，雷十朋忙问："御弟，事务如何了？"胜秦大笑道："二位王兄，那尉迟恭果然中我之计，如今已为瓮内之鳖了。"

再讲唐营李靖，等了数日，不见尉迟恭回来，便在袖中轮指一算，大叫一声："不好了！尉迟敬德前往荆州，镜不能借，反有水灾之厄。谁去荆州救他出难，并取照妖镜前来，好破弥天道人妖法？"有秦叔宝答应道："小将愿往。"又走过黑白二夫人也说道："既然妾身夫主有难，妾身也愿随秦将军同去。"李靖欣然依允："二位夫人同去甚好。"几人一齐领兵前行。

取路前行，不止一日，到了荆州。吩咐扎下营盘，二位夫人即亲到城下大声叫道："呔！荆州守城军士听着，数日前有总管尉迟恭将军来借照妖镜，为何不见回来？莫非被你暗算了么？现提兵特来救取，你若好好送还，万事全休。若道半个不字，管叫你一城百姓都做无头之鬼！"荆州小军飞报进去说："启上大王爷，不好了！今有唐朝将领提兵前来救取尉迟恭。"雷十朋闻报，便令二弟雷赛秦去会他。赛秦奉命，扮作尉迟恭，即忙披挂上马，提枪出来。赛秦大骂道："这里楚王甚是有道，亲贤重武，我已死心归顺了。"

那黑氏不听犹可，听了此言，就勃然大怒起来，提刀上马，飞出营门，抬头一看，大骂道："你这无耻的禽兽！我只道你是个顶天立地奇男子，故此我姊妹二人失身嫁你。再不想你是这等无礼无义的畜生！好好同我回去见主公秦王，我还与你是个夫妻，若是不听，休要怪我。"雷赛秦道："咄！贱人，我不听你，难道你又去嫁了一个丈夫不成？若不过来，不要走，待我动手拿你过来便了。"黑氏夫人大怒，举起双刀直取雷赛秦。雷赛秦又骂道："好贱人！怎敢无礼？"提起枪来就战。那雷赛秦的手段，倒也来得，黑氏只道真是她的丈夫，料战不过，只得虚闪一刀，回马就走。雷赛秦不舍追来，黑夫人就身边取出流星锤来，看见雷赛秦追近身边，即一锤打来，雷赛秦把枪一架，那流星索子却缠在枪上。雷赛秦用力一扯，像真尉迟的枪法擒他一般，被他拿了去了。黑氏心中想道："是自家的真丈夫，倒也放心，只是气他不过。"

再讲秦叔宝在阵前看战，见黑氏被他拿了，心中大怒，即便取弓搭箭，嗖的一箭射去，正中雷赛秦的左肩，只听噗通一声，应弦而倒，黑夫人与雷赛秦两人一齐跌下马来。叔宝飞马跑来，擒了雷赛秦。黑氏夫人即跳上自己坐骑回营，此言慢表。

再讲秦叔宝擒了雷赛秦，回进营中，军士推至面前，叔宝仔细一看，却看出不是尉迟恭。原来，尉迟恭上身长，下身短，那雷赛秦是上身短，下身长，一时骑在马上看他不出，今在地上就看出来了。叔宝问道："你这厮是谁？敢假冒我家尉迟恭将军的名目么？你可快快实说，还可饶你狗命，若不实说，把你立时枭首，以泄我恨。"

雷赛秦尚不肯直说，黑氏夫人上前一看，也看了出来，心中大怒，说道："你这厮到底是谁？怎敢在阵上讨我的便宜？"就赶过来，一刀将雷赛秦左耳割下。雷赛秦大叫一声："啊唷唷！痛杀我也！待我说便是。我非别人，乃是荆州楚王雷十朋的兄弟雷赛秦便是。"叔宝道："如今尉迟将军在哪里？"雷赛秦道："这也是我兄弟胜秦，设计决长江之水，将尉迟将军围困在樊城，有半个月了。"黑白二夫人听他说明，即刻起身，带领军士前往东南上来。抬头一看，果见有一闸板，有许多兵卒守住在那里，看放江水进城。二位夫人大怒，提枪舞刀，赶将过去，大喝一声，杀将起来。这些守关的楚兵，干得甚事？却被二位夫人杀散。遂令军士放下了闸板，水即渐渐退去。二位夫人大悦不表。

且说那尉迟恭，自从那夜扒上樊城，可怜三千人马在城头上，哪里来的粮草。初时杀些马匹来吃，到后渐渐不济，这些军士无法，只得在城上掘些野菜、蒿菜来充饥。这一日，忽见城下的水渐渐退去，尉迟恭大喜，即领兵马杀出樊城。正遇着黑白二夫人杀到，夫妇相逢，虽不抱头大哭，却也各人掉泪。

尉迟恭遂即提枪上马，来至荆州城下。那楚王雷十朋早已知此消息，与三御弟雷胜秦商议道："谋事在人，成事在天。御弟算就万全之计，无奈天不从人所愿。孤家想将起来，那唐高祖决是真命之主，我等不如投降了大唐，以全性命，有何不可？"胜秦道："王兄言之有理。"遂把降旗竖起，捧了传国照妖宝镜，出城赔罪。上前叫声："将军，都是兽弟不好，今已被擒，孤家愿将宝镜、降书、降表献上。"尉迟恭见他十分哀求，心中倒也不忍加害，遂准了他的降书，取了宝镜，回营来见叔宝，备言前事，叔宝大喜。那尉迟恭、秦叔宝，即同了二位夫人，将雷赛秦打入囚车，领了这三千人马，一同往紫金关来。

李靖有了这面照妖镜，就要开兵去照弥天道人的本来面目。只听三声炮响，开了关门，分开阵势，李靖取镜在手，对照道人，只见一道白光，再也看他不出是什么东西。李靖心中想道："这也奇了，那镜中照出一道白光，决是白蛇精变来的。待问他一声看。"李靖正要动问，这弥天道人先问道："李靖，我仙面目是何物？算你香山道学高。"

第六十六回　宝镜照出弥天道　五王失算丧家邦

当下李靖就叫道："弥天道友，我这宝镜内照你是一道白光，莫非你就是白蛇精得道来的么？"弥天真人大怒道："哇！胡说！贫道功高行大，你师林澹然，还要让我三分，怎么说贫道是白蛇精？不要走，吃我一剑！"把手中宝剑劈面望李靖砍来。李靖也把手中剑急架相还。两下大战不及十个回合，李靖岂是弥天真人的对手，不若先下手为强，便口念真言，把剑对弥天道人，喝声道："疾！"只见那口剑上起一道红光，一堆烈火望弥天真人身上烧来。那弥天真人全无惧怕，反呼呼大笑道："李靖，我只道你是香山门下，法术高强的，却原来只得如此小技，也敢来班门弄斧！"说罢，不慌不忙，也把这口剑往李靖脸上一指，那剑上就起一声霹雳，这霹雳过了，又起一阵狂风，反把这团烈火向李靖劈面吹来。李靖大吃一惊，即收了法术，把剑往地上一指，那平地上忽起一朵乌云，李靖跨上云头，径往东南而走。弥天道人高声喝道："由你走到哪里去，我会赶来也。"说罢，也把手中剑往地上一指，也起一朵乌云，那弥天真人也跨上云头，追赶李靖，不知追往哪里才住，我且慢表。

再说那刘黑闼呼齐人马，说道："今日不破此关，誓不回兵！"传令一齐杀出，早有苏定方催开白点马，摆动雪花枪，一马冲来。那秦王也在那里掠阵，看见苏定方一表非俗，心中欢喜。看见他冲来，叫一声："苏王兄，投顺了孤家罢！"苏定方大叫一声："唐童休走！"即劈面一枪刺来。

秦王大惊，把定唐刀招架，却来不及了。正在着忙，只见头顶上放出一道金光，抓住了苏定方的枪头。苏定方想道："原来那唐朝小秦王李世民倒是个真命天子，故此顶上有金龙现出。料想刘黑闼将寡兵微，不能成事，不如归唐朝，得图出息，有何不可？"想罢，忙放落手中之枪，下马投伏，跪拜马前。秦王大喜，也便慌忙下马扶起。那边唐璧见苏定方投顺了唐朝，不觉心中大怒，摆动金背刀，杀将过来，这里，程咬金催开铁脚枣骝驹，摆动宣花斧，上前敌住。

朱登见四王不能成事，唐家大将甚多，秦王天生异相，谅来天下是唐朝的了；方才苏定方又投了唐，我也只得归顺了罢。便拍马向前。逢秦叔宝迎住，叫声："贤侄，你可知天命归唐，休要执迷不悟，快快投顺了唐家，与愚叔同为一殿之臣，有何不美？"朱登叫声："叔父，你既要小侄归顺唐家，须要保举我永镇南阳。"叔宝大悦，说道："贤侄，此事都在我愚叔身上便了。"朱登大喜，即同叔宝投降于唐。秦王大悦，此言不表。

再说那弥天道人追赶李靖，赶至一山，李靖按落云头，仔细一看，原来那山名为紫阳山，有一洞府，名曰水火连环洞，乃系林澹然仙师修行之所。李靖径走入洞中去了，向林澹然仙师借来一捆妖绳，望空中一丢，弥天真人认得是捆妖绳，回身就走。谁知那宝贝起在空中，有霞光万道落将下来，就走也来不及了，早被捆妖绳捆住。那弥天道人就现出原形，乃是一个白猿。那捆妖绳捆在他颈上，犹如猢狲做把戏的一般，被李靖拿进洞中，用水符锁住，给林澹然仙师在洞做道童了。

李靖拜别师父，驾起云头，仍旧到唐营而来。只见紫金关前一道杀气冲天，阻住云头，李靖往下一看，却是两边交战，便叹息道："也是明州刘黑闼罪孽深重，纠合众王子，劫数难逃，待我暗助他一阵成功，有何不可？"就将手中宝剑往下一指，只见刮起一阵狂风，飞沙走石往下打来。说也不信，那飞沙走石，只打得众王子的兵马，这唐营兵将一个也无害。沈发兴大吃一惊，不提防，苏定方一马冲到，不问情由，竟向沈发兴后心一枪，翻身落马，定方便下马割取首级。

再说尉迟恭战住徐元朗。要晓得，那徐元朗岂是尉迟恭的对手，不上十个回合，被尉迟恭的枪一枪刺去，正中咽喉，翻身跌下马来，尉迟恭也便下马割取首级。

再说程咬金与唐璧交战。那唐璧虽是做过山东节度使，将门之子，武艺全备，只是哪里敌得过天降将星，怎当得起程咬金这三斧头的厉害。第一斧砍来，就当不起了，那程咬金不由分说，赶上前，把第二斧噗通一响劈下地来，便下马走过来，割取唐璧的首级。

刘黑闼见此光景，就打点领兵回马而逃。只见朱登一骑马飞也赶来，举枪一刺，正中前心。可怜刘黑闼翻身跌下马来，朱登就上前取了首级。

再表朱登追杀残兵，可怜这二十五万明州之兵，一时之间，杀得天昏地黑。你看这一路战场上，尸积如山，血流成河。次日，秦王带领其余众将，随即班师，放炮一声，起兵就行。

长安宫中，秦王将功劳簿上呈龙案。高祖御手展开。从头细看一遍，龙心大悦。传旨："宣徐茂公、秦叔宝、尉迟恭等三十七人见驾！"秦王领头，众将进朝朝见。三呼已毕，高祖喜逐颜开，说道："朕有封诏一道，着黄门官上殿宣读。"黄门官领旨上殿，念道：

圣旨已到，跪听宣读。诏曰：朕闻有功必赏，尔诸将勤劳王事，赤心报国，今幸班师，宜享太平。所有开国功勋，今当封敕。恩臣秦叔宝，临潼救驾，佐朕扫平宇内，晋封护国并肩王、天下都督大元帅，赐双锏，专打奸佞。尉迟恭单鞭救驾，封为鄂国公，赐单鞭，先打后奏。徐茂公封英国公；程咬金封鲁国公；魏征授兵部尚书；朱登复姓伍，封开国公；苏定方封锡国公；马、段、殷、刘、尤五将，皆封为国公；一十八将，俱封总兵。故罗成，封越国公，妻封一品夫人……赐黄金万两，建麒麟阁，表扬诸将功勋。钦此。

第六十七回　麒麟阁旌表功臣　升仙阁奸王斗富

　　当日朝廷就有旨意出来，起造麒麟阁，命工部尚书，督同该管有司官职，即日兴工起造，钦限三个月完工。那些有司官，唤齐各项匠人，不下数千名，纷纷起造。

　　足足忙乱了三月，完工复旨。早惊动了那长安城内城外的百姓，都称麒麟阁千古奇逢，难得看的。大家扶老携小，男男女女，一齐来看，都沸沸扬扬，喧喧嚷嚷说道："啊唷唷！好齐整！你看四周围一带，都是玛瑙石砌就的；四边亭柱，都是乌木紫檀。高有十丈，阁造三层。上铺琉璃碧瓦，四面雕龙画凤的纱窗，真个景致非凡，好一座仙人楼阁。"

　　建成与元吉商议道："我们也造一个高阁起来，比那麒麟阁更加齐整几倍，也与我们两府的众将士日日饮酒作乐，贤弟，你道如何？"元吉道："王兄说得有理。"次日，二王就拨出两府钱粮，就在那麒麟阁对面，也造起一所高阁来。不消数月完工，却也与麒麟阁一般高大，也是极其华丽。上悬一个金字的匾额，名曰"升仙阁"。

　　那殷、齐二王也在里面吃酒作乐，倒造化了这一班家将，日日赐宴，陪二王吃一个醉饱。只因升仙阁造得穷工极巧的齐整，那些长安百姓，都去看二王的升仙阁，这一边的御赐麒麟阁，倒没有人来观看，渐渐冷落了。这些众英雄都不以为然，只有那个程咬金是好胜好事的，看见这些百姓都去看升仙阁，称赞阁中富贵等许多好处，独有自己这里的麒麟阁非但无人称赞，连看的人也渐渐稀少起来，心中甚是不服，想道："嗄！是了！我有个道理在此。"次日，遂买了几百担干面，叫人做起肉馅包子来，若百姓来看麒麟阁的，每人赏他包子两个。

这赏包子的消息一传，传扬开去，到明日，众百姓俱来看麒麟阁，领赏肉馅包子，去而复来，络绎不绝的好看，真正闹热不过的兴头。程咬金扬扬得意，好不快活，果见二王那里的升仙阁一个人也没有去看了。这边二王得知这个消息，便说道："这个何难之有？明日也做起肉馅包子来，每人赏他四个包子。"这些众百姓何乐不为？真正好造化，复又去看升仙阁了。咬金看见这个光景，不觉大怒起来，心中昏闷不过。

这边元吉又在想着铲除秦王的办法，对建成说道："王兄，我想如今天气炎热，这些将官都住在天策府内，只消王兄明日早朝启奏父王说'那秦王手下这些将官，一向在沙场征战，汗马功劳，受尽许多辛苦，今虽宁居在天策府，今夏天暑气炎蒸，可令太医院官，虔合香茹饮汤，颁赐他们，以见父王爱贤恤士之心'，父王必然准奏。那时我们就去传那太医院官到府中来，着他暗藏巴豆、大黄等物在香茹饮汤内，颁赐前去，不怕他们不吃，若吃了下去，使他们自然一个个刮肠刮肚的泻死，岂不干净么？"建成听说，大喜道："妙，妙，妙！好计，好计！"一宵无话。

来日五更三点，二王一同入朝，上殿启奏道："臣儿建成、元吉，有事奏闻父王。"高祖道："你两个所奏何事？快快奏明。""臣儿因念秦王麾下将士，边关立功，安享未久。值此盛暑，父王爱贤恤士，何不颁赐香茹饮汤，解散炎蒸，以表父王之恩。"高祖闻奏道："王儿之言甚善，依卿所奏，即着太医院英盖史，合就香茹饮汤，颁赐秦王府。"众将领旨，高祖朝散回宫不表。

单讲殷、齐二王退朝回府，就差内侍去召英盖史来，吩咐他在香茹饮汤里加入巴豆、大黄等物。

第六十八回　李靖丹救众国公　太宗位登显德殿

尉迟恭与程咬金正在说笑，忽见外边家将飞报进来道："圣旨到了，快请二位公爷冠带了，出去接旨。"两人闻报，只得连忙穿好了衣服，走出外边，与众将一同俯伏接旨。那钦差开读诏书曰：

朕深处水晶宫，尚且不胜盛夏之酷暑，想尔等众卿，同居天策府，必然烦热更甚。特命太医院虔合香茹饮汤，一体颁赐，庶不失朕爱士之心也。钦哉！谢恩。

众将士山呼万岁。谢恩已毕，请过圣旨，香案供奉，太医院英盖史复旨不表。再说程咬金连忙走将过来，说道："这是上赐的香茹饮汤，必定加料，上号透心凉的，我们大家来吃。"吩咐左右，快拿大杯过来。先是秦王一杯，然后众将各吃一杯。唯有尉迟恭与程咬金两人说道："此乃上赐来的，果然又香又甜，难得吃的，我多吃几杯。"两人贪嘴不过，大杯吃了十来杯。

看看到晚，众人肚中忽痛起来。连忙走到坑上，泻个不住。自此为始，一日最少也有五六十通，泻得头昏眼花，手足疲软，都泻倒了。正在没法，却好救星到了。

那李靖从北海云游而归，到长安来见秦王。见礼已毕，秦王告知："诸将中毒受泻，未能轻愈，军师何以治之？"李靖答道："不妨。"随将几丸丹药放在水中，叫众将吃了。果然仙丹妙药，吃下去，肚就不泻了。

后来高祖知道事情原委，不觉气成一病，不表。

高祖之病日重一日，众将屡屡劝秦王即帝位，以安天下之望，秦王只是不肯。众将强行将秦王扶上龙驹马，拥出天策府，送到玄武门，埋伏在要路。早有殷、齐手下探子，探知消息，飞报进殷王府来："报启上千岁爷，不好了！那天策府众将都明盔亮甲，簇拥秦王进玄武门，不知何故，特此报闻，请候裁夺。"建成闻报，以为秦王将逼父让位，一惊不小，忙令内侍急请齐王。二王带侍卫家将，杀奔而来。谁知惊动了尉迟敬德，他奉军师将令，领众埋伏在此，远望尘头起处，火把通红，无数兵马，明盔亮甲，手执兵器而来。为首领兵的，乃是太子李建成。尉迟恭大怒，拍马上前，大叫："奸王，你往哪里走？"建成一见尉迟敬德，不觉着了忙，回马便走。尉迟恭弯弓搭箭，嗖的一箭射去，正中建成后心。他叫声："啊唷！"便两脚朝天，跌下马来。咬金从旁抢出，就一斧砍为两段，取了首级。

再表后面元吉，带了人马赶来，早有秦叔宝抢出，大吼一声，提枪直刺。元吉大吃一惊，叫声："不好！"正要逃走，不想马失前蹄，一交撞下马来。叔宝举起双铜，耍的一下，把元吉打作两段。那侍卫兵将大怒，个个放箭，两边对射。秦王看见，大叫道："我们弟兄相残，与你们众军何干？速宜各退，毋得自取杀戮，枉送性命！"那众将一闻秦王传命，方才各自散去。

却说高祖病已小愈，忽见敬德趋内请安，奏称殷、齐二王作乱，秦王率兵诛讨，今已伏戮，恐惊万岁，未敢奏行，特来谢罪。高祖一听此言，不觉泪下。病后之人，惊郁于胸，郁涨起来，竟致南柯一梦，撒手人寰。报知秦王，秦王大哭不止，徐茂公道："主公，死者不能复生，哭也无益，天下不可一日无主，速宜登位，然后端正大事。"秦王无奈，只得允从。

即皇帝位于显德殿，百官赴阙朝贺，改为贞观元年，号曰太宗。遂颁哀诏，尊高祖为太上皇。葬殓已毕，册立长孙氏为皇后。殷、齐二王原照王礼祭祀，晋加荫封。文武百官，俱升三级。其余秦王随征将士，并皆重用。

秦王传旨，大排筵宴，犒赏士卒；开仓赈济，大赦天下。万民感戴，各国遵依。真个风调雨顺，盗息民安，修文偃武，又见太平，景象一新。